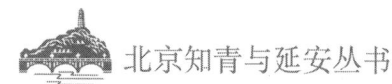 北京知青与延安丛书

黄土蕴情
我的精神家园

北京知青与延安丛书编委会 主编

中央编译出版社
Central Compilation & Translation Press

北京知青与延安丛书编委会

主　　　任：姚引良
副 主 任：梁宏贤
委　　　员：薛占海　薛义忠　姚靖江　杨军宪　刘小军
　　　　　　李慎健　方勇平　张春阳　樊晓霞　杨葆铭
　　　　　　谢文治　同刚
主　　　编：姚靖江
执 行 主 编：杨军宪
执行副主编：杨葆铭　樊晓霞　同刚
核　　　稿：谢文治

总　序
宝塔山下倾听历史的回声

圣地延安，三山鼎峙、二水交融。宝塔山、延河水相映生辉，构成了共产党人精神家园的红色符号，成为圣地延安绝佳的形象标志。

这套散发着陕北黄土气息的丛书，用以情纪史的笔法，向人们展示了近28000名北京知青，在延安黄土地上度过的峥嵘岁月和苦乐年华。丛书中所收录的每一个人，或作为插队岁月的亲历者、见证者，或作为对青春往事的追忆者，他们每个人的内心深处，都深藏着一个与自己相伴终生的"圣地情结"，他们对延安的宝塔山和延河水，对这片曾养育了中国革命的黄土地，始终怀着一种深深的眷恋。正是因为有了这样一种深植于灵魂深处的红色革命情结，在那场声势浩大的知识青年上山下乡运动中，这批满怀革命豪情的青年学子，告别了繁华的首都，开始了人生最初的"朝觐"。他们从金水桥头集结，向着一个越走情思越浓的熟悉而又陌生的圣地进发。他们每个人的心中，都怀着类似贺敬之在《回延安》中所表达出的那种真挚的感情，并在赶赴延安的征途中，就产生了一个朴素而又简单的意念——以延安的宝塔山和延河水为背景，照一张留驻青春倩影的照片，寄回北京，告慰父母及家人。这样的情感与意念，都出自对圣地延安的一种向往与景仰。从知青们当时所接受的教育来看，充满红色革命传奇的圣地延安，无疑成了他们最向往的地方。延安的宝塔山、延河水，以及山崖上错落有致的土窑洞所构建起的红色革命历史长廊，是最能表达革命豪情、展示英雄主义情怀、放飞青春梦想的绝佳之地。能在圣地延安的宝塔山下，倾听历史的回声，解读革命之所以能在穷乡僻壤取得胜利的历史逻辑，能在革命圣地接受延安精神的熏陶和滋养，对人生的成长，定会聚集起更加强大的精神力量。

浑雄苍茫的陕北高原，像被群山环绕成的一个巨大的聚宝盆，她以海纳百川的胸襟，在79年前，接纳过一支在枪林弹雨中转战大半个中国、用坚定的理想信念来传播共产党人改天换地革命理想的红军队伍。长征，是对人类历史进程产生过巨大影响的一个大事件。延安，作为红军长征的落脚点和中国共产党人演绎红色革命传奇的大舞台，已被载入中国革命的辉煌史册。近28000名北京知青来延安插队，堪称是一次规模巨大的社会群体实践活动，是继红军长征到达陕北后又一个庞大的外来群体，也是对延安产生了深远影响的一个重大历史事件。1969年那个多雪的冬天，充满红色革命印记的圣地延安，在接纳这批胸怀革命理想的青年学子的同时，也将这方地域严酷的自然环境和贫穷落后的面貌，以猝不及防的方式展示在他们的面前。在理想与现实的巨大反差中，知青们开始用一种平民的视角来观察体验生活，他们看到了生息在这方土地上的父老乡亲，面朝黄土背朝天，终年劳作却难以温饱的生存现状；看到了牛踩场、驴拉磨，传话隔山吼，点灯靠麻油的原生态的生活场景。在经历了痛苦的磨炼和深刻的思索之后，知青们很快就从浪漫、狂热和困惑中平静了下来，以一种平民意识和平民情怀来融入生活，用青春的激情，在贫瘠荒凉的黄土地上燃起了理想的火焰，以革命英雄主义的精神风貌，面对严酷的现实开始书写自己的人生。他们与延安人民一道，发扬自力更生、艰苦奋斗的延安精神，战天斗地，改造山河，搏击贫困，演绎出一幕幕"苦其心志、劳其筋骨、饿其体肤、空乏其身"的青春活剧。

从文化史、思想史和自我认知的结合上来看，陕北这块厚重的黄土地里，蕴涵着一种豁达、包容、互助、亲善的文化基因。知青们少小离家，来到这块被群山阻隔、举目无亲、多风少雨的荒僻之地后，很快就从这块厚重的土地上感受到了人生的艰辛，同时也感受到人性的温暖。这里淳朴的民风，古老、甚至近乎愚昧的乡俗，就像蹲在土窑洞里的粮食囤和酸菜缸，在不紧不慢地散发着一种湿润温和的气息，让远离父母的知青们有了一种归属感和家园感。

知识青年上山下乡，是为了接受一种"再教育"，而这种"教育"，实际上是让这些来自城市的年轻学子，通过自我认知的方式来阅读社会这部无字的大书；通过上山下乡的磨砺，来接受人生观和世界观的教育。知青们在延安插队的岁月里，看到了当时中国社会最真实、最基层的一面。他们在接受艰苦生活的考验中，懂得了人生的衣食之难，体会到了稼穑之苦，并在与延安人民朝夕相处、共同生活中，学会了坚忍、顽强与拼搏。艰难困苦，玉汝于成。正是因为有了这样的人生经历，才"玉成"了知青健康的人格、志存高远的情怀和坚忍不拔的精神气质；正是因为有了上山下乡"这碗酒垫底"，他们才会在日后漫长的人生岁月中，对遇到的各种人生风浪总能等闲视之。在圣地延安的土地上接受了精神洗礼的知青们，学到了在书本中根本就无法学到的东西，收获到一部不着一字、但却可以受用终生的人生宝典。作为一种回馈和反哺，知青们将大好的青春年华、将单纯而又质朴的青春热情挥洒在延安的土地上。

  在那个困苦的年代，曾作为革命中心的延安，战争的创伤早已恢复，但经济建设和文化建设还十分落后，知青们的到来，为这两大建设注入了活力。他们将书本知识与生产劳动相结合，将聪明才智运用到生产实践中，对提高农村落后的生产力，改变延安贫穷落后面貌可谓勋业卓著、功莫大焉。尤其是在文化建设上，知青们更是领文明之首，开风气之先。他们每一个人，都成了文明的信使，成了乡村中一道亮眼的风景。他们将京城的先进文化、生活方式，将文明的种子和知识的甘霖，播撒在延安贫瘠的土地上；他们用自己的思维方式、行为方式和全新的生活理念深刻地影响着当地的乡俗和民风，给生活在这方闭塞土地上的群众进行了一次现代文明的启蒙。从历史的角度来重新看待和审视北京知青到延安插队落户，就能让人发现：闭塞的黄土地在党的十一届三中全会之后，能够很快顺应改革开放的时代大潮，这与知青在延安插队期间，对这块土地在思想和文化建设上所做出的贡献有着密切的关联。因此，从这个意义上来讲，对于这片远离现代文明的土地，对于生息在这方土地上的人民，知青们在插队岁月中，对这方土地所付出的热情，所洒下的每一滴汗水，都具有弥足珍贵的历史价值，并将会被这片土地和生息在这片土地上的延安父老乡亲所铭记。

宝塔山高延水长。感谢造化的恩赐，将这样一方圣洁的山水景象馈赠给了延安；感谢历史的垂青，将这道亮丽的风景演化成中国革命的一种象征。尽管岁月不居、时光荏苒，但宝塔山和延河水所激荡起的历史回声总在一代又一代人的心中回响。"羊羔羔吃奶眼望着妈/小米饭养活我长大"，这是从延安土窑洞中走出来的一代"老延安"对这块土地的深深眷恋；"踏遍了黄土吃遍了草/我也是你怀里的羊羔羔"，这是在延安度过青春岁月的插队知青的真诚吟唱。这种眷恋、这种吟唱，是跨越时空的心灵对心灵的回应，更是一种历史的链接。知青来延安插队的火红岁月，已成为延安红色革命历史的一部分，并丰富和拓展了延安红色革命文化的内涵。而今，英雄的延安人民可以引以为豪的是：这块浸润着英烈的鲜血、洒满了知青青春汗水的沧桑土地已发生了翻天覆地的历史性巨变。涌动着现代潮的延安城乡，蔚然深秀、满目苍翠的山川大地，以及洋溢在延安人民脸上的幸福笑容，这一切的一切，不正是曾在这块土地上生活和战斗过的革命前辈，不正是近28000名北京知青所希望看到的美好景象吗？

"对照过去我认不出了你，母亲延安换新衣。"延安变了，变得山绿了、水清了，变得文明了、富裕了，而唯一没有变的是延安人身上所具有的那种淳朴、厚道、善良的精神品质。寸草常念三春晖，涌泉永记滴水恩。40多年来，延安人民与知青结下的这种亲情，在岁月的流逝中愈加显得弥足珍贵。曾在延安黄土地上插过队的知青，将对圣地延安的眷恋化成了一条条红色的感情纽带，将北京与延安紧紧地联结在一起。他们每个人的心中，都怀着一种"惜身家亦惜土地，终怀父母之心"的情愫。他们在这40多年间，时刻关注着延安的发展。让延安人民能过上幸福美满的好日子，是他们由衷的期盼。他们以游子感念慈母的情怀，发挥自身所长，整合知青们所拥有的各种资源，通过不同渠道，不遗余力地给延安经济社会的发展以无私的帮助，其情其意，令人感佩。为了铭记这段难忘的历史，珍藏这份亲情，我们觉得趁这段历史还不算久远，趁知青们当年在延安插队留下的珍贵史料还没有被岁月所尘封，我们有责任通过开展搜集、抢救和挖掘这批弥足珍贵的史料来以情修史、以诗纪史，这不仅是一种责任，也是一种使命所在。延安的历届领导，对知青来延安插队的这段历史向来十分珍视，延安曾在不同时期，编辑出版了北京知青在延安的画册、图书，拍摄了电视专题片以及举办图片展览，旨在通过各种形式，来真实地展示知青在延安度过的青春岁月和苦乐年华。为了更加完整地记录这段历史，让这段历史在建设"圣地延安、生态延安、幸福延安"，实现"中国梦"的历史进程中发挥"资治、存史、育人"的作用，延安市委决定开展广泛的史料征集活动，通过对那段峥嵘岁月的悉心梳理与钩沉，编辑出版这套从思想和文化视野上都具有经典和史实意义的大型系列丛书。丛书共分为六卷本，依照编著的内容和体例，第一卷以知青追忆插队生活为主，用第一人称的手法，真实地讲述了插队岁月所经历的思想感情的变化和人生成长的过程。文中所展示出的原生态的乡土场景，所散发出的青春气息，在朴素真诚的表达中，让人感到一种温馨。第二卷有一种浓得化不开的未了之情。卷中着重记述了知青返城之后，对当地经济社会的发展所给予的关注和所浸注的心血，让人在感受这份亲情中，看到在艰苦岁月中所结下的深情厚谊，历时愈久，愈加显得珍贵。第三卷和第四卷所展示出的是知青在插队时所经历的心路历程，展示出的是谱写在他们心田里的人生华章。其中所收录的许多篇什，在知青插队的年代曾被传诵一时。尤其是第三卷中所收录的知青日记和书信，填补了记述知青史的一个空白。这些带有私密性质的日记和书信，像一幅幅清晰的心理图谱，照彻出知青们所经历的心路历程。第五卷则以更加直观的读图手法，来展示知青们来延安插队时的花样年华。尽管岁月流逝，青春不再，但面对这一幅幅泛黄的照片，犹如在时间的遗址前流连。第六卷按编年体的形式，将知青在延安插队期间大的历史事件给予了准确的记录，为后人勾勒出了一个清晰的历史脉络。在对这六卷本丛书的编撰中，力求全方位、多角度来再现知青插队岁月的历史场景，让原生态的乡土风景在追忆中复活起来，让结缘于黄土地上的这份亲情，像陈年的老酒，散发出更加浓郁的芳香，让昔日高唱的理想之歌不要成为绝响，让每一幅老照片都留驻着知青们的青春梦想。对于已经走入人生秋天的知青来说，这套丛书不仅仅是他们对插队岁月的一种追忆和记录，而更多的是，表达了知青们的一种人生态度和人生情怀。在一年四季的轮回中，秋天是一个收获的季节；在生命的流程中，人生之秋

❖ 黄土蕴情——我的精神家园

是思想凯旋的岁月。这套丛书中所展示出插队岁月的乡土场景，所表达出知青与延安父老的那份真挚的感情，既能勾起知青们对青春岁月的怀想，又能让人感悟到：历史就是由一代又一代人的青春链接而成。这套丛书更像是一幅纷繁万状的历史画卷，那一幅幅熟悉的乡村景象，包含着一代人的集体记忆。飘着炊烟的村庄，朴素的窑洞，包括硷畔前的那盘石磨，窑壁上挂的那顶草帽，都在知青的心中成为一个有价值的景象和器物，并让人在阅读这些饱含真情的文字时，似乎看到陕北高高的山峁上，黄牛正在缓缓行走。犁尖像唱针，在嵌入土层的那一刻，一首无言的黄土之歌在心中骤然响起，那感人的旋律舒缓深沉，令人回味无穷。

宝塔山依然屹立在延河之滨，那高耸的塔尖上曾悬挂过当年来延安插队的北京知青的理想风帆。尽管岁月像延河水一样一去不复返，但历史已经将那段难忘的岁月，将曾在延安插过队的每一个知青的光荣的名字镌刻在延安的大地上。

　　宝塔含笑遥祝赤子幸福安康，
　　延河欢歌颂唱神州筑梦时代。

是为序。

中共陕西省委常委、延安市委书记

目 录
Contents

高堡寻梦 ……………………………………	孙广山 / 3
乡情浓似酒 …………………………………	郑　钢 / 11
乡亲待我最情真 ……………………………	王　升 / 16
千里寻干妈 …………………………………	刘　瑞 / 19
一碗杂面 ……………………………………	马平安 / 24
一位老知青的情怀 …………………………	佑　文 / 30
未了的情　无言的爱 ………………彭嘉英	安桂湘 / 36
年夜饭 ………………………………………	李　鹏 / 42
乡下来客 ……………………………………	刘蕴秋 / 46
宏涛借我5元钱 ……………………………	张拴来 / 50
父母和我一起插队 …………………………	张克民 / 55
就恋这一把把黄土 …………………………	任凌义 / 61
和着时代的节拍 ……………………………	王　火 / 67
圆梦 …………………………………………	丁哲元 / 73

和父母一起返乡	陈　祺 / 83
依依延水情	银　笙 / 86
灯光·月光	王晓蕾 / 91
那山·那水·那人	叶广荃 / 98
要给大地留片绿	贾维岳 / 107
毕生乐与牛相伴	刘二顺 / 114
忆当年，春风桃李好年华	李怀德 / 118
情系电力事业的知青夫妇	宜知春 / 124
我们风雨同舟	曹伯植 / 133
眷恋的土地	周　凯 / 152
回报	叶咏梅 / 156
亲人的到来	谷辅昆 / 163
慈母有情　知青有爱	李德祥 / 168
不忘野菜香　永做浑朴人	付和平 / 175
一世亲情	田服敏 / 180
未了情	孙改琴 / 192
"只要有我在，你就别害怕"	张佑文 / 198
故乡·家园	姜　东 / 202
黄土情	张惠兰 / 206
回首黄土地　难忘知青情	李连元 / 221
一次难忘的返乡之旅	柴　均 / 231
情满圣地	银　笙　葆　铭 / 242
我的"知青基因"	毕　昆 / 250
寸草春晖	张小建　冯　军 / 256
云河常唱知青歌	薛天云 / 261

目录

一家人结下的亲缘………………………………白殿岗 / 272

延育………………………………………………秦淑贞 / 278

不老的母爱………………………………………任建华 / 285

好人张德生………………………………………何新明 / 294

难忘故乡情………………………………………王贵川 / 303

从插队知青到军史学者…………………………王晓建 / 311

乡音表达出的睿智………………………………张伯华 / 318

一生都在唱延安…………………………………李佐贤 / 322

返乡的收获………………………………………许复强 / 329

由北京知青到"陕北青年"………………………曲　光 / 332

黄土地上的真情聆听……………………………周兆军 / 338

乡土的滋养………………………………………孙　宏 / 341

我爱陕北方言……………………………………王克明 / 346

志丹县少年足球队诞生记………………………冯　君 / 351

我的文化下乡……………………………………刘　瑞 / 357

后　记………………………北京知青与延安丛书编委会 / 361

来吧,就以这棵老槐树为背景
照一张"全家福"把岁月的光影留住

就这样,三代人又聚在一起
长幼有序,让延续的亲情在瞬间凝固

家乡父老,别来无恙
执手相牵,难将相思倾述

听,鸿雁声中有乡愁
谁解这份情愫

高堡寻梦

孙广山

一

45年前,我们五位男同学和六位女同学,一起来到延安市宜川县云岩公社高堡生产队插队落户。1971年过完春节,我到梅七线铁路工地当民工,同年9月正好赶上招工,我被推荐到梅七线铁路建设指挥部汽车队工作,成为一名国企铁路工人。

插队三年,我对高堡村留下了难以忘却的记忆。2010年退休临近,经过几番酝酿和准备,我趁自己的身体和精力尚且可以,决定自驾车回一趟高堡村。6月初的一个清晨,我开车一路奔向黄河岸边的壶口。看到对岸陕西境内起伏的山峦,看到绿树掩映下的窑洞时,我的眼睛湿润了。

黄河上已经见不到浮筏和船夫的身影,一座宏伟的钢梁大桥把两岸连接在一起。汽车驶过黄河,中午时分,我来到宜川县城,这时,感觉肚子有些饿了,我把车停在一家标有"陕北风味宜川特色"的饭馆前。这是一家夫妻店。老板拿过菜单,我随口点了大烩菜、白豆炖鸡和南瓜饼。店铺不大，但挺干净。吃饭的人不多，我喝着热茶，到后厨与老板闲聊起来。老板问我："你是第一次来宜川？"我说："不是，我是宜川人。""你不像。"老板愕然地望着我。我说："我是在这里插过队的北京知青，离开宜川40多年了，回来看一看。"几句闲聊，一下子拉近了我们的距离。说话间，老板娘已经麻利地把饭菜摆上了桌。回到宜川吃的第一顿饭，是地道的宜川饭。水足饭饱后，该结账上路了，可老板死活不肯收钱。他说："你离开宜川40多年，还记着这地方，这顿饭我请了。"我说："这哪能。你们靠开饭馆生活呢。"推辞再三，老板见推辞不过，便说："我看你带着相机，饭钱我不要，咱们照张合影相吧，把照片发给我，算个纪念。"见时间不早了，我只好同意。于是，老板夫妇和我坐在了一起，拍下了一张难忘的照片，也收获了40年后的一种重逢。上了汽车，从车窗中，我麻利地塞给老板一张钞票，脚踏油门，又重新上路。从倒车镜里看到，年轻老板逐渐远去。可亲可敬的宜川人，我心里好一阵感慨。

二

离云岩镇越来越近。云岩河从南塬流到川里。过去，过河要踩着石头，现在，这里建了一座水泥大桥，桥两头是商铺旅店。镇里的老街正在拆建，过去的景象已无处寻觅。我在打听好回高堡的路线之后，一路驶去。途经云许村时，只见一座铁塔拔地而起，顶部喷着蓝色火焰。铁塔下的活动板房上有"新疆石化勘探"的标记。一直听说宜川也发现了油气田，这可能就是其中之一了。到了刘家桌村口时，只见路旁立着一块标有村名的石碑。当年，我是这里的常客，因为这里是去云岩赶集的必经之地，所以，在这里的几位知青都成了我们常来常往的朋友。

　　过了刘家桌村向北望去，北塬比当年绿了很多，这大概是退耕还林的成果。不远处，是一处红砖砌成的平房村落，大概有几十户人家，十分规整。我们停下车来问一位正在农用车边挑选蔬菜的中年汉子："这里是不是高堡村？""就是。你找谁？"我说："我找李刘祥和丑娃。我曾经在这里插过队，我叫孙广山。"那人端详了我一会，突然一把拉住我喊道："广山，你认不得我了。我是棒娃呀。"这时，我也想起来了：我们插队时，棒娃是一个年仅十二三岁的小后生。如今，他头上已谢顶，黑红的脸膛，强健的体魄，成熟里透着几分机敏。见了我，他连菜也不买了，热情地带我去找丑娃。来到新村的中央，棒娃向院里喊着："当家的，快看谁来了？"不一会，一位中年男子走了出来。他把我打量一番，摇摇头说："想不起了。"可我却从对方的眉宇间认出，这就是当年那个犟小伙儿丑娃。他名字叫"丑娃"，人却不丑，是高堡村的美男子。小时候，他五官端正，浓眉大眼，身强体壮，干农活是一个好把式。丑娃后来到兰州当了几年兵，是见过世面的人。复员后回村继续务农。40年过去了，岁月的沧桑写在他的脸上，人也变得谦逊随和了。在大门口，我把我的名字给他一报，他一下子想起了我，紧握着我的手，把我领进屋里。沏茶，拿出苹果、大枣和花生。问候的话语一句跟着一句。瞬间，久别的热情温暖了我。

三

　　我回村的消息，很快传遍了全村。乡亲们纷纷赶来，挤满了丑娃家。如果是走在大街上，我和丑娃碰个照面，可能互相都认不出来是谁。但是回到村里，几句问候，年轻时的影子马上就显现在眼前。岁月不饶人，当年的帅哥们都变得沧桑了，但不变的是陕北人的热情与豪爽。从下午到傍晚，从晚饭到午夜，人们来了一拨又一拨。重逢的欣喜，往事的回忆，分别后的经历，如今的变化，未来的憧憬，多种话题拉得没完没了。

　　第二天一早，在丑娃和海胜的陪同下，我挨家看望了曾经在一起打柴、开荒、锄地、收割的乡亲们。老村落现在没人居住了，我们住过的那三孔窑洞也早已荒芜。乡亲们说：改革开放这些年，农民不用再缴公粮了。山地承包后，种的树都归自己。自家种些杂粮和豆子用来调剂口味，大米白面和蔬菜都靠市场供应。高堡是新农村建设的试点村，几年前，在这里规划了新村落。每个院子都一样大小，一样的配置。如今，村里的摩托车很普遍，农用三轮车每家都有，有些家中还有轿车。现在，开车到云岩只需20多分钟。

　　在村里转悠，我看到村里的那些与我年龄相仿的人大多有了孙子。年轻人出去闯世界了，余下的在家承包山地，管理果树。辰子老兄当年干啥都是一把好手，如今，他承包了山林，经营得不错。他有两个外孙女，大的已经上初中，小孙女也上小学二年级了。传锁家在辰子隔壁。传锁他大过去是队里的饲养员。他脾气很倔，对谁也没好脸，但对牲口却和颜悦色。传锁父母对我们知青很体谅，常说："你们这么小到我们这个地方来受苦，太难为你们了。"我们去借牲口，传锁他大就把最听话的毛驴披挂好，让我们牵去。我们每次磨面，也要到传锁家借筛面的箩和筐箩，临走时，传锁娘常常取个馍塞到我手里，一边抹着眼泪一边说："娃们正长身体，不能饿着。"如今，两位老人先后故去，传锁也当上了爷爷。传锁的二儿子很争气，去年考进了天津大学的一个工科磨具专业。

正是初夏，苹果长到鸡蛋大小，该给果子套袋了。果树多的人家都得雇工套袋。高堡村最好的地都在新村附近的庙塬上，如今，那里都种上了苹果树。记得，当年我们在村上时，"以粮为纲"的口号叫得震天响，任何经济作物都不能种。有时，队里种点西瓜，我们还能在夏天解点馋，有时不种，只能在山洼的野杏树上尝鲜了。野杏酸酸的滋味，至今想起嘴里都流酸水。李刘祥对我说："如果你秋天来，给你装上一车苹果拉到北京去，让在村上插过队的知青都尝一尝。"说话间，他从家里的果窖里取出一盆去年储存的苹果。这苹果个大皮薄，甘甜中略带一点酸。我在别的地方还真没吃到过这么好的苹果，然而，它却产在我曾插过队的高堡村。

四

在村里住了两宿，每天都在村里寻访或流连。每当回忆起40年前的往事，丑娃总说："你们插队的时候，生活虽然艰苦，但是，每天都感觉很新鲜，好像总有一种向往。"其实，就在知青与村民们的相互学习与促进中，也影响着以后各自的生活态度和生活习惯。我随身还带来了40年前与乡亲们的合影：不修边幅的老支书高亭才；精明干练的大会计刘天德；善解人意的副队长张靳刚；泼辣爽朗的妇女队长兰自珍；耿直倔强的饲养员传锁他大；咬文嚼字的村秀才李志华；憨厚勤劳的耙子哥；无所不会的能人韩世亭；古道热肠的辰子他大；慈眉善目的二老汉和五老汉，这些曾与我朝夕相处的村民都已作古。他们曾是这个村子里的头面人物，是他们用内心固有的传统素养和良知，引导着高堡村走到今天。

　　在高堡村的这两天，还有一位始终伴随我左右的大叔，他叫令如华。在那个以阶级斗争为纲的年代，人们都被打上了阶级的烙印。不知道什么原因，令大叔家的成分被定成富农。他的老伴殁了，他给女儿香草招了一个上门女婿，一家三口艰难为生。我插队时，遵照公社革委会的指示，在村里开过对地富分子的批斗会，大叔也没逃过一劫。如今，面对曾经在批斗会上对他高呼"打倒！低头！"的我，他好像一点也不计较，他还感谢我40多年后还惦记着他们。他专门把我请到他家里，给我做了一顿丰盛的午饭。看到他拖着病弱的躯体在灶台前忙碌的身影，我感到盛情难却。你若不吃这顿饭，就辜负了他的一片盛情。推杯换盏之际，我由衷地祝愿老人家健康长寿。

五

　　第三日清晨，该是我离开的时候了。早饭是在丑娃家吃的。丑娃说："上次孙秀玉回来住了两天。我妹妹银凤后来听说孙秀玉回来了，就问我：秀玉回来，你为啥不告诉我？因为没见到秀玉,她还哭鼻子。"说起丑娃的妹妹银凤,我还记得她。那时她还小,浓浓的眉毛,大大的眼睛,红红的脸蛋儿上总挂着一丝笑意。丑娃说:银凤最爱和几个女知青在一起玩。秀玉总背着她,哄她玩。银凤对几位女生印象特别深。银凤后来嫁到距高堡五里路的雪白村,日子过得不错。我让丑娃转达我对她的祝福。

在丑娃家吃完早饭一出门,只见院子里一群婆姨蹲在地上,正在用报纸包裹鸡蛋。丑娃说,这是各家送来的鸡蛋,还有各色豆子和小米,绝对绿色环保,让我带到北京请家人尝尝。看着忙着打包和装车的乡亲们,我心里十分感动。打开车门,脚刚迈进车厢,乡亲们纷纷围拢过来,一再嘱咐我:"回去向知青们问好,告诉他们回来再看看高堡村。"我双手紧握,举过头顶,向大家道别。就要驶出村口的时候,从后视镜里看到,远远跑来几个人,我急忙刹住车,下来一看,是丑娃。他边跑边说:"这是银凤,我告诉她你回来了,她听说后,骑着摩托车非要跑来送你一程。"这就是那个招人喜欢的小姑娘银凤。她个子高高的,不胖也不瘦。已经做了母亲的她,显得有几分沉静和庄重。握手寒暄之后,我们在村口照了一张合影,再次道别后,我终于开车上路了。

打开音响,放着陕北民歌:你晓得,天下黄河几十几道弯……高亢苍凉的旋律在耳畔回响。望着远处的山峦和眼前的果园,我在想:这块土地养育了多少代人。我还要问:是谁让他们过上今天的幸福生活呢?乡亲们说:是改革开放。土地承包,提高了家庭收入;封山育林,改变了大环境;新农村建设,提高了生活质量。这些变化,是他们做梦也想不到的。我坚信，只要这样发展下去，中国农村将会更加繁荣昌盛，高堡村也将会越来越好。再见，可亲可敬、淳朴善良的父老乡亲，我祝福你们，我还会再回来，来看我的第二故乡的新发展和新变化。

❖ 乡情浓似酒

乡情浓似酒

郑 钢

转眼之间,阔别志丹康家沟已经40年了。岁月不饶人。当年来这里插队的知青都已是六十岁开外的人了。人到了这个年龄,怀旧是不可避免的。可一想起这一生所经历的事,首先会想到的就是在陕北插队的岁月,首先会想到的就是康家沟。

回京之后,我们这些在一起插过队的知青经常聚会,大家在一起回忆插队时的经历,思念着哺育我们成长的乡亲们,并经常给同事、家人讲起这段不平凡的经历,讲起陕北人民的纯朴善良。在畅谈中,大家有了一个愿望,这就是:要再回康家沟,去看望乡亲们。

经过酝酿,大家决定利用国庆节放长假的机会重回第二故乡。我们乘车从华北平原到了陕西,汽车过了西河口驶入志丹县境内,我们怀着激动的心情透过车窗向外眺望,一处处熟悉的山峦从眼前掠过,一个个熟悉的村庄把我们带到了40年前。我们在车上睁大眼睛一边看着、一边议论着,生怕漏掉每一个细节。当车开到李家湾之后,我们就看到康家沟的大峁梁。下了山，康家沟已经历历在目。

汽车刚在村口停下，一幅"欢迎北京知识青年回家来"的横幅映入眼帘。在欢迎的人群里还有不少是青壮年，我们离开康家沟时他们才几岁，如今他们已继承父辈的事业，在建设美好家园。

因为村里接待能力有限，志丹县的领导把我们20名回乡知青接到县政府宾馆。从康家沟到志丹县城有20多里地，沿途，我们看到许多采油机，志丹县的领导给我们介绍说：志丹是石油大县，陕西省的十强县。作为第二故乡，我们为志丹取得的光辉业绩欢欣鼓舞。

志丹县宾馆宽敞明亮，给人一种宾至如归的感觉。县上的领导设宴款待我们。老知青分别与县乡村的来宾分桌落座，嘘寒问暖、共叙友情。坐在我们桌上的有何书记，他40刚出头，人很精干。我们插队时，和他父亲何万生在一起下地劳动，那是一个非常能干的人，村里的重活都派他去做，当然工分也最高；这个人还特别乐观，春耕大忙时，每天早晨3点上工，他总是拿着一把二胡，边走边拉边唱，著名的陕北信天游就是从他那儿学来的。现在，何万生已经去世了，何书记的母亲郭兰生和孩子们住在一起。他们家在村口盖起了两层小楼，日子越过越红火。

宴会上的饭菜有炖羊肉、猪肉炖粉条、酸菜粉、荞面饸饹、小米饭，摆得满满当当。志丹生产的糜子黄酒是低度的，很好喝，看到它就不由得想起插队时，乡亲们自己酿制的米酒，度数不高，有一种清醇香甜的味道。那时，二队队长谢志富家经常酿制这种米酒，谢队长的婆姨看到我们爱喝，就把我们叫到他家里去喝这种酒,我们也无拘无束地像孩子一样尽情畅饮,谢队长用慈父般的笑容深情地看着我们,他把我们当成了自己的孩子。

第二天,我们拜谒了刘志丹陵,为革命烈士敬献花圈,接着,我们沿周河川而下,向康家沟进发。汽车行使到双河乡之后,一个急转弯又上了新修的马路,车子停在了一个采油车间旁边,极目远眺,山梁上井架林立,路边,一辆辆油罐车又将原油运到炼油厂。原来,"广种薄收"的土地发生着翻天覆地的变化,贫瘠的山梁已经变成富产石油的宝地。原来的山地,如今已经退耕还林,遏制了水土流失。

中午时分,我们到达康家沟,乡亲们像迎接亲人一样迎接我们。大家相互端详着、寒暄着、回忆着,仿佛又回到40年前。在知青的邀请下,胡增汉又唱起了当年的信天游,我们也激动得随着唱了起来,那高亢凄婉的歌声,久久在心头萦绕。

中午饭就不用多说了,乡亲们杀猪宰羊,把陕北最好的饭菜摆上了大席。西凤酒喝了一杯又一杯,家常话拉了一段又一段。饭罢,村委会安排我们到各自的生产队走访,我们二队的一行6人在乡亲们的簇拥下,走进了乡亲们的家。家里变化都很大,城里人有的一应俱全,不少家庭的孩子外出务工上学,家境更富裕的家户在小河对面盖起了二层楼。

二队认识的人不多了,他们有的已经去世,有的被子女接到县城居住。当年我们二队知青居住的窑洞还在,听说我们走了以后改成生产队的库房。我们在窑洞前伫立许久,追忆着当年的生活场景,又和队里的乡亲们在窑洞前合影留念。

参观完知青旧居，顺着堖畔往下走，来到生产队羊圈旁边的一孔破旧的窑洞前。我推开窑洞大门向里望去，脑海中浮现出一件往事。那是在1970年秋天，窑洞的主人刘德胜患了急性胃穿孔，一口口吐血，还没有来得及送医院就去世了。他婆姨在这窑洞没住几个月，说这个窑洞里"闹鬼"，就带着四个孩子搬到娘家去住了。后来，这个地方成了二队社员开会学习的地方。那时，经常传达"红头文件"和"最高指示"，会议一开就到了深夜。当时村里不少人相信"闹鬼"，说是刘德胜的魂儿回家了！这窑洞说来也真怪，一到外面刮风下雨的时候，窑洞里就发出"嗵！嗵！"的响声，好像是有人在窑洞里踱步，而且风雨声越大这种响声也越大。我们知青是无神论者，当然不相信有什么鬼神。于是，我们决心要捉拿这个"鬼"。一天晚上，大风夹杂着大雨袭来，我们向谢队长要来了钥匙，打着手电进了窑洞，静心听着"嗵！嗵！"声又响起来。我和家平两人没有惧怕，而是顺着声音在漆黑的窑洞中寻找。响声是从窑洞的后掌里屋传出来的，摸到里屋有一面大土炕，炕上有一个投灶口，有6寸见方，声音就是从这里传出来的。我让家平打着手电，我挽起袖口把手伸进灶口，往里一摸，一个瓦片卡在了灶口上方，因为灶口回风量大，致使瓦片左右摆动，敲着墙壁发出有节奏的响声，而且风越大敲打的频率越快，越是夜深人静声音听得越清楚。原来，没有什么鬼，而是一个瓦片在作怪，这个"鬼"让我们捉到了。后来生产队在开会学习的时候，我把"捉鬼"的事情讲给大家，从此就再也没有听说窑洞"闹鬼"的事。

下了山坡，我们又到何支书家的"小洋楼"座谈了许久，

❖ **乡情浓似酒**

他向我们介绍了康家沟的发展变迁,畅谈了今后的发展远景。欢迎我们以后有时间再来康家沟,带上婆姨、孩子共同领略第二故乡的飞速发展。

❖ 黄土蕴情——我的精神家园

乡亲待我最情真

王 升

1969年2月初，离春节已经很近了，北京的市民已闻到了春节的年味，我们却收拾起行囊，踏上了西去的列车，奔赴延安去插队落户。

一路上列车飞驰。越走，景色越荒凉，我的心也越来越沉重。经过几天在火车与汽车上的颠簸，我们十几个知青在中午的时候，被安置在一条山沟的沟口，前来迎接我们的是生产队队长杜福喜。"学生娃可来了。"他叼着烟袋锅子，一边伸出长满老茧的双手，同我们一一打招呼。

"队长，离咱村还远吗？"

"可远哩，得赶紧走，到家就天黑了。"队长的劲儿可真大。他捡了一个最大号的箱子背起就走，我们跟在他的后边。望着满眼光秃秃的山梁，山梁上，一个穿着破烂衣服的放羊娃，目光呆呆地望着我们。当时，我心里想：这难道就是我们要待一辈子的地方吗？不知走了多远，天色渐渐暗了下来，队长指着隐隐可见的窑洞说道："到了前边那个村就是。"忽然，

❖ 乡亲待我最情真

十几个娃娃,一窝蜂似地向我们跑来,热情地帮我们拿行李,簇拥着我们进了窑洞。窑洞里很暗,点着一盏昏暗的油灯,还有一股怪味,这股味是从酸菜缸里散发出来的。炕倒是烧得暖暖的。还没等我们在炕上坐定,乡亲们就不住地问这问那,并端来热腾腾的油糕、米酒。过了几天我才知道,这些东西是只有过年才能享受到的,他们却慷慨地拿出来款待我们。那缸酸菜是各家各户凑的,虽然不好吃,却帮我们度过了春天。通过和老乡的聊天,我知道我们的村子只有十几户人家,在陕北属于中等自然村。老乡最爱说的一句话就是:"来我们村可好哩,砍柴方便。"当时,我觉得我们来插队,又不是为了砍柴方便。生活了没半年,这才知道,烧柴是多么重要的一件事。人常说"开门七件事",这七件事里有一件与柴有关。尽管说砍柴方便,但要往回背,背回来还要劈开、垛好,麻烦着哩。

  记得刚开始我们同社员一起出工挑羊粪,队长给我们装得最少,和当地女娃一样多,可我还是觉得非常沉重,压得肩膀酸痛,经过一段时间的磨炼,我们也渐渐和社员们一样了,同社员下地干一样的农活,吃一样的饭菜。陕北的小米饭可真香啊!随着时间的推移,我们的思想也发生了巨大的转变,觉得农民真伟大,任劳任怨,勤勤恳恳,从不抱怨。不知不觉,我在农村生活了三年,我同老乡建立了深厚的感情,这三年,为我以后工作打下了扎实的基础,遇到任何困难我都不怕,吃任何饭菜都觉得很香。记得,当年我们和老乡上山挖野菜,中午吃小米饭时,就着野菜和陕北特有的酸菜,把肚子吃得沟满壕平。记得有一次我病倒了,同学们都出工了,我独自躺在窑洞里,这时,忽然门开了,我们邻居大娘从外面进来,她手里端着一大碗纯白面面条,上面还有两个荷包蛋。她说:"娃娃,快吃吧,发发汗病就好了。"在当时的那个年代,家家都不富裕。村民们日常吃的是玉米面、高粱面,有时还吃糠和麸皮。大娘家的情况我知道,劳力少,孩子多,白面可金贵了,不年不节的舍不得吃。大娘拿自家的白面给我做了一碗面条,可真香啊,这是我这辈子吃过的最香的一碗面。

从陕北回到北京后,我在日常生活中,十分注重节约粮食。有时与家人或朋友在外面吃饭,哪怕剩下半拉馍或半碟菜,我也会打包回去。因为工作需要,我经常和同事到外地出差,每到一个新的地方,由于习惯不同,很多同事会不适应,我却从来没有感觉有任何的不适应。有过插队生活经历的人,好像对生活没啥挑剔。现在,我已退休在家,每当我回忆往事,最难忘怀的依然是陕北高原的父老乡亲和那高亢嘹亮的信天游。

千里寻干妈

刘 瑞

北风呼啸着，掠过首都北京的上空。在刺骨的寒风中，穿着各式冬装的人们，急匆匆地走在下班的路上。

忙碌了一天的我，拖着疲倦的身躯才走进家门，一阵急促的电话铃声便响了起来。妻子拿起电话停了片刻，便有些激动地转过头来说："快，你的电话，是陕北来的。"

我一把抓过电话："喂，是奇虎吗？"电话里传出的声音正是奇虎。

奇虎在电话中说："你托我打问一个人的情况，现在有了着落。"30多年来，我一直在打问一个人的消息，这个人就是我当年在延安富县插队时认下的一个干妈。得知干妈现在居住在山东菏泽郓城小王庄村，我的心里很是高兴。

放下电话，我久久不能平静。30多年来，四处打问干妈的消息，现在终于打听到了。这一夜我翻来覆去，怎么也睡不着：不知道干妈现在生活得怎么样？我决定明天启程去寻找干妈。

第二天，我向单位请了假，买好了晚上的火车票。妻子自接到电话的那一刻起，就没有消停过。她用了大半天时间买了好多东西，大包小包带了一大堆。

经过了10个多小时的车程，第二天早上9点多，我和妻子抵达山东郓城。一出车站，只见鹅毛般的大雪满天飞舞，大街小巷白茫茫一片，路上行人稀少，几辆出租车停靠在一个广场上。看到我们出来，司机们纷纷围上来招揽生意。我向司机询问："去小王庄有多远？打车多少钱？"

一个瘦瘦的小伙子拉开车门对我说："您上车，30公里50元，不多收您的。我家也在小王庄。"

我看小伙子是个实在人，就把行李放在汽车的后备箱里，然后直奔小王庄而去。

开车的小伙子很健谈，从今天的大雪说到鲁西南的风土人情，从首都北京说到国外的都市。小伙子试探地问我们："你们从北京来这里，是看朋友还是走亲戚？"由于下雪，汽车行驶得很慢，我就把当年如何离开北京到陕北插队，在插队其间又是怎样认识干妈，干妈走后，我又是如何寻找干妈的事情给他说了一遍。小伙子听完很受感动。他大发感慨："你讲的事情太让我感动了，现在像你这么重情重义的人不多了！"停了一会儿，小伙子又说："今天的车钱我不要了。就当我回家捎你们一段吧。"

"那可不成，车钱我们照付，只要你把我们送到干妈家就多谢了！"

由于雪天路滑，30多公里的路程，走了一个多小时之后，在村边的一个破屋前，汽车停了下来。

❖ 千里寻干妈

司机姓吕，对小王庄的情况很熟悉。他热情地拉着我的手说："很高兴和您认识，您记住我的手机号，有事情打电话。"说完，又指了指旁边的房子说："你要找的干妈就住在这里。她的老头死了，现在只有老太太一个人。"

接着，司机小吕又对着虚掩的门大声喊道："刘大娘，有人来看你来了。"

我轻轻地推开门，只见房间里光线很弱，靠墙角的灶台前，一个满头白发的老人佝偻着身子正在往里添柴。火光映出老人那布满皱纹的脸。

我大声喊了一声："干妈，刘瑞来看您了。"

干妈一愣，揉了揉干涩的眼睛，半信半疑地看着我，口里喃喃地说："你是谁？你真的是刘瑞吗？"

"干妈，我真的是刘瑞啊，是您的儿子啊！干妈，您让儿子找得好苦啊！"我再也控制不住自己的感情了，扑上去搂住干妈大声地哭了起来。

这时，干妈仰起头仔细地端详着我。当他看清了我真的是刘瑞后，顿时号啕大哭、老泪纵横。"哎哟！老天爷哟，真的是刘瑞来了，刘瑞看我来了。"

"干妈，就是我。是您的儿子来看您了。"

分别30多年，我和干妈在鲁西南一个偏僻的小村庄相聚了。屋外正飘着大雪。

半晌，干妈摸着我的头说："好儿子，别哭了，到炕上坐。"

我扶着干妈坐到炕上，然后又指了指泪流不止的妻子说："干妈，这是您的儿媳妇，秀杰。"

秀杰抽泣着，拉着老人的手说："干妈，这些年您受苦了。"

"没有啥，没有啥，这都是命啊。"

我插队的那个年月，陕北农村的生活十分艰辛。尽管如此，但老人对我们这些知青都十分疼爱，在生活上精心照顾，彼此像一家人一样。后来，干妈的老伴死了，一个女人带着六个未成年的孩子，光景过得十分苦焦。这时，正巧有个山东人，到陕北行医，干妈的老家也在山东，为了养活最小的两个儿女，老人就跟上这个老乡来到了山东。现在，女儿结婚到了青岛，儿子已经回到富县。前几年，山东的这个老头又死了，老人便孤苦伶仃地一个人住在这间破旧的屋子里。

在干妈家住了两天，看着艰苦的生活环境，我和妻子商量，不能让干妈再在这里一个人生活了，干脆将她接到北京让老人在我们身边欢度晚年。于是，帮助干妈简单地收拾了一下东西，第三天和村里的乡亲们道别后，我们坐上了回北京的火车。

回到北京之后，原来与我在一起插队的同学和朋友，听说我把干妈接到北京了，都闻讯赶来。杨向平、蒋娟娟、曹建、宋秀云、张文魁、尹德辉等十几个人，给干妈买了水果、点心、奶粉、衣服，纷纷前来看望干妈。老人家的脸上露出了难得的笑容。

休息了几天，我带着干妈去民航总医院给她做了一次全面的体检。老人除了患有高血压、冠心病、耳朵背外，其他还没有什么太大的毛病。我给干妈买了些保健品，还有助听器。让老人家安心在我家住了下来。

千里寻干妈

干妈在北京住了半个多月,原来蜡黄的脸上泛出了红晕,和刚来时相比,明显胖了许多。看着老人的精神越来越好,我心里特别高兴。

有一天,干妈把我叫到身边说:"刘瑞,在你家住了大半个月了,我想回富县看看。"

"您就在这住着吧,回富县干什么啊?"我说道。

"富县还有狗娃子他们姊妹几个,也不知道现在生活得咋样?"

"您放心,富县这些年变化大着呢,您别担心他们了,踏踏实实就在我这住着吧。我把您养老送终。"

干妈长吁了一口气,带着忧伤的口气说:"还不知道狗娃子他们还认不认我这个娘了。"

"他们敢不认,有我在呢,您放心。"我安慰着干妈。老人的眼睛湿润了。看得出,老人在痛苦的回忆中饱受着煎熬。

"干妈,您别难过,想回富县,我陪您去。"

经过我多次的电话联系,终于与干妈在富县的孩子们联系上了。2008年的夏天,我带着干妈回到了她阔别30多年的故乡。富县南道德后北沟村的村民,看着我将干妈接了回来,都感到十分欣喜。他们一股劲地说:刘瑞办了个大好事,让他的干妈能如愿以偿地安度晚年了。

一碗杂面

马平安

春节过了没多时，春耕就开始了。按民间的说法："人误地一时，地误人一年。"时节不等人啊！为了把握好农时，自春耕播种以来，我们每天上工的时间提前了，傍晚收工的时间也推迟了。每晚回到知青点上，等吃完晚饭，都快到后半夜了。

晚饭吃得迟，大不了晚睡一会儿，可中午那顿饭就把人弄紧张了。社员们下工回到家里，婆姨早就把饭做好了，男人进门就吃，饭后还能躺在炕上歇会。我们可不行，下工回来，马上就动手做饭。男生们挑水、劈柴、烧火，女生忙着刷锅、和面、洗菜。尽管六个人忙活，可经常是眼瞅着饭快熟了，上工的钟声也响了。每当我们听到钟声时，心里又急、又气、又无奈！

为了不延误上工，我们总是匆匆忙忙地吃些半生不熟的饭菜，应付一下肚子了事。久而久之，同学们体力下降，也明显地瘦了。不少社员看在眼里、疼在心上。有时，社员们从他们的饭碗里省一点饭给我们吃。那时候的粮食十分金贵，社员们每年的粮食也就只能吃大半年，欠缺的部分只能靠洋芋和糠菜来充饥了。

人不到万不得已的时候，谁好意思吃别人碗里的饭菜呢！尤其是我这个人，好面子又自尊，肚子再饿也只好忍着；再加上我又是知青队长，我感到自己有一种责任，不管遇到什么困难也得咬牙扛着，尽量别给队上添麻烦。

我插队的那个村子平地很少，除了村口有几十亩川地以外，大部分是坡地和山地。一天，我们在前川播种，晌午收工回到灶上，大家七手八脚地开始动手做饭。当我们把玉米面发糕放到锅里以后，有的人因为太累，竟靠着被垛睡着了；有的坐在门槛上打瞌睡，我和大明坐在灶口前，不时地往灶里添着柴火。眼瞅着锅盖的四周刚刚向外冒出热气，上工的钟声又响了，随后，就听见队长那洪亮的吆喝声："噢，上工的走咪！"

听着队长一声高过一声的吆喝，望着同学们疲惫不堪的样子，我掀开锅盖用指头按了一下发糕，只见被指尖按过的地方塌了下去，粘在指尖上的玉米面黏黏的，一点弹性也没有，显然发糕还没有蒸熟。

不能再等了，我的脑海里忽然想起李队长在春耕动员会上讲的话："节气不等人……"我必须同社员们一起下地。想到这里，我从地上捡起一根柴棍在灶口的土灰里拨拉着。

"平安，你找什么？"大明好奇地问着。

"做饭之前，我在灶口里埋了几个土豆，想着下午出工前要是饭没做熟的话，吃上两个土豆也能管点用。"我一边说着，一边在土灰里寻找着土豆。

"呵,还真不少呢!"大明望着从灶口里捡出来的土豆,垂涎欲滴地说着。

我手里拿着两个热乎乎的土豆,对同学们说:"你们几个身体没我好,吃完饭再去吧。我顺便和队长说一下咱们的情况。"

大明一听就急了,对我说:"你老这样,身体再好也扛不住啊!"

望着大家体贴的目光,我一边嚼着土豆,一边对大伙儿说:"没事,我先吃两个土豆对付一下,实在扛不住了再回来吃饭。"

说完后,我大步流星地朝着饲养棚走去。

快走到饲养棚的时候,看见那里聚集着好几个社员,人们正忙着牵牲畜、领取农具,我急忙向前紧走了几步。

"咋就你一个人来了?"

"锅里蒸的发糕还没熟呢,大伙儿饿得够呛,吃完饭他们就来。"我一边和队长解释着,一边用手扛起一副铧犁。队长把牵牛的缰绳递到我的手上,我随着上工的人群朝村前那块坡地走去。

"嗬,从后面一看,还真像个地道的老农呢!"广如走在我的身后,幽默地和我打着招呼。

"广如又拿兄弟寻开心!论干农活你可是我师父啊,一会儿到了地头上,你可得给我帮帮忙啊!"

"犁地这活儿有啥学头,我看你上午不是干得挺好吗?"

"快别夸了,上午是李队长帮我把这套犁地的家什套在牛背上的,这一堆绳索看着就让人眼晕,我初来乍到,哪里会弄啊！"

"帮这个忙没问题，像你这么聪明的人一看就会。"

我们有说有笑地来到了地头，在广如和其他几个社员的帮助下，一会儿的工夫，就帮我把铧犁套好了。我牵的这头牛，是李队长专门为我选的，它通人性，干活不耍奸，我模仿着社员们的样子，跟在他们身后在坡地上学着犁地。

没想到扶犁是个费力活。随着铁犁翻开的泥土不停地滚动，我的鞋壳里灌进了不少土。社员们穿的是圆口布鞋，随手就能把鞋脱下来，将鞋壳里的土倒出来。我穿的是一双球鞋，鞋上系着带子脱起来很费事，大家扶着犁把一个跟着一个地往前走，只要一停下来就会影响后面的行进。无奈之下，我只好默默地忍着，尽管脚丫子硌得生疼，也只能等到休息的时候再说。

由于这些天一直没有吃饱饭，刚干了一会儿，我头上就冒出了虚汗。我随手将松懈的腰带紧了紧，心里暗暗地嘱咐自己：你可一定要坚持住啊！千万不能让社员们小瞧了咱们这些知青。

干着干着，突然，我感觉有点儿头晕，随后胃也痛起来了，还不时地干呕，嘴里老想吐酸水，扶犁把的手也越来越不听使唤。我咬紧牙关，用尽全身的力气，一分一秒地在坚持着。为了控制住左右摇摆的犁把，我弯下腰用胸口顶住犁把，然而，这种办法没过多久也不灵了。伴随着犁把越来越大的摇晃，眼前忽然出现了飞溅的火花，我好奇地看着、看着，突然，眼前一黑，仿佛坠入了万丈深渊。

不知是什么时候，我觉得自己像是躺在一块被阳光灼热的石板上，感觉后背暖暖的。

"先不要动！刚才我问过他们队的知青了，这娃已经好几天没正经吃饭了，他是饿成这个样子的！"

听这声音，好像是贫协主席李大爷！我这是在哪儿啊？我慢慢地睁开眼睛，强迫自己回忆着记忆中的一切——我不是在村前的土坡上犁地吗？怎么会躺在这里呢？我仔细辨认着眼前的一切。

这是一孔破旧的土窑，炕里边放着一摞叠得整整齐齐的旧棉被，窑壁上贴着两张旧年画。屋里最显眼的物件，要数立在窑掌的那个柜子。虽然窑洞里没有什么像样的摆设，但是主人却把它收拾得整齐干净。

突然，我耳边传来了脚步声。

"爷爷，叔叔醒了。"李大爷的孙子宝娃，望着我大声地喊着。

那年，宝娃不到四岁，由于山区的天气一早一晚比较凉，虽然已经开春了，但宝娃还穿着一身棉衣，脚上穿着棉鞋。虎头虎脑的宝娃长得高鼻梁、厚嘴唇，圆圆的脸蛋被风吹得像个红苹果。让人感觉最养眼的要数他后脑勺上留的那条小辫子，小辫透出长辈们对宝娃的疼爱。

"李大爷，我咋到您家来了？"我躺炕上对李大爷说。

"哎呀，可算是醒了。可怜的娃呀！你没吃的咋不给我说呢？"

李大爷操着一口河南腔的普通话，慈祥地望着我。他一边埋怨着我，一边对宝娃他娘说："赶快给这娃做碗杂面条。"

"爷爷，我也要吃杂面条。"宝娃听到爷爷的话，跑到李大爷的身边抱住了他的腿。

李大爷听到宝娃的喊声，低头看了一眼，慈祥地用手抚摸着宝娃的头，对他说："我宝娃乖哩，懂事。"

李大爷说完，转身朝邻居家的大婶使了个眼色，示意她把宝娃带走。

宝娃被邻居家的大婶哄着，一步一回头地走出了窑洞。看着他满脸委屈的样子，我的心里十分难过。看着小孙子走出了窑洞，李大爷从腰带上解下一串钥匙，走到柜子前面，打开吊在上面的一把铜锁，掀开上盖，将头和一只胳膊伸进柜子，从里面取出一个小布袋子，转身递给了儿媳妇，对她说："赶紧给平安做碗杂面条吃吧！这娃一满饿得不行了。面条擀得薄一点，煮得烂一点，面硬了娃娃的胃受不了。"

那时的陕北十分贫穷，麦面很少。谁要是生病了，只能吃上碗杂面条。当我手捧着那碗热乎乎的杂面条时，心里说不上是感激还是愧疚。我望着李大爷慈祥的面孔，想起了远在京城的父母，想起从小就宠爱我的姥姥、姥爷。看着眼前这位不是亲人胜似亲人的老人，我内心一阵酸楚，泪水顺着眼角流了出来，落到了碗里。我眼含泪水，吃着那碗有生以来感受最深、感到最香的杂面。在我的心里，它不是一碗普通的杂面，碗里盛满了一种人间的温情。这碗面不仅体现了陕北人民淳朴善良的品德，同时也凝聚着老区人民对北京知青的无限深情。我默默地将这份至真至诚的情感收藏在了心里，让它成为人生中最难忘的一份记忆。

◈ 黄土蕴情——我的精神家园

一位老知青的情怀

佑 文

40多年前,卢卫东来到革命圣地延安的最南端——宜君县五里镇杨沟村插队;30年前,卢卫东离开杨沟村回到北京。在这30年间,无论社会怎么发展变迁,无论人生遭到怎样的曲折,卢卫东都恪守着一个人生信条:不忘杨沟村,不忘那里的父老乡亲,他坚持每年都要回一次杨沟村。他说自己只不过身在北京,而"根"却留在杨沟村。

插队时结下的深厚情谊

1969年年初,年仅16岁的卢卫东和他的姐姐,来到革命圣地延安插队。他和姐姐被分到了当时属延安地区的宜君县五里镇杨沟村。

姐弟二人同时到一个地方去插队,这在知青中虽然有,但为数不多。时年只有16岁的卢卫东来到杨沟村之后,开始了劳筋骨、苦心志的艰苦磨炼,其间所经历的生活挫折、思想转变与绝大多数知青一样，所能讲述的插队故事也没有太大的差别。要说有点意思的，还要数他第一次探亲回家在路途中的经历，从中似乎让人能窥视到当时中国社会的某一个侧面。

插队之后，卢卫东因为年龄小，时常想家。每次从地里劳动回来，往炕上一躺，便想到母亲。在北京时，放学回家一进门，母亲便将饭菜端了上来；现在，受上一天的苦，还要自己动手做饭，这对于一个年仅16岁的小青年来说，"家"的概念应该是一种温暖。

插队的第二年，卢卫东想回家探亲，可路费凑不够。一个"娃娃家"一年能挣几个工分，自己养活自己尚且困难，哪有余钱去回家探亲。到了第三年，马上要过春节了，卢卫东又想到要回家，这一次，路费依然没有，但有另外一名知青也要回家，于是，二人便商量用"扒火车"的办法，看是否能实现一次探亲之旅。

卢卫东与同伴从杨沟村出发，步行30多里路赶到县城，坐上了宜君开往铜川的班车，再乘车赶到了西安。二人在西安火车站花1元钱，买了两张站台票，乘上了开往北京的火车。然而，到了渭南，他们就被乘务员发现，并被赶下火车。于是，二人只得再花1元钱，买站台票继续北上。就是用这种方法，他们先后在洛阳、郑州、石家庄等地被赶下了火车，尤其是在从郑州到石家庄这段路上，他俩扒上一辆运煤的火车。列车呼啸奔驰，寒风飕飕。两个年轻人扒在煤堆上，冻得浑身发抖。到了石家庄后，列车员发现他俩后，要把他们再次赶下火车。卢卫东和伙伴一再向列车员解释，称自己是在延安插队的北京知青，因没钱买票，才扒火车回家。遗憾的是，列车员并不相信他俩所说的话。无奈之下，卢卫东只好与同伴下了车，在石家庄的街道上溜达。饿得实在不行了，可身上一个子儿都没有，无奈，二人只好跑到餐馆去要饭。当晚，他们扒上了一辆开往天津的货车，然后又扒车才回到北京。从杨沟村出发，卢卫东和同伴前前后后经过了11天。

告别同伴后，卫东急匆匆地赶回了家。当时，他的头发像毡片，满身污垢，鼻孔、耳朵里都塞满了煤灰。当卫东敲开门，站在自己家门口时，母亲竟然没有认出他来。卢卫东眼含泪水大叫一声："妈！"老人这时才认出眼前的这个小伙子正是自己的儿子。

卢卫东在杨沟村整整生活了10年。这10年间，他由一个不谙世事的半大小伙，成长为一个有思想、会思考、体魄健壮的青年。在与杨沟村的乡亲们共同生活的这10年间，他与村民们结下了深厚情谊。尽管他知道自己最终会离开这里，但他还想到：有朝一日，只要他有了能力，一定要帮助这个偏僻的村子实现脱贫，让村民们都过上好光景。1978年11月，卢卫东离开了杨沟村返回北京。1980年春节，作为曾在杨沟村插过队的知青，他第一个回到了杨沟村。从这一年起，每到春节，他都会回到这个他生活了10年的第二故乡过年。

难忘第二故乡

1978年，卢卫东返城之后，在北京长途汽车公司当上了一名汽车司机，不久后，他停薪留职，做起了皮鞋生意，几年下来，有了丰厚的资产。然而，富了的卢卫东没有忘记杨沟村的父老乡亲。1987年，他和姐姐卢志红带了十几万元的现金，想在杨沟村办一个砖厂，来帮助这里的群众脱贫致富。可当时的社会环境和开放程度难与现在相比，再加上其他原因，砖厂最终没有办成，还将卢卫东所带来的资金损失了一半。那个年月，那可是一笔不少的钱呀！

办砖厂失败，并没有让卢卫东丧失对乡亲们进行帮助的拳拳之心。1998年，卢卫东把生意交给朋友打理后，再次带着资金回到了杨沟村。经过认真考虑，他决定利用杨沟村的自然优势，办一个生态养鸡厂，带动当地群众发展特色产业，实现致富梦想。村党支部、村委会对卢卫东办养鸡厂给予大力支持。此后，卢卫东开始雇人建鸡舍，聘请技术员对招用的村民进行技术培训，经过几个月的努力，一个颇具规模的养鸡场终于建成。后来，由于人员、技术及市场等多方面的原因，养鸡场又倒闭了，他想带领群众致富的梦想再次化为泡影。

68个孩子的"父亲"

几次失败下来，卢卫东损失了几十万元，而自己的皮鞋生意也逐渐萧条。但是，他帮助杨沟村群众实现脱贫致富的梦想并没有变。与之前不同的是，卢卫东没有再回到杨沟村建厂，而是选择将山里的村民带到北京来打工。第一个被他带到北京的小伙名叫欧友谊。小欧起初在一家汽车修理厂当修理工。由于他人聪明，又能吃苦，很快就得到了修理厂老板的青睐。经过十多年的打拼，欧友谊不仅成了一个技术娴熟的汽车修理工，而且自己在北京也办了一个汽车修理厂，当上了老板，购买了两处住房，并在北京成了家。欧友谊的成功让卢卫东意识到：帮助杨沟村村民拓宽就业门路，不正是帮助他们致富吗？此后，卢卫东陆陆续续从杨沟村和周围的村子，先后将68个山里娃带到了北京，帮他们找工作，提供吃住。

如今，这些山里娃，有的做了生意，有的当了司机，有的当了保安，有的在饭店当服务员，其中一些人还在北京成了家。每逢节假日，这些孩子就会不约而同地来到卢卫东家里相聚。他们有什么困难、困惑，都会向卢卫东倾诉；有的孩子生病了，卢卫东和妻子到医院去陪护。在杨沟村村民的眼中，卢卫东就是68个孩子的"北京父亲"。

外人对卢卫东为杨沟村几十年来做的这些好事不太理解。不用说别人，就连他母亲也常念叨说："那个地方究竟有多好，让卫东几十年来，每到春节就撇下我往那儿跑。"卫东知道母亲的心事，于是，在2005年，卢卫东专门开着车，带着母亲和家人来到杨沟村，村民们热情地接待了卢卫东一家人。

乡亲们向卫东的母亲历数着卢卫东多年帮助他们办的一件件好事、实事。母亲听完之后，这才明白卫东与杨沟村的父老乡亲结下的这份情意了。她对卫东说："你干的都是好事。为了这里的老百姓都富起来，你干啥，妈支持！"据统计，30年来，其他不说，光卢卫东从北京到宜君来回路上的花费就有20多万元。

一位朋友劝他说："你年龄也不小了，杨沟村还有那么多的年轻人，你能管得过来吗？村里还有那么多人生活困难，你能帮助他们解决吗？"听了朋友的话，卢卫东笑着说："我在杨沟村生活了整整十年，尽管我在那里吃了苦、受了罪，但正是那些坎坷和磨难锻炼了我，使我感受到人间真情的可贵。我不后悔我的选择。只要有机会、有能力，我会继续为杨沟村的乡亲们付出。"

◈ 黄土蕴情——我的精神家园

未了的情　无言的爱

彭嘉英　安桂湘

唐人孟郊有诗云：谁言寸草心，报得三春晖。以"春晖"来比喻慈母的恩爱，再恰当不过。那是经历过严冬的人，最能感受到春晖的温暖；那是不知乡关何处的游子，最能感念母爱的深沉。自退休之后，喜好披览闲杂书籍，每次读到孟郊的这首《游子吟》，我便会想起插队的岁月，想起陕北的山和水，想起与陕北父老结下的割不断的情缘。

我俩在插队之前是同班同学，插队之后，又分到一个生产大队——延安县临镇公社义家塬大队。这里是延安县的南部塬区。说是塬，实际上是一个梁峁相嵌、沟塬并存的偏僻之地。不过在延安来说，只要地名带一个"塬"字，地理环境和生产条件相对要比山沟里好，起码一年能收一茬麦，在吃喝上也比拐山沟里强。

我们刚到村上的时候，先认识的是生产队长和我们的房东。房东姓李，叫李新敬，他爱人叫许花琴。他们是逃荒流落到任家塬的。记得，我们有时替许大娘写家信，她娘家的具体地址是：河南省南阳市唐河县桐寨铺。河南人口多，经常遭荒。冯小刚将刘震云的小说改编成电影——《温故——一九四二》，讲的就是河南发生的灾荒。新中国成立初期，河南也发生过好几次蝗虫灾害，灾害使中州大地赤褐一片，颗粒无收。许大娘就是在上一个世纪50年代一次灾荒中背井离乡的。那一年，许多河南人背着花格子粗布捆成的包裹，拖儿带女，一路颠沛流离。在逃荒的途中，有人辗转于沟壑之中，有人不知所终。大娘一路讨饭，一路向西走。当时，他们的小女儿出生才几个月，模样长得俊俏，十分讨人喜欢。在逃荒的路上，有许多好心人要收养大娘的小女儿，大娘舍不得。她说：我们娘俩再苦再难，也要找到一个落脚的地方。就这样，她们辗转来到了延安，十几年后，又成了我们的房东。

插队生活，五味杂陈。对于少小离家的知青来说，"滚一身泥巴、炼一颗红心"，"磨出两手老茧，炼出一副铁肩"，这些充满豪情壮志的语汇，知青们不仅耳熟能详，而且成了所追求的一种境界。对于"苦心志、劳筋骨"，我们似乎早有思想准备，而对于"饿体肤"，我们好像准备不足。当时，知青们正是长身体的时候，特别能吃。刚插队的第一年，吃的是供应粮，每月几十斤，只能吃20多天；后来，按工分分粮，分到的原粮去壳除皮，也所剩无几，因此，吃不饱饭似乎成了知青们的一种集体记忆。对于我俩来说，吃不饱饭除了粮食短缺之外，另外还有一个原因，这就是：家教所养成的一种习惯。吃饭要讲礼让、讲吃相，要细嚼慢咽，不能吧咂出声响来。这样一来，舀起第一碗饭刚吃完，回到窑里舀第二碗时，只剩下盆底的一点稀汤。少吃一顿两顿，倒也没啥，可时间长了，人就饿得有些撑不住。作为房东，许大娘从窑里出来进去，把这种情景看在眼里、记在心中。她隔三差五地给我拿一些煎饼、米黄和玉米面发糕让我来充饥。后来，大娘干脆提出让我到她家入伙吃饭，起先，我有些不好意思，可经不住大娘三番五次地催促，我就到大娘家入了伙。当时，农村的饭菜十分简单，多半是玉米和其他杂粮。许大娘心细，做得一手好茶饭，经常给我们调剂花样，粗粮细做。那年头，一天能吃上一顿热汤面就算是好光景了。当时，我们还年轻，不懂得人情世故。其实，许大娘家的生活也十分困苦。她上有一个70多岁的婆婆，下有五儿三女，全家老少十一口人的吃饭、家务、衣服的缝补洗浆，全靠大娘一个人来操持。大娘家中的家务活本身多，再加上我们入伙吃饭，其劳累程度可想而知。尽管这样，大娘还是一门心思来精心照顾我们，有时还给我偏吃另喝。过上一段日子，大娘给我烙一次烙饼，不仅让我们吃饱，临走时还让我带上。当时的陕北农村，吃饱饭尚且困难，花钱买盐、买点灯用的煤油，给孩子扯布做衣服，全靠养猪和养鸡。鸡下了蛋，大娘家舍不得吃，就连她家最小的孩子想吃一个鸡蛋，大娘也舍不得给。她将鸡蛋攒起来，到供销社换成钱。可每次，她都要留下一些鸡蛋给我们吃。有时，我们生病了，大娘便心疼地来探视，转过身，就端来一碗热腾腾的面片，上面还卧着两个荷包蛋。吃着大娘送来的饭，心里除了感动，还有愧疚。我与大娘不沾亲、不带故，她将我们视为己出，其情其意，让人感到无法偿还。

　　大娘说一口地道的河南话。她见了我们不叫名字，总是喊一声"娃儿呀"！就在这种呼唤中，我们渐渐地成熟了，懂得人情世故了，体魄也健壮了。这样温馨的日子过了两年多，我招工离开了大娘家。离别的那一天，大娘和我拉了许多话。她千安顿、万嘱咐，要我出去努力工作，照顾好自己，有空常回村里来看看。

古语云：一饭尚铭恩，何况大娘对我的百般照顾，从一粥一饭、到一丝一缕，将慈母般的情和爱全都给了我，我怎么能忘记大娘的厚爱和恩德。自参加工作后，每有空暇，我都要回村去看望大娘，我与大娘一家人结下了割舍不断的亲情。我工作单位的同事，都知道我在农村有一位大娘。我在延安上党校时，大娘曾来看望过我。我工作的单位在富县。大娘为了看我，她从临镇起身，倒几次车，才能到达我工作的单位。每次来，她总要带许多东西，还一股劲地说："你成家了，花销大。大娘带的这些土特产让你们尝尝。"我调回北京后，与大娘的来往没有过去方便，但每次回到延安，我第一个要见的人便是许大娘。每年在春节前夕，我都要给大娘寄点钱。钱没多少，表达的是我们的心意。

我与许大娘从1969年相识，直到2011年大娘去世。在40多年间，我们所结下的这份亲情一直延续到今天，延续到大娘的儿孙身上。我与爱人安桂湘是同班同学，又在同一个生产大队插队，招工之后又在同一个单位工作，又共同认识了这位可亲可敬的许大娘。这是一种缘分。缘分经过岁月的沉淀，就升华成一种亲情。

今年，是北京知青赴延安插队45周年。现在，老知青们大都退休了。有时，几个"插友"遇到一起，在交谈中，大家好像有一个共同感觉，这就是：越上年纪，对那段艰苦的插队生活就越怀念。有时，我和桂湘也在一起说：人很怪，将在一起欢笑的往事都忘记了，却把在一起哭鼻子的事记得那么牢；将喜庆的时光都忘记了，却将在一起受苦受累的日子记得那么清楚。说着说着，我们又从这位大娘说到一位大叔。如果说，我们对大娘有一种未了之情的话，那么，我们又从大叔的身上感受到一种无言的爱。我们所说的还是插队期间的事。好像是1970年的冬天，公社抽调我俩绘制"战备图"。当时，中苏交恶，一年前曾在珍宝岛上干了一仗。当时有一句口号是："备战、备荒，为人民"。绘"战备图"就是战备。要绘好这个图，我们拿着公社出具的介绍信，走到全公社任何一个村庄，凭着介绍信，就会有人来协助我们工作，解决我们的吃住问题。当时，每走到一个村子，就由村上安排吃派饭，每人每顿交四两粮票两毛钱。一般来讲，生产队给哪一家派饭心里都有数，会将家庭生活条件好一些、卫生条件好一点的家户作为派饭点。那一天，我们到了姚家坡大队，中午吃饭时，我们被派到一个社员家里。这家人的家里很整洁，窑里院外收拾得干干净净。我们走进窑里后，发现窑里只有一位中年男子，看上去有50来岁。我们进门叫了他一声大叔后，就坐了下来准备吃饭。大叔也没有和我们有过多的言语，他看着我们只是笑一笑。陕北人大都是这样，不会花言巧语，不会说客套话，但对人特实诚。不一会，大叔就将饭端了上来，是干捞面。这种饭在当时的农村来说，算是上等的好饭。要吃一顿纯白面的干捞面，只有逢上四令八节，或是招待尊贵的客人。大叔将面端上来之后，随即又端上来四个小碟：一碟盐面，一碟辣子面、一碟酸菜、一碟油泼韭菜。我们将这些佐料和小菜分别拨进碗里，捧着碗就吃开了。没想到，第一口吃下去，觉得味不对，有一股膻气。我俩都着不得羊膻。可这一筷子挑下去，羊油泼出的韭菜已经和面搅和在一起，便只好硬着头皮吃下去。等吃第二碗面时，我们光拨了其他三碟佐料，而油泼韭菜动也没动。怕大叔看见我们吃饭还挑三拣四，我俩互相对视了一下，没说任何话。我们吃着饭，大叔蹲在地上吸着烟。临走时，大叔给我们笑了笑，这就算和我们打过招呼了。

晚饭依然安排在大叔家。我们一进门，就能看得出，大叔在门口等待我们多时了。饭同样是干捞面，同样是四个小碟，可我们再也没碰油泼韭菜。这时，蹲在地上吸烟的大叔站起来说："把油泼韭菜调上。我不知道你们不吃羊油。中午的韭菜是羊油泼的，有膻气；这是清油泼的，没膻气。你们慢慢吃。出门在外不容易。"说完，他又蹲下来吸烟，眼睛朝着窗外，看着院子里有一群鸡在啄食。

这是一件小事。但这件小事却莫名其妙地在我们心中藏了40多年。淳朴厚道的陕北人，话不多，但心里啥都明白。在大叔家吃的两顿饭，给了我们人生一个启迪，这就是：要善解人意，要多做少说。

年夜饭

李 鹏

40多年来,每逢大年三十,与家人围坐在一起吃年夜饭的时候,我就会想起当年在甘泉插队时吃过的两顿年夜饭。

1969年2月,我们六个北京知青来到甘泉县一个偏僻的小村庄插队。陕北一进入腊月,过年的气氛便一天浓似一天。家家户户都忙着打扫窑洞,换窗户纸,贴对联。窑洞的脑畔上、院子里的柴堆上和山峁峁都覆盖着厚厚的白雪,闪着刺眼的光,映照在村里人憨厚的笑脸上。劳累了一年的人们就要迎来他们一年中最隆重的节日;而我们几个"北京娃"也即将在这个小山村度过平生第一次远离父母、远离都市的春节。

也许是乡亲们怕我们孤独、想家,几天来,不断有村干部和老乡到我们的住处来嘘寒问暖、拉家常。大队还专门派妇女主任帮我们准备年茶饭。队长家的那条大白狗也不住地围着我们转来转去,一个劲儿地摇摆着尾巴,好像有意在安慰我们。

除夕夜降临了,天空依旧飘着雪花。有几家村民按照队里的安排,把我们几个分别拉到自家去吃饭。我去的那家主人叫

◈ 年夜饭

任全世，是个40多岁的中年汉子，他当过兵，复员后回家务农。他把我让进院子后，冲着窑洞喊起来："快出来，来贵客了！"随着窗纸上人影的晃动，窑门"呼啦"一下子打开了，跑出两个半大不小的男孩，拉着我就往窑里走。老任的婆姨笑眯眯地忙拍打着我身上的雪花儿，把我往窑里迎。

炕桌上早已摆满了油馍馍、炸油糕、炖猪肉、大烩菜、黄米饭，还有一陶罐儿米酒。老任和我鞋也不脱，盘腿坐在炕里头。炕烧得热热的，大人、娃娃围坐在炕桌边儿。老任借着油灯放射出的光亮，一个劲儿地往我的碗里夹菜，还把米酒倒进两只大海碗里，让我和他一口干掉。那米酒稠稠的，像是玉米面糊糊，但喝进嘴里酸甜酸甜的。我和老任一碗接一碗地喝着，喝了一会，酒劲渐渐上来了，我的脸红得就像窗户上贴的红窗花。那一刻，我觉得自己就是他家里的人，没有了主客之分。老任说："你们北京娃才十几岁，就来到咱这穷山沟沟里受罪，不容易呀。"

陕北人实诚，话少，为人做事十分厚道。老任尽管在外闯荡过几年，但还是陕北农村人的秉性。他一股劲地让他老婆满碟子满碗地往上端，我俩一股劲地喝着酸甜可口的稠米酒。外面大雪飞舞，窑里暖意融融，一直到深更半夜，这年夜饭才算吃停当。

第二天是大年初一，村里的男女老少伴随着铿锵的锣鼓声扭起了秧歌。他们或许是在企盼用震天的锣鼓声驱走贫穷，用多姿的秧歌舞迎来好年景。而我们这些不谙世事、刚刚步入社会、跃跃欲试要"改天换地"的知青还沉浸在"几回回梦里回延安，双手搂定宝塔山"的浪漫情绪中，沉浸在昨晚"米酒油馍木炭火,团团围定炕头坐"的喜悦回味中。

可我哪里知道,除夕夜的一桌酒饭,不仅是老任一家特意为我备下的,也是他们一年中唯一能吃到的一顿最丰盛的饭。他们倾其所有,把家里最好吃的东西都拿了出来,甚至还借钱买肉来招待我,就是为了让我吃好、喝好,不想家。

1971年底,我被分配到甘泉县城关小学实习,放寒假的时候,我没回北京,决定一个人在甘泉这个有"美水之乡"称号的小城里过一个春节。

城关小学的教导主任名叫王进兴,他鼻子上架着一副高度近视眼镜,表情总是带着愁苦,一副疲惫不堪的样子。他的家境也的确贫穷,一群娃娃都没有成年,婆姨还有病,生活的重担都压在他一个人身上。除夕这天一大早,王主任就隔着窗子对我说:"今天晚上哪里也别去了,到我家来吃饭。"我不愿意给他添麻烦,便委婉地推辞了几句。王主任见我推辞,便用一种不待商量的口气说:"你一个人不容易。我不能看着你一个人过年。天黑我来接你!"王主任的话深深感动了我,我无法再拒绝。

在王主任家的炕桌上,照例摆着陕北人传统的年茶饭。油糕、油馍馍、炖肉,七碟子八碗,摆了一炕桌。王主任和我盘腿坐在炕边,互相敬让着喝酒、吃菜。窑洞里热气腾腾,王主任和婆姨的脸上始终挂着笑容,招呼我要多吃点儿。透过散开的水蒸气,我环视着窑洞里的四周。突然,我的目光落在三个穿着破破烂烂的娃娃身上。只见他们站在窑洞的一角,直勾勾地盯着桌子上的饭菜,眼睛露出饥饿的神色。看到这一幕,我夹菜的筷子一下子停在半空僵住了。大男娃见状,不好意思地拽拽两个弟弟的衣袖,冲我说:"叔叔,你吃呀,快吃呀,我们不饿。"

"让娃们一起吃嘛!"我向王主任说道。我明白,这是一句带有客气和自我安慰的话。话是说了,但我的心里难过极了。

"去去,出去耍,等一阵儿你们再吃。"王主任轰赶着三个娃,又转过脸不好意思地对我说,"娃们不懂事,娃们不懂事。"此时,我只觉得眼里发热,鼻子发酸。

我在城小实习的时间虽然不是太长,但我知道,王主任家的生活十分困难。他和婆姨娃娃,一年到头也尝不到一点荤腥,但他为了让我过年不孤单,竟借钱打酒、买肉来招待我。

我在甘泉连插队带工作总共待了11年。11年里,我学会了思考,有了一种平民视角,有了一种平民情怀。岁月如流水,除夕年年有。可不知为什么,我这大半辈子,老是忘不了在甘泉吃过的两顿年夜饭。老任、王进兴主任,以及他们的家人和那透着温暖的窑洞,总在我心中萦绕。有一天,我们老哥仨再能盘腿坐在陕北的热炕上,吃上一顿年夜饭,那该有多好啊!

乡下来客

刘蕴秋

我在延长县插队两年后,被招工招在了延安大修厂,在厂里当了近7年工人。在这7年间,我与村里的老乡有着密切的来往。那时,延安的交通很不方便,从延长到延安,算得上是出远门。因此,有老乡路过延安找我时,我总是热情地接待他们。

最早来找我的是福儿,他是出外当民工路过延安,正赶上吃中午饭。当时,厂里食堂的伙食极差。福儿来的那天,食堂里只有两个菜,一个是萝卜炒土豆,另一个是凉拌洋白菜。那个萝卜土豆炒得极难吃,既没颜色又没味,烂乎乎的像剩菜;那个凉拌菜还凑合,焯过后还绿绿的,有股酸辣味。

我认为那个拌菜比炒菜要好吃。可是吃饭时,福儿光吃那个炒菜,基本不动那个拌菜。我问他:"这个凉菜挺好吃的,怎么不见你吃呀?"福儿说:"那是拌菜嘛。"他又指着炒菜说:"这是炒菜。炒菜是用油炒的,总比拌菜好吃嘛!"我知道了缘由,便劝他说:"那你就多吃炒菜。"他客气地说:"你也吃,

◆ 乡下来客

你也吃。"看他吃得很香，我心里一阵难受。老乡们太恓惶了！这么难吃的炒菜，居然还说好吃！只有肚子里过于缺乏油水的人，才觉得炒菜好吃。

过了一段时间，又来了两个人，是村里的两个老汉。说是"老汉"，其实也就50多岁。那时的农村人不经老，一过50岁，人的老态就出现了。这两个老汉好像是来延安看腰腿病。俩人一高一矮，高个的外号叫"三道弯"，当然，那是村里人给他起的绰号，我可不敢这么叫他，人家是上年纪的人了。

两位老汉对我说："一满没进过工厂，带我们转转，见识见识。"那天，我上夜班，正好白天有时间，便带着他俩到各车间去转了一转。

两位老汉走进车间后，眼睛有些不够使，看什么都新鲜。铸工浇铸刹车鼓模型，钢花四溅，二人看后不由惊叹："咦！这活危险哩！"看到下一个工序，见到工人们正清理浇铸成型后的铸件，又赞叹说："咦！这么快就做成了！"

那段时间，食堂里经常吃的是高粱面饸饹。饸饹是用机器压制的，我们称之为钢丝面。这种面又涩又硬，胃口不好的吃了很难消化；炒菜几乎不见油水，跟白水煮的差不多。见两个老汉来了，我事先用煤油炉给二老煮了一锅大米红芸豆粥，那是我探亲从北京带来的。我又从食堂买回两份饭菜来招待客人。室友为方便我们拉话，到别的屋子去吃了。我给二老每人盛了一大碗红芸豆粥，稠乎乎的，散发着香气。二老吃得很高兴。"三道弯"边吃边对那个老汉说："咱种了一辈子庄稼，还不晓得这是什么豆子。"那个老汉说："是哩，是哩，一满没见过这种豆子。"

两位老汉在我那里待了近一天，聊了不少村里的事。傍晚，他们说要走，我问这么晚了住哪里？说是住亲戚家。晚上我上夜班前，将两位老人送到了厂门外。

第三个来找我的是牛儿，他是上午来的。他一见到我就说："修完路准备回家，天不明就上路，走了百十里，累得太太哩。"我说："你先吃午饭，吃过后，就在我的床上歇一歇。"那天正好宿舍里几个人都上白班，我对牛儿说："你睡你的，下班我叫醒你。"他说："好！"看来他真的是太累了，出民工两个多月，工地上的伙食不好，活又重，他变得又黑又瘦。

吃罢了午饭，他倒头就睡，直到我下班回宿舍，他还没睡醒。我叫醒了他，告诉他该吃晚饭了。后来的事我也记不清了，只记得当晚我睡觉时，半夜感觉身上有虫子在爬，开灯一看，是个虱子，慌忙再找，又找到一个。第二天，我晾晒了被子还用开水烫了一下床单。

第四个来找我的是郭管子，他也是去出民工。他一见我就说："麻烦你给我找个地方，我要住一晚上。听人说明天延安有空军来跳伞表演，说什么我也要看一看。"当时，我们也接到通知，说有新疆军区的空军来表演跳伞，全厂放假一天。郭管子在我那里吃过饭后，我去男生宿舍给他找住处，有一个男生探亲回家了，床正好空着，跟那个宿舍的人说好后，当晚，郭管子就在那床上睡了一宿。

第二天，郭管子跟着我们，去了跳伞表演场地。那是在延安机场东边的一大块麦田里。那次表演非常精彩，飞机一架架从机场起飞，又用汽车循环着把跳过伞的伞兵拉回机场，尔后再飞回来。飞机飞到上空后，伞兵们一个个从空中落下，他们有的在空中挥舞彩带，有的在空中摆出一个多人拉手的造型，跳伞形式各异，花样百出，且男兵女兵都有。尤其是伞兵们所用的伞都是专用伞，色泽艳丽，非常好看。霎时间，麦田上空绚丽多彩，伞兵们落在离哪片人群近的地方，哪片人群就发出嗷嗷的欢呼声，人人都像小孩子。我自己也是第一次近距离看跳伞，我高兴，更为郭管子高兴，我知道他也在人群中跳跃，他终于如愿以偿了。

最近，我在北京知青网论坛上看到一位插友2006年回村的照片，我竟在照片上看到了牛儿和福儿。他二人都老了。尤其是牛儿，已看不出原来的样子。从福儿的大眼睛上，还能辨认出他当年的模样。听这位插友说，郭管子已不在人世了，我心里真不是滋味！因为他比我们大不了几岁。想来，本文中提到的那两位老汉恐怕也已归了道山，我愿他们在天国安息！

◈ 黄土蕴情——我的精神家园

宏涛借我 5 元钱

张拴来

5 元钱，放在今天，也就只能买一个肉夹饼或一碗面皮，而在那个困苦的年代，5 元钱是一个学徒工月工资的近三分之一。而且，钱的用场不同，其价值自然也不同。紧要三关时，一分钱能难倒英雄汉；无甚要紧事的时候，一万元也只能算是"闲钱"。我之所以这么说，是我在人生命运发生转折的紧要关头，一位北京知青借了我 5 元钱，帮助我度过了人生中的一个难关。

事情发生在 36 年前的 1978 年。那年，是国家恢复高考制度的第二年。我参加了全国统一的中等专业技术学校的招生考试，考了 240 多分，超出最低录取分数线 20 分。当年 9 月，在忐忑不安的等待中，我等来了延安农校的录取通知书。当时，觉得自己考了这么好的一个成绩，被一所农校录取，不是很理想。但对于一个家庭人口多、生活十分拮据的农村孩子来说，这无疑是一次改变命运的好机会。因此，在亲戚朋友和家长的劝说下，我最后还是决定去上学。

❖ 宏涛借我5元钱

开学的日子临近了，母亲竭尽家庭之所能，为我准备了一床被褥，还将哥哥穿过的旧衣服改了改、补了补，给我拾掇成几件能凑合着穿的衣服。父亲觉得被褥有些单薄，又从亲戚家借了一条羊毛毡；已经有几个孩子的大姐，还送给我一个破旧的书箱。二哥为了给我凑够上学的费用，他卖猪、卖鸡，筹集了27元钱，临走时，家里还让我带上花椒树上产的3斤花椒，拿到学校灶上，看能不能换点钱贴补生活。

当时，延安农校才恢复招生，要做各方面的准备工作，所以开学比较迟。11月4日，是开学报到的日子，二哥要送我到学校去。11月3日，带着为我准备好的行李，我哥俩乘坐村上的拖拉机，走了将近一天的时间才到达富县县城。在城里，二哥为我买了一件新衣服，买了饭盒、脸盆、毛巾、牙刷等生活必需品。尽管这些东西都是捡最便宜的买，但所带的钱已经花得差不多了。晚上，在熟人家里住了一夜，第二天，买过两张去延安的汽车票后，再剩最后10元钱了。二哥将钱给了我，我小心翼翼地把它一折，装在刚买的新衣服右下边的衣兜里。

平生第一次出远门，再加上身上还装着10元钱，我感到有些紧张和拘谨。坐在车上，我警惕地注视着周围的每一个人，一路上，我一会儿摸摸衣兜，一会儿左右看看。没想到，我越是小心谨慎，越容易引起人们的注意。到了延安后，下了车，出了站，我才发现钱被小偷偷了。突然间，我感觉像天塌了似的，顿时陷入莫名的痛苦和绝望之中。我知道，这10元钱对我来说太重要了，它关系到我能否顺利入学，二哥能否如期返回家中。我怎么这么没用，把钱给带丢了。当我稍微缓过

· 51 ·

神时，便小声地将钱被人偷了的事情告诉了二哥，二哥一听，顿时暴怒，把我狠狠地训斥了一番，引来了周围一片同情的目光。我欲哭无泪。在车站门口，有好长一段时间，我呆若木鸡似的站在那里一动不动，二哥也蹲在地上唉声叹气，嘴里还不停地念叨着：这可怎么办？我弟兄两个，从没出过远门，而且在延安城里举目无亲。现在，两人仅有的10元钱又被小偷偷走了，我俩便像丢了魂似的，看着车站门口人来人往，一时不知该怎么好。

过了好长一段时间，二哥想起在村上插过队的北京知青，现在延安制药厂工作的殷宏涛。于是，二哥起身说："走，咱先去找农校接新生的车，把行李放上，再去制药厂找村上的知青，看能不能借点钱。"随后，我们很快找到了农校迎接新生的汽车，把行李安顿好后，匆忙从延安东关一路打问，走到南桥的延安制药厂。还好，经过一番周折，我们在南桥延安制药厂半山腰的两排薄壳窑下面的一个院子里，找到了殷宏涛。

知青来我们西屯么村插队的那年，我的年龄还小。二哥与这伙知青几乎一般大小，他与知青们整天在一起劳动、闲聊，关系处得十分好。殷宏涛为人本分，好学习钻研，懂得的知识很多，而且还特别能吃苦，因此，插队时间不长，便被招了工。当我和二哥怀着忐忑不安的心情来找殷宏涛时，只见他手里拿着一把木工锯子，正在院子里用旧木头、旧包装板制作家具。我哥俩的突然来访，让他很是惊讶。由于屋子里摆满了各种材料，也没法让我们进屋里去坐坐，他只是停下手中的活计，和我二哥说起话来。他对村里的情况很是关心，问长问短。拉了好长时间的话，他估摸我们远路风尘来找他，肯定有事。便拉着二哥的手说：你们找我有啥事尽管说。二哥有些难为情地将我们遇到的困难给他说了之后，提出要借几块钱来应应急。殷宏涛知道我们的来意后，非常同情我们，他犹豫了片刻，没有痛快答应借钱给我们，也没有立即拒绝。只是说："别着急，让我想想办法。"他思量了一会儿，就到隔壁邻家去了。一会儿，手里拿着5元钱出来，递到二哥手上说："就这一点，再没有多的，拿上应应急吧！"我二哥接住这5元钱，脸上有一种千恩万谢的表情，但一时又感到不好用言语来表达这种感激。我和二哥拿到钱后，也没多留，就告辞了。后来，每每想起这件事，我才渐渐明白，当时我们开口与宏涛借钱，他之所以犹豫、之所以思量，是因为他也很困难，不富裕；学徒工工资每月仅有18元，即便是转正之后，也就能拿二三十元钱，他在城里生活，花销大，加之眼前又在做家具，需要花钱；我们又来得这么突然，他身上没有方便的钱来支助我们。犹豫是他有困难；思量是他在替我们想办法。最终，他还是给我们解决了问题，没有让我们空手而去。

就是这5元钱，使我顺利地进入农校；就是这5元钱，二哥顺利返回富县；就是这5元钱，给了我莫大的帮助，让我完成了人生路上的一次大转折。从这5元钱的帮助上，使我体会到北京知青与延安人结下的那份珍贵的亲情。这种闪耀着人性之美的品质对我的一生影响很大。区区5元钱，使一个北京知青与我哥俩从此在心灵上有了一种割舍不断的情谊。

36年来，我对殷宏涛一直心怀感激，但又不知如何来表达这种感激。于是，我就试着把这段让我终生难以忘怀的故事讲出来，讲给知青们听，讲给朋友们听，讲给世人听，讲给后人们听。要让他们从5元钱的故事中，倍加珍惜人间的每一份关爱，让这种闪耀着人性之美的高尚品质，永远传承下去。

父母和我一起插队

张克民

又是一个清明节,漫山遍野的山桃花都开了,我默默地站在父母的墓前,望着墓碑上双亲的名字,我的思绪又回到40多年前。

我想起了我的父母。是他们含辛茹苦将我养大,供我上学,在知青上山下乡的大潮中,父母又千里迢迢从北京来到延安,陪我一起插队。那段日子虽然短暂,却让我终生难忘。

1969年1月,我来到延安地区黄龙县范家卓子插队。当年,只有17岁的我,远离父母,来到可称得上是穷乡僻壤的地方来插队,不要说内心的孤独无助令人痛苦,光每天的劳作就把人累得够呛!记得刚来没多久,马上就要过春节了,一些知青开始陆续回京探亲。那年春节我没有回去,一个人在村上过了一个年。不久,知青们又陆续回到村里。我从一位要好的知青口中得知,她回京探亲时,我父亲让我大姐到她家询问我过年是否回来,她说,可能不回来了。听她说完这些,我再也按捺不住想家的念头,便急忙踏上了回京之路。

然而，就是这次回家探亲，让我的父母作出了一个重大决定：经父亲和我母亲商量之后，决定让我母亲随我一起到延安来陪我插队。当时，我的哥哥和姐姐对父母作出的这个决定有些不理解。他们说："母亲已经60岁了，父亲在家里也没人照顾。母亲随你一走，父亲的生活由谁来照料？"当时的实际情况也是这样，况且哥哥和姐姐又都上班。这时，我父亲只是淡淡地说了一句："十个手指，我咬着哪个都疼。"就这样，母亲还是随着我来到我插队的地方。

母亲出生在天津，后来随父亲又到了北京，可以说一直生活在大城市。母亲性格温和。她随同我来到农村插队，一路上没说过多的话。到了我插队的地方之后，她的感觉又是如何，我从来没有问过母亲，母亲也没有表现出有任何的不适应。

母亲随我在知青灶上吃饭，她按规定，给灶上交粮，交生活费。她和村里的乡亲们处得非常好，谁家做件新衣服，都会让我母亲帮他们参谋；谁家里遇上难肠事，也爱找母亲来倾诉。没过多久，母亲俨然成了村里的一位老人。有时，母亲在帮助村里的乡亲干点零碎活之外，她还帮助知青灶做饭。从早到晚，母亲只是默默地干活，从没说过一个苦字。

1970年大年初二的早上，母亲对我说："初一的饺子初二的面，初三的饸子家家转！今天咱们吃面吧！"当时，还有两个知青没有回京，我就把他们一起叫来，吃我母亲做的面。

我们知青住的地方在村头的小学校里，就在我帮母亲和面的时候，突然听见父亲在说话。当时，我有点蒙了，大概是想父亲想得太厉害了。可当我抬头看时，父亲果然就站在我面前。在惊喜中，我大喊了一声："妈，我爸来了！"喊罢，我和

父母和我一起插队

母亲都呆呆地站在那里，望着眼前这个熟悉而又令我感到有些陌生的父亲。

原来，父亲是腊月二十九从北京动身，三十到渭南下火车，初一坐汽车到了界头庙，把大件东西寄存在车站后，自己拿了些随身用品徒步走到我插队的地方。当时，刚下过雪，父亲踩着积雪走了几里路，看见一个村子。他进村后，经村里人的指点，父亲继续往前走。没想到，由于下了雪，路和地连在一起，分不出来哪里是路哪里是地，转了好半天，父亲又重新转回了村里。老乡看见父亲又转了回来，便带着父亲又出了村，把他领到大路上。父亲顺着大路走，走了大约有五六里路，遇到一个三岔路口。路口左右没有人家。父亲本应该是顺着上山的路走，再走一会就到了我们村上，可他却顺着河边往下走去。天已经黑了，好不容易看到了灯光，父亲便一边喊着，一边朝有灯光的地方走去。这时，从窑洞里出来了一位老乡，他走上前去，把父亲领了回来。原来，这是一间饲养室，这位老乡是一个饲养员，他一看见父亲是个外地人，便把生产队长叫来。当时，战备很紧，老乡的警惕性也很高，他们把父亲的东西检查了一遍后，就把父亲安排在饲养室住下。父亲当时已经是60多岁的老人了，他和牲口同住一室，恐怕还是人生的头一遭。第二天一早，生产队长就把父亲送到了公社，公社又派人把父亲送到了我插队的地方。见到我们之后，父亲说的第一句话就是："陕北人真好！"

父亲来了之后，队长给我父母安排了一孔窑洞让他们住下，并且让我和父母一起吃饭。但父亲不同意让我回家和他们一起吃饭，他让我和其他知青在一起吃住，过集体生活。有时候，知青灶的饭菜不合口，我就拿着我那份饭菜到父母那儿，父母把我的饭菜分吃了，让我吃他们做的饭菜。有时，别的生产队的知青也到我们这里来玩，父母每次见到他们，总是想办法给他们调剂一下伙食。

父母很善良，也爱帮助别人。我们村有一所公办小学，周围村里的孩子都在这里上学。大队会计的家离我们村比较远，他的孩子很小。上学的路上没有其他同学做伴，会计有些不放心，于是，他便和我父母商量，是否可以让他的孩子在我父母那里吃住。父母连考虑都没考虑，就欣然答应了。母亲每天给孩子做饭，父亲在晚上还帮助孩子复习功课，就这样，一直持续到我父母回京。

父亲是一名老党员，有多年的工作经验。到了农村之后，生产队每次开队委会，都邀请我父亲参加。每次在会上，父亲都毫无保留地把自己的一些想法和经验都说出来，以供队委会参考。队里还让父母帮助队上养了两头小猪，父母每天给猪打草、熬猪食。当时，我们生产队长很年轻，脾气不太好，有时和社员发生一些摩擦。父亲知道之后，总是耐心地给生产队长讲一些如何当领导的道理，时间长了，队长觉得父亲说话中听。有时，他还总要在我面前夸奖我父母一番。

父母一直在大城市生活，对农村很陌生。然而，在农村生活的日子里，吃的面要自己磨，柴要自己砍，水要自己担。他们因为心疼我干农活太累，总觉得我年龄小，怕把身体累坏，总是在我下工之前就把水缸担得满满的。父母年龄大了，父亲一人担不上来水，便和母亲一起去抬。做饭要烧柴，柴又不好砍，他们只好到地里刨玉米根来当柴烧。那时，在寒冷的冬天里，乡亲们的家中都没有取暖的设施，而我的父母也和乡亲们一样，每天只将炕烧暖，用土炕上散出的温热来御寒。但不管怎么说，自父母来到我身边之后，我十分高兴。现在想起来，那时自己太年轻，不知道如何照顾父母。就这样，在时光流逝中，我不知不觉插队已有两年，而我的父母陪我插队的时间也在一年以上。

1971年6月，我接到招工通知，被分配到了县人民银行工作。这时，父母才结束了陪我插队的生活。在父亲亲自把我送到工作单位之后，他们才回到北京。

1972年，我探亲回京，看到父亲在街道办领着一伙人在挖防空洞。母亲告诉我，父亲当初来陪我插队，因为没有给党组织请假，《党章》规定党员六个月不参加组织生活就算自动退党。父亲回京后，街道办党组织了解了父亲的情况后，认为父亲是为了支持子女上山下乡，所以，只给了一个小处分。之后，父亲和他所带领的团队，因为在挖掘防空洞期间，表现积极，因此，被区里评为先进，为此，原来给父亲的那个小处分也被撤销。但是，由于长时间在地底下干活，空间小，干活干的时间又长，父亲的胳膊都弯了，直到去世，他的胳膊都是弯曲的。

我自从参加工作之后，无论在工作或生活上遇到多大的困难，但只要一想起父母为我所做的一切，我就会鼓起勇气去战胜困难。在几十年的工作中，我勤勤恳恳、兢兢业业，曾多次被评为省、地、县金融红旗手，并加入了中国共产党。

我于1991年调回北京，在工行翠微路支行工作，直到2007年退休。如今，回想往事，我无怨无悔。但每年一到清明节，我就要来到父母的墓前。想起父母和我一起在陕北插队的日子，我深深体会到"父爱如山、母爱如海"的含义。感谢父母把我带到这个多彩的人世间，感谢父亲给了我坚忍不拔的精神，感谢母亲给了我善良的品质，感谢陕北人民给予我的关爱和帮助。

就恋这一把把黄土

任凌义

我插队的地方在延安南部的洛川县。

洛川是迄今为止黄土高原的塬面保持最好的一个县。那里高天空旷，黄土丰厚。一个人在洛川塬上行走，给人一种爽朗的感觉。回到北京之后，我不时地拿出在洛川插队时带回来的一包黄土细细端详。那包黄土，有着我青春的记忆，有着我生命的根。

刚到洛川插队时，一踏上洛川塬，就被浑雄的黄土景观所震撼。极目四望，视野内全是黄土，莽莽苍苍、横无际涯，千姿百态，错落有致。这绵绵黄土在太阳的照射下，反射出金黄的光泽，让人在凝视中不得不眯起双眼。有时，一个人在塬上行走，空旷的塬面上不见一个人影。走哇走，可走了老半天，也走不到塬面的尽头。这时，我突然感悟到：这片土地上的先民们，不也是这样走过秦汉、走过盛唐、走过深邃的历史，一步一步地走到今天吗？

也许由于插队的缘故，我对陕北洛川的黄土塬产生了特殊的感情。我在看了一些有关地理风貌的书后，才知道中国西北黄土高原的形成，可以追溯到几百万年之前。亚细亚的狂风把中亚沙漠地区粉沙吹到西北和华北。这些粉沙因为在东边受到太行山的拦挡，南面受到秦岭的阻隔，便逐渐沉积了下来，形成了黄土高原。黄土高原的形成还有残积说、洪积说、冲积说等学派。我国是世界上黄土分布最广的国家，总面积达63.41万平方公里，约占我国领土面积的6.6%。早在2300年前，我国就有了关于黄土的文字记载，《禹贡》一书曾对中国黄土的土质及分布作了记叙。班固在《前汉书》中，提出了中国黄土的形成概念。郦道元、沈括也曾在《水经注》和《梦溪笔谈》中对黄土地貌作了较为详细的描述。

2003年，我国著名的黄土专家——中国科学院院士刘东生先生，由于对黄土研究的卓越贡献，获得国家最高自然科学奖。在此之前，我曾两次有幸作为地方东道主，陪同老先生到黄土最典型、最完整的洛川黑木沟地质剖石去现场考察。2004年，在国土资源部和有关部门的重视支持下，勤劳智慧的洛川人在这里建成了一座国家级的黄土地质公园。开园后，引来无数人到这里参观考察，解读深厚的黄土层中埋藏着的250多万年的自然、气候、天象等古老信息，探寻蕴涵着华夏龙脉深奥的文化密码。

我不是学者，有时好发奇想。我感到我眼前的黄土高原像是一个默默伫立的巨人。山草林木掩盖不住它刚健的身躯，呼啸的黄风是它纷飞的思绪，纵横的沟壑是它大脑神秘的沟回。

记得插队后第一次到地里去干活，我和生产队长，一个中年壮汉，在远离村庄的坡地上去开荒。他身着粗布小褂，袒胸露怀，挥着老镢。干着干着，他突然直起腰，用身如拉弓般的力量，猛地从胸腔中爆出一嗓子信天游："百丈厚的黄土万丈高的天，经不住受苦人的一声喊。"歌声高亢粗犷，带着黄土的泥腥味，听来令人感奋，似乎每一个音符都荡漾着对土地和家乡的热爱。我想：只有喝过烈酒的人才能吼出这样的歌，只有在黄河浪里滚过来的人才能唱出这么激越的腔调。这是心灵的呐喊，是陕北人的歌，赤裸裸、火辣辣的。

晌午，队长叫我到他家吃饭。一进院门，只见砖窑上挂着玉米棒子，窗前晾着长线辣椒。黄狗护院，小鸡刨食，显示出陕北农家小院的安详与恬静。队长的婆姨精干好客，挽起袖子，为我们做了一顿油泼辣子剁荞面。荞面盛在小脸盆似的蓝花粗瓷大碗里。队长吃饭时，把头埋在碗里，头上沁出的汗水，将蒙在脸上的黄土冲了下来，滴到碗里。当时我笑了，觉得黄土并不脏。真的，它是洁净的，如同小米般的晶莹剔透，因为在土中刨食的农人对黄土是有感情的。

太阳下山了，西北风刮了起来，不停地抽打着窗棂。我睡不着，走出窑洞，走到夜幕下，我躺在黄土碾成的麦场上，感觉到土地的心跳和着我的心跳，土地的体温渗进我的体温。天空繁星点点，一颗流星坠落，划出一道美丽的弧线后，很快融入黄土地。

还是在农村插队时，一个算命先生给我算了一命，说我的命属五行之尾，又硬又贱，硬得打不烂，钻不透，贱得千人踩、万畜踏。我掐指一算，金木水火土，原来是土命。命中注定，一辈子要和土打交道，就地十八滚，滚不出黄土地。我的命运也不幸被言中了。上一个世纪90年代，我在知青返城大潮的裹挟下，离开了黄土地，回到了北京郊区大兴县，依然从事与土相关的工作，主要职责之一就是治理沙荒土地。我采取工程措施与非工程措施相结合的治理办法，把沙荒地改造成良田，这种治理模式，使全县一半以上的土地得到改观，并在一些地区得到推广。

"我家住在黄土高坡，大风从坡上刮过。"光阴似箭，岁月如歌，我把自己的一生都奉献给了土地。在陕北洛川，我在那里插队，并在那里娶妻生子成了家。可以说，我是黄土高原的儿子，同时也成了延安人的女婿。己丑春夏之交，惊悉岳母患病，我怀着"再回延安看母亲"的急切心情，离开北京，匆匆踏上返回乡梓的归程，再次踏上我魂牵梦绕的黄土地。这一次再回延安，耳闻黄帝陵苍苍古柏的林涛声，目睹洛川塬那一望无际的苹果园，我感到洛川变了，延安变了，变得更加美丽富饶了。在和亲人闲聊时，外甥告诉我，他现在是宝塔区万花乡的"村官"，他所在的徐寨村，过去是有名的穷村，地在坡上挂，水土流失大，老百姓背负青天，面朝黄土，"生活了一辈又一辈"。经过改革开放30多年的发展，尤其是在"再造一个山川秀美大西北"的号召下，延安人改变了传统的生产方式，退耕还林，治水修路。如今，延安的山绿了、天蓝了、路通了、楼高了、人富了。我坚信："一圪垯阳光一圪垯金，陕北人过上了好光景"，明天的延安将会更美好。

40年的相思化为真情的拥抱
这一抱,心潮起伏逐浪高

40年的相思化为双手相拥脸相贴
这一贴,历历往事引发泪滔滔

沧桑的脸,炽热的心
只有心心相印,才能把情感的纽带系牢

问大地,何为人间真情
斯情斯景,就是最好的写照

和着时代的节拍

王 火

有人将人的十年青春期定在 18 岁至 28 岁之间。不管这个判定是否科学准确,但我想肯定有一定的道理。这么说来,我的十年青春期,也就是我人生中最宝贵的青春岁月都留在了延安。

从 19 岁到 29 岁,从插队到工作,我在陕北的黄土地上整整生活了 10 年。那里给我留下太多的记忆,以至于在我的梦境中,经常会梦见延安,梦见那里的山和水,梦见那里的父老乡亲。

一

插队时的生活单调、简单,但精神却充实。每天,我们黎明即起,上山劳作,到了晚上才回来吃饭。饭后,有时与村民们记当日的工分,有时和知青们凑在一起聊天,而大部分是在寂静中读书、写日记。

插队一年半以后，有些知青被招工招走了，有的当兵去了，县上却把我们二十多个知青的户籍关系留了下来，以备选县里的干部。就这样，我在没有任何思想准备的情况下，竟然成了一名国家干部。

在县上当干部，只是环境变了，在生活方面，不见得比农村好多少。因为在插队时，我们可以自己安排生活，可当了干部之后，情况就不一样了。当时县里规定，一般工作人员必须有三分之一的时间到农村，与农民同吃、同住、同劳动。当时农村的生活条件很差，我们在插队时早已体验过：吃黄馍，吃黑馍。黄的是玉米面做的，黑的是糜子面做的。遇上年成不好，只能靠瓜菜来代替。总之，只要能吃饱肚子，就是好光景。最让人纠结的是，塬上缺水。一桶水到了村民手中，都要反复掂量着使用，生怕浪费一滴水。从当知青到当驻队干部，在先后七八年的时间里，我一直没有离开农村。也正是在此期间，让我真正认识了农民、认识了农村，懂得了人生的衣食之难，理解了农民群众对土地的感情，懂得了隐藏在他们心中的喜怒哀乐，从而也有了对农村和农民的关注和体贴。

我插队的地方在延安地区最南边的宜君县。从地域分界上，一过宜君梁，继续向南，就进入平坦无垠的八百里秦川；向北，则是高天空旷、西风长啸的陕北大地。那时，我们对陕北、对延安似乎有一种特殊的感情。从我们当时接受的教育来看，能在革命圣地延安插队、工作，似乎是一件引以为自豪的事。尽管那里的生活艰苦、环境恶劣，但人毕竟年轻，无论干什么，心劲都特别大，包括知青们的爱情生活和我们的初恋。那时候，男女在一起，相互间不免产生过爱慕之心，在怦然心动的试探中，留下许多甜蜜的回忆。知青当中，虽然有情人因为种种原因而未能成为终身伴侣，但那段生活却深深地铭刻在他们的记忆中。同时，我们那一代人，一直受到"你们要关心国家大事"的鼓舞，以天下为己任。大家凑在一起时，指点江山，大有"粪土当年万户侯"的气势。当时，尽管物质十分匮乏，但我们精神上还是充实的。

二

从插队到县委当干部，到延安地区行署工作，之后又调入省政府，再经过上大学之后，又被分配到北京市委，在此期间，我也从一名普通干部到科长、到处长，一直到局长。我的经历，我的成长，与我所处的时代息息相关。上一个世纪80年代，既有工作实践经验又有大学本科学历的中青年干部比较少，我正属于这部分人当中的一员。当年，我40岁刚出头，就被提拔为北京市委宣传部副部长。我不否认良好的家庭背景，特别是良好的家庭教育，对一个人成长有着至关重要的作用，但个人的努力是第一位的。我觉得，人只有不断学习、积极进取，才能成长进步。在延安插队乃至工作之后，我一直保持着认真读书学习的习惯，这对我世界观、人生观的形成起了非常重要的作用。正因为有这个基础，我在恢复高考之后，考入了西北大学，实现了我的大学梦。

上一个世纪90年代初，我在北京市宣武区任副书记，尽管工作繁忙，但是，我还坚持在中国人民大学完成了经济学研究生课程班的学习。在一年半的时间里，我几乎没有休息过一天。因为那个班的课程全部安排在周六、周日,我没有缺过一次课。有时,我一个人在回忆自己的人生经历时,发现我所走过的人生之路是一条不断学习和实践的路。插队——工作——上大学——回京工作——又上研究生课程班。这一路走来,很辛苦,但也很充实。

记得当年在宜君工作时,延安地质勘探队到县上打勘探井。有一位北京知青在打井队工作,下班之后,他经常找我闲聊。身在异乡为异客。共同的生活经历,使我们很快就熟悉起来。他问我业余时间读什么书,我给他看了我当时正在读的《毛泽东同志读苏联政治经济学教科书笔记》。他对此书也很感兴趣。他说,从一个人经常读的书中,就可以了解这个人的志向。就这个话题,我们谈得很深、很广,两人有相见恨晚之感。

回京工作之后,有一年五四青年节,机关党委请我和青年干部座谈。在会上,我谈了三点:一是人在年轻时,吃一些苦、受一些挫折,对人生是有好处的。有过插队经历的人,对所遇到的困难和挫折都能坦然应对。二是永远要有所追求。我们插队时,有一些当时在学校里很优秀的同学,但在插队之后,面对困苦的农村生活,思想消沉了,以至于后来有上大学或工作的机会,他们没有能够抓住。三是一定要深入基层。古人曾说,宰相出于州郡,将帅出自卒伍。这就说明,只有在基层工作过,你才能真正了解基层,了解群众,你的工作思路就会更接近实际。

三

我在延安插队和工作了整整 10 年。调回北京之后,我一直和延安保持着紧密的联系，曾几次回到延安去看望那里的乡亲。这多年来，凡延安的同志来北京办事，我们都尽力给予帮助，哪怕是一件小事，只要能办成，我都会感到欣慰。

回京以后，因为我和爱人在北京市委和市政府工作多年，很多刚回北京的知青经常找到我们，要求帮助他们解决工作安排、子女上学、家庭住房等困难，我们总是尽力而为。我们推荐的一些同志，后来都成了北京市的中层领导。帮助他们解决一些实际困难，无论从感情上还是在道义上，我觉得是义不容辞的。

有一位知青在延安插队期间因有病，转回到北京。后来，他双腿瘫痪，在轮椅上创作出《我的遥远的清平湾》、《我与地坛》等一系列在文坛上引起强烈反响的文学作品。当时，他还是北京作协的合同制作家。有同学找到我，希望我能帮他解决住房困难。作为北京市作协，只能帮助解决体制内作家的住房问题。考虑到他的情况特殊，为此，我专门找到当时的市委常委、我们的宣传部长，他毫不迟疑地在申请上作了专门的批示，为这位身残作家解决了住房问题，为此，我感到十分欣慰。

我在北京市当中层领导时，对农民工兄弟特别关注。在农民征地拆迁补偿上，在帮助农民工追讨工资上，北京市出台了许多好的规定和办法，最大限度地保护了农民工的权益。

我年轻时，梦想当一名自然科学家，但延安插队和工作的经历使我意识到，我国不仅科技水平落后，而且在制度的设计和政策方面也有很多不利于生产发展的东西。所以，我在高考时选择了报考经济学专业。按照我的高考成绩，已经超出了北大、人大到陕西招生的录取分数线，但当时组织上已决定将我爱人调往西安，在她的要求下，我只能报考西安的大学。

记得高考录取通知书发下来之后，我与单位的同事告别时，七位男同志喝了五瓶西凤酒，大家都喝醉了。这是告别酒，里面有一种难舍的情分；又是喜庆酒，我毕竟圆了上大学的梦。平生未曾醉过酒的我，第一次感受到：酒中有喜亦有悲，唯有饮者识其味。

大学毕业回到北京后，我最初想去做经济研究或做经济管理工作，但组织上将我分到北京市委宣传部。我在那里工作了八年。我的人生经历加上我有一种感恩思想，因此，我在宣传部工作期间尽职尽责，受到领导和同事们的好评。

日月常在，人生苦短。人，只有到了一定的年龄之后，才会对过往的东西看得更清。我这一生，是和着时代的节拍走过来的。从上学到插队，从参加工作到上大学、到北京市委担任中层领导，这一路走来才体会到：人一生不要说有多大的建树，只要能活得俯仰无愧天地就相当不错了。好在我将自己的人生节拍与时代的节拍定在了同一个频率上。在与时代节拍的共振中，我唱出了自己的心曲。这首心曲的旋律是昂扬向上的，是充满正能量的，对此，我感到欣慰。

圆 梦

丁哲元

黄河沿岸的宜川县云岩镇西迥村，是我45年前插队的地方。当年，我在那里和乡亲们一样，过着日出而作、日落而息，平常得不能再平常的日子。虽然我在村里只待了一年半的时间，但那里却给我留下了深刻的记忆。退休后，我总想圆一个回乡梦，直到2013年8月21日，我和一起插队的5位知青终于踏上了回乡的征程。

我们乘坐的动车在早晨8点缓缓地驶进了延安站。出了火车站，抬头一看，宝塔山映入眼帘。"几回回梦里回延安，双手搂定宝塔山"，贺敬之感人的诗句引起我们的共鸣。看着延安市区里林立的高楼、熙来攘往的人流，大家赶忙按动相机快门，拍下回到第二故乡的第一张照片。

宜川县政协的同志专程来火车站迎接我们，大家用过早餐便上路了。没走多久，我们到达了南泥湾。南泥湾是延安到云岩的必经之地，因为知名度高，远道而来的人都要在这里参观拍照。我在中国农林工会工作时，与农垦打了20年交道。此时，我驻足南泥湾大生产纪念馆前，思绪万千。我为王震将军当年领导的"三五九旅"开创中国农垦事业的拓荒之功感到敬佩；为今日农垦的发展壮大而自豪；为自己在维护农垦职工合法权益方面所做的工作而欣慰。

离开南泥湾，汽车沿着云岩河向云岩镇驶去。不经意间，隐约看见收费站上方写着"云岩"两个字。我坐在副驾驶位置，急忙掏出相机，将镜头对准"云岩"两个字连续抓拍，把故乡的巨变和我们的喜悦心情一齐定格在回乡的路中。我们在云岩河南岸一片开阔地下了车。镇上的领导来接我们，大家在与各位领导寒暄时，眼睛还不停地向四周眺望，努力在寻找当年的记忆。云岩镇的领导都是30多岁的年轻人，他们带我们参观了新落成的安居工程、经过重建的云岩中学和卫生院。

镇政府坐落在二道街原公社机关的所在地。当年，我们经常来这里赶集办事，每次还要进小饭馆打打牙祭。我记得，小饭馆里的小烩菜一毛钱一碗，里面有豆腐、粉条；大烩菜两毛钱一碗，里面有肉。当时，尽管大家囊中羞涩，可还是选择大烩菜。现在，镇街上低矮的土坯房、坑洼不平的石板路不见了，取而代之的是整齐的楼房和宽阔的柏油路。原来赶集的烂河滩，也建起了水泥大桥和装有栏杆的护堤，桥头广场搭起一排排固定摊位，聚集了南来北往的商家。我们正遇上赶集，广场上人头攒动，摩肩接踵，琳琅满目的商品和不绝于耳的叫卖声，与北京的庙会好有一比。

中午，镇领导请来我们曾插过队的村庄里的村干部作陪，在政府食堂款待我们。刚进屋，就有一双大手把我拉住问："哲元，你还认得我吗？"我端详了半会，不敢相认，赶忙说：

❖ 圆 梦

"不好意思,你是……""我是东庄的刚子呀!在梅七线修铁路时,你是我们的排长嘛。"他一说,我又仔细地将他端详了一会,很快,我就与他对上"号"了。原来,西迥大队包括三个自然村,东庄是其中之一。当年,在梅七线修铁路时,我和刚子在一个排,摸爬滚打了半年多。

离开云岩镇,汽车继续沿着云岩河向东行驶。车子越往前开,周围的景色就越熟悉,越让人感到亲切。"快上塬了,怎么没有见到崾先呢?"有人在问。崾先是"U"字形陡坡,两侧是深沟,以前,我们路过这里时,都提心吊胆。"崾先已经过了,因为加宽路面时,把这里垫高了,坡度变小了,你们已经找不到当年那种感觉了。"司机为我们解开了疑团。

西迥村的轮廓越来越清晰。刚转过一个弯,只见前面黑压压的一片人群离我们越来越近。"哇!乡亲们都来啦!"汽车刚一停稳,我们5个就被乡亲们团团围住。他们问我们的第一句话都是——"你们还认得我不?"在乡亲们的簇拥下,我刚刚松开这位乡亲的手,又紧紧握住了另一位乡亲的手,并挨着个儿地回答他们的问话。

"记得、记得,王兴章,你是我们的老队长啊,咱俩的关系很'铁'呀。那年,你来北京还到过我家呀!"

"你叫王刘章,住的地方离我们最近。"

"你小名叫德子。我走的那年,你正好结婚。办喜事的时候,我也到场了。你大哥王泽民对知青特别好,总是不声不响地在帮助我们。你二哥和你三哥我都有印象。"

"你是群才子,你大(爸)是揽牛老汉,你哥叫志才子,全队就数他精明。你干活特别利索,还是咱们队上的帅小伙。"

"你是德旭子,大伙儿叫你'小老汉',现在虽然成了'大老汉',可大模样没变。"

我连珠炮似地回答大伙儿的问话,又不知跟多少人拉过话、握了手。乡亲们只要听到我喊出他的名字,就开怀大笑,格外高兴。我们被热情的乡亲们"分割包围",大家谈笑风生,场面异常热烈。拍合影照时,就有80多人。那天,有许多人在村口迎接我们。对于一个不大的村庄来说,虽然没有"万人",但可算是"空巷"了。更令我们感动的是,由于列车晚点和路上活动超时,乡亲们在村口等了我们两个多小时。

从村口到村长家的路上,乡亲们排起的长队,延伸了五六十米。村长王学刚是二黑子的大儿子。二黑子比我小两岁,当年,他是村里年轻人中的活跃分子,知青过年排节目总少不了他。学刚家的院子很大,还搭着天棚,欢迎会就在这里举行。村里特意请了50岁以上的村民到场,其他人只好站在外面旁观。我们给每位乡亲送上一本画册,画册取名《拥抱你,黄土乡亲》,收集了全大队20多位知青各个时期的近百幅照片。乡亲们捧着画册,聚精会神地看个不停,他们多么希望在里面找到自己的身影。我们还把从北京带来的糖果和香烟递到乡亲们的手上。大家互相问长问短,一片欢声笑语。当年,与知青形影不离的亥子,事先编了一首打油诗,用最生动的语言赞美知青,听了让人十分感动。"少小离家老大回,乡音未改鬓毛衰",聂新元用一句古诗表达了我们的回乡之情。

欢迎会很快结束了,接下来要去我们当年住过的窑洞。村里的地面建筑基本保留着,但是,这些窑洞或房子,要么大门紧锁,要么院墙倒塌,路旁长满了一人高的蒿草。我和乡亲们

◈ 圆 梦

一路走一路攀谈。

"村里怎么这样荒凉呀?"我诧异地问亥子。

"这些年,大伙的日子好过了,全都盖了新房。有的盖在公路两旁,有的盖在公路西面。老村庄基本废弃了。"亥子很有成就感地告诉我。

"当年,我们特别发愁砍柴,因为到处都是光秃秃的,现在,满地都是柴,怎么没有人要呢?"我又问。

"自实行退耕还林以后,村上的人家家都有果园,少的五六亩,多的一二十亩,光每年修剪下的树枝都烧不完,谁还再去砍柴呀!"

边走边聊,不一会儿,就来到当年我们住过的窑洞前。眼前的一切,让我既熟悉又陌生,既亲切又悲凉。40多年前,这三孔新打的窑洞是准备当饲养室的,后来,中间的那孔让女知青住了,左边的男知青住,右边的那孔圈了牛。现在,男知青住过的窑洞已经塌了,窑前的碾盘也被移走了。女知青住过的窑洞由徐兴子家买下,前几年还在住人。

"我们可以进去看看吗?"因为门是半锁着的,主人不在场,我们得"请示"一下。

"没有问题,这是你们的老家,一定要好好看看!"村长笑着对我们说。

当年,女知青住的窑洞还兼作厨房。因为新打的窑洞特别潮湿,考虑到女知青的身体情况,就作了这样的安排。经常烧火做饭果然可以去除湿寒。我和聂新元住在湿窑里,经常起一身湿疹,奇痒无比。李小菱和方为在窑洞里指指画画,异常兴奋。"我在这个窑洞住了将近4年,最后,你们都走了,我还住在这里，我对它太有感情了。"李小菱动情地说。

阴凉的窑洞里顿时热闹起来，记忆的闸门全部打开。我还记得，每逢下雨的时候，我们就聚在女知青窑洞里改善伙食；没事的时候，大家总喜欢坐在窑前的碾盘上讲故事、侃大山、听我吹口琴。那个时候，尽管干完活人已经很累了，可是，一回到自己的窑洞，立刻感觉到很温馨、很惬意。

傍晚时分，太阳快落山了，我们住过的窑洞和小院被夕阳镀上了一层金色，在风中晃动的蒿草似乎在向我们挥手告别。如今，这里虽然没有了往日的生活气息，但这里的一切却永远留在我们的记忆中。

与村干部共进晚餐之后，我们又在村长家的院子里摆了四张大圆桌，我们要用高度"二锅头"来答谢乡亲们。"当年，毛主席说了两句话，一句是'知识青年到农村去，接受贫下中农再教育，很有必要'；另一句是'农村的同志要欢迎他们去'。其实，第二句话听起来简单，但做起来不容易。当时，西迥村是两个队，一共接纳了12名知青，这是12张嘴呀，要来跟你们争吃争喝，你们不但没有嫌弃我们，反而对我们爱护有加，使我们在那个特殊年代，得到了锻炼，收获了一笔弥足珍贵的精神财富。我的这杯感谢酒，要敬给村里所有的父老乡亲！"我的话音刚落，其他桌上的知青也纷纷起来敬酒。随后，乡亲们也争先恐后地向我们敬酒。桌子周围，站满了助兴的"小字辈"；院子里热闹非凡，充满了欢乐和喜悦。

酒席持续了很久，乡亲们才渐渐离去。之后，几名村干部又在学刚家的客厅向我们细说村里的情况。从生产到生活，从过去到未来，话题一个接一个，好像总也说不完，一直聊到午

◈ 圆　梦

夜时分。

那一夜，我们都住在村长家里。回村之前，同行的两位还怕招虱子，回来一看，才知道这个想法是多余的。村长家雪白的墙壁、精致的吊灯、漂亮的地板、干净的被褥，和星级酒店不相上下！

第二天一大早，中兴子提着一包东西来到我的房间。"听说你们要来，10天以前，我专门从西安赶回来，现摘了这些花椒，已经晾干了，请你给知青们分了，只当是我的一点心意。"听着他的话，我十分感动。多少年过去了，村里的乡亲还是这样实在、淳朴。

按照安排，我们上午是看望乡亲。还没吃早饭，就有许多乡亲叫我们了。原来，他们早就跟村长挂了号。还是亥子拔得头筹，我们第一个走进的是他的家。亥子哥哥当年是大队书记，之后，他也当了村干部，可以看出来，他在村里很有威望。我们一进屋，亥子的婆姨就从大柴锅里端出热腾腾的馍馍、油糕、蒸肉。亥子举着一瓶西凤酒，非让我们坐下吃饭。盛情之下，我们每人掰了一小块馍馍放到嘴里，才算圆满脱身。我们在云子家坐的时间最长，大家饶有兴趣地听他介绍如何把三个儿子供到大学，并且在深圳、西安找到称心的工作。大家对云子的精明能干赞叹不已。我想，这两代人都有能耐。老子创业有功，儿子前途无限，这何尝不是亿万新型农民和农村小康社会的缩影。

走进会子家，一股喜气扑面而来。他儿子刚结婚，新房里的新式沙发、平板电视、洗衣机、电冰箱，一应俱全。在这里，城乡真的没有什么差别了。王新民是老村庄里的"留守户"。过去他家的成分是富农，因为他干活卖力，人也热情，即便在"以阶级斗争为纲"的年代，他也没有受到大的冲击。他住的老宅子，有三孔石窑，对面是一间大瓦房，上面有精致的砖雕和木雕，透着昔日的阔气。可是，窑里却没有一件像样的东西，可以用家徒四壁来形容。据说，他儿子游手好闲，把家败光了。如今，王新民成了村里的困难户，这真是富不出三代呀！

老队长的新房就建在果园旁边，我们索性走进他家的果园，一边赏景，一边和他聊天。

"这里有多少果树，种果树收益咋样？"我指着一片果树问老队长。

"我和儿子总共有20多亩果园，分了三片，这是按人口分的。我们的苹果糖分高、口感好、虽然没有洛川的名气大，可是懂行的客商都抢着买我们的苹果，所以价格一直不错。弄好了，一亩能赚上万块钱。"

"果树管理起来难吗？"我接着问。

"果树栽培很有学问。镇上每年都组织技术培训，加上自己多年摸索，管理已经不成问题了。现在家家都有拖拉机，浇水、喷药、运输全靠机械。这几年，最让我们头疼的是，苹果套袋的时候，请不到雇工。雇工都是从关中地区招来的，过去管吃管住，套一个袋给一毛钱，现在给两毛钱都没人干。"

"过去陕北穷得叮当响，关中富得流油，关中人瞧不起陕北人，现在关中人居然到陕北来打工挣钱。俗话说：三十年河东，三十年河西，咱这叫'改革开放30年，陕北关中大调个儿'。"我拍着老队长的肩膀，用惊讶和开心的口吻与他交谈。

◆ 圆 梦

"等会儿去你家！一定来，一定来。"一路上，我们不停地与等候我们的乡亲打招呼。遗憾的是，村长安排的路线还没走完就快中午了。我们走访了十几个家庭，家家都有一段讲不完、听不够的故事，家家都要和我们拍一张珍贵的纪念照，家家都让我们带上红枣、苹果。老区人民的忠厚质朴深深打动了我。

午饭后，乡亲们陆续来到村长家与我们告别。我们把一面赠送给西迴村村委会的锦旗递到村长手中，上面绣着12个大字：难忘插队岁月；未了西迴乡情。锦旗高高地挂在墙上，我们与它拍下了故乡行的最后一张合影。为了制作这面锦旗，我倾注了不少心血。看到这个精彩的压轴节目，心里美滋滋的。大家三五成群地在话别，院子里笼罩着难舍难分的气氛。

"我大概再也见不到你们了。"老队长的话让人有些伤感，但也是实话，因为村里70岁以上的人确实很少了，跟他一茬的人有些已经去世了。

我搀扶着老队长，转身对大家说："我们都硬硬朗朗地活着，多享受好生活。大伙儿让我们常回家看看，我说得改一个字，把'常'字改成'再'字，常回来做不到，但一定能再回来。下次我们要开车来，还要多住几天，把各家的饭都尝个遍！"我的话把大家逗笑了。

县政协的汽车来接我们。和昨天一样，村口又站满了乡亲。大家脸上的笑容掩盖着伤心和遗憾。乡亲们把我的手握了一遍又一遍，我们好半天才钻进汽车。我不住地向窗外挥手，极力控制着眼眶里的泪水和哽噎的表情，依依不舍地告别了乡亲们。

从到达延安到离开西迥村的 28 个小时之内，我们好像做了一个转瞬即逝的梦，梦中的一切让我兴奋、感动。我想：梦回故乡固然美好，但毕竟微不足道，实现伟大的"中国梦"该是何等壮丽辉煌，国人又该为此作何等的努力呀！

和父母一起返乡

陈 祺

我的父母都是知青。他们回到北京已经多年。可不知为什么，他们对插过队的地方总怀着一种深深的眷恋，他们对延安的黄土地有着一种令我们这一代人难以理解的深厚感情。

12年前，妈妈为了回她插过队的村子看望乡亲，背着年幼的我，在交通不便的山间小道上走呀走，不知走了多久，终于到了她朝思暮想的地方——延安市黄龙县河西坡村。母亲插队的地方，留在我记忆深处的是低矮潮湿的土窑洞，是混浊的河水和泥泞的道路。然而这一切，都没有影响父母对那个地方的向往和眷恋。这一次，当听到知青回延安考察的消息后，父母又千方百计报了名。我在寻思，难道这平凡得不能再平凡的黄土地，对他们真的有如此大的诱惑力？

这一次随父母返乡，我已经不是一个懵懂少年，我成了一个半大小伙。我随父母又一次踏上了他们为之魂牵梦绕的黄土地，并亲眼目睹了父母与乡亲们之间的那种不是亲人却胜似亲人的真挚感情。

我们还没有到达黄龙县城，父母回村的消息早就传开了。汽车还没有到达村口，乡亲们早就等候在那里。进了村子之后，婆姨女子、老汉后生都来了。他们亲热地拉着我们的手，问长问短，就像久别的儿女回到了家。当年在村上当过妇女主任的一位老奶奶和她的老伴互相搀扶着，一见到我们便高兴地说："哎呀，可把延丽盼回来啦。"两位老人见到父母，像久别的亲人。当父母将我介绍给两位老人的时候，老人慈祥地望着我说："娃娃都这么大了，我们怎能不老？"长锁一家，知道妈妈回来的消息后，全家一起出动，忙前忙后，打扫院子，准备饭菜。没想到，我们在他家里还没坐稳，又来了一拨人要把我父母领到他家去看一看。我们在乡亲们的簇拥下又走进了她家。多少年的知心话，聊不够，说不完。也许阔别得太久，使得相聚的时间显得格外短暂，不知不觉到了分手的时刻。临别时，全村人一齐涌到村口为我们送行。他们舍不得让我们走，我们也舍不得离开他们，乡亲们拿来了自己家的核桃、花椒、木耳、小米、蜂蜜送给我们。临上车时，从村里急急忙忙跑来一位阿姨，她双手端着一盆煮熟的鸡蛋，一个劲地往我和妈怀里塞，嘴里不停地说："带在路上吃，带在路上吃。"

望着淳朴善良的乡亲们，回味着她们朴实真诚的话语，看到一个又一个令人激动的场面，我忍不住热泪涟涟，一种难以用语言表达的感情油然而生，大滴的泪水顺着面颊滚落下来。

在返回的路上，我的心情久久不能平静。陕北老乡那质朴、善良的心给我留下深刻的印象，那一张张可亲的面容在我脑海里不停地闪动。我陷入了沉思，眼前不禁又浮现出另一幅画面：一位满脸皱纹、饱经风霜的老人，双手端着一碗热气腾腾的汤面,送到了一个正在生病的北京娃手里。那个北京娃就是我的爸爸。有一回,爸爸在山里劳动受了凉,得了重感冒,病得躺在炕上几天没有吃饭。村里的孙爷爷知道之后,把家里仅有的一点白面拿出来给父亲做了一碗热汤面。孙爷爷的孙子,看着爷爷做下的面哭闹着要吃,孙爷爷愣是把面端到爸爸的窑洞里,放在炕头上,转身哄着孙子说:"孩孩咱不吃,北京娃吃了还要下地干活哩。"

一饭尚铭恩。这次回乡,爸爸第一个要看望的就是这位曾对他有过恩泽的老人。可老人已经去世了。"子欲养而亲不在",平时很少掉泪的爸爸也忍不住哭了。

在那艰苦的岁月里,爸爸和妈妈都得到陕北乡亲们的关怀和帮助。妈妈吃遍了全村饭,坐遍了全村老乡家的热炕头。在与他们朝夕相处的日子里,爸爸和妈妈了解了农村,了解了农民,懂得了做人的道理,学会了吃苦耐劳。寒风虽然吹皱过他们的皮肤,荒山野路磨烂过他们的双脚,可这寒风,这荒山,也回报给他们一笔宝贵的精神财富。延安是他们的第二故乡,是他们魂牵梦绕的精神家园。

我的心灵在震颤,泪水再一次模糊了我的双眼。

◈ 黄土蕴情——我的精神家园

依依延水情

银 笙

记得当年,知青诗集中有一首《延河畔上北京娃》的抒情诗。如今,许多"北京娃"都离开了延安,但仍有少数人,依然生活在延安的宝塔山下,何宁就是其中的一位。

知道何宁,是在上一个世纪70年代。

那时,我在地区报社当记者,到黄陵县采访时,知道有个年轻的北京知青叫何宁,23岁就当了县公安局副局长,工作干得很出色。

何宁刚到黄陵县公安局工作时,在治安股搞内勤。他每天吃在单位、住在单位,成了单位没有头衔的总值班。群众来访,他应急处理;同事们下乡回来,他提水打饭,大家都夸他有眼色,人勤快。自担任公安局副局长之后,他又主动要求去农村蹲点,和农民同吃同住同劳动,每年劳动都在200天以上。1978年,组织上派他去组建县检察院,1986年,他走马上任,成为黄陵县人民检察院检察长。在此期间,他抓整顿,搞改革,工作搞得风生水起,成为延安检察系统的排头兵。

1991年，上级给他记三等功一次，并被评为地委端正党风先进个人，三次受到县委表彰，《陕西检察》杂志以显要位置刊登了《何宁和他的一班人》的报道。在这期间，他以延安考区第2名的成绩考上省政法干部管理学院，以后又考取了高级检察官培训中心，成为远近闻名的人。

何宁说，他是在延安人民的关怀和培养下成长的，延安的小米饭、延河水养育了他，黄土文化熏陶了他。延安人淳朴忠厚，集中了中华民族的优秀美德。在延安，他不仅得到了锻炼，而且也认识了社会，学到了书本中没有学到的东西。

1969年，15岁的何宁来到黄陵县太贤公社插队。每天黎明即起，晚间才归，繁重的体力劳动，让他有些吃不消。最让他难以忍受的是，他每月只有38斤口粮，肚子经常饿得咕咕叫，身体瘦得像根麻柴秆。不久，知青小组闹分灶，何宁因年龄小，没人想要他入伙。村支书的父亲王老汉看见何宁可怜，拉住他的手说："娃呀，跟我走，有我一口吃的，就有你吃的。"从此，他到了老王家，和王老汉的几个孩子生活在一起。王大妈看到何宁年纪小，又瘦弱，对他比亲儿子还亲。他病了，王大妈拉着架子车把他送到医院；趁着打吊针的空儿，大妈不是给他煮鸡蛋，就是做鸡蛋拌汤。冬天，他的手、脚冻裂了，大妈把做豆腐的热浆水舀出来让他洗手、洗脚。何宁真正成了王家的孩子。谈起王家的两位老人，何宁充满了感激之情。

何宁曾有过远走高飞的机会。在省政法干部管理学院毕业后，学校曾要留他，他未留；从北京高级检察官培训中心毕业后，北京一家单位要调他，他没去；后来，北京市出台新政策，欢迎原北京知青回京，他不为所动。他有一个深植于内心深处的情结，这就是：延安的黄土地培养了他，他要回报这块土地，做一个真正的延安人。

1991年12月，何宁被延安地委调到延安市（现宝塔区）任副市长兼公安局长。

当时，延安治安形势严峻，发案率高，破案率低，群众意见很大。他上任的第6天，地区中级人民法院的一名庭长被杀死在办公室。紧接着，柳树店又发了一起杀人碎尸案……接踵而来的案情让新上任的何宁感到压力很大，但他不辱使命，迎难而上，迅速出击，经过七八天的连续作战，终于破了案。1991年，延安市公安局的破案率仅为39%，从1992年起，连续3年的破案率分别为77%、78%和79%。1994年，延安市被地区评为依法治理先进市，公安局被评为社会治安综合治理先进单位。

滚滚延河水，巍巍宝塔山。对延安怀有真挚感情的何宁，在保一方平安的同时，还将对弱势群体的关怀作为自己的工作职能。在深入基层调研时，他看到残疾人薛保山生活不能自理，爱人又是农村户口，家庭生活十分困难。在他的关照下，为薛保山办理了农转非户口，使薛保山一家人的生活有了改变。凉水井居委会吃水困难，他派自来水厂、市城建局的同志与牛奶厂协商，很快解决了100多户群众的吃水问题。他的这份真情，受到了群众拥护。1993年，市人大换届时，何宁并非候选人，但群众纷纷提名，使他成了正式的人民代表。

1996年2月19日，农历除夕，李鹏总理来到延安。大年初二上午，李鹏总理特意要和留在延安的北京知青座谈。当年来延安插队的北京知青将近2.8万人,现在留下的只有400人,400人中受到总理接见的只有10人,何宁就是其中之一。

座谈会开始后,何宁向总理汇报。他说:是延安人民哺育了他,让他在插队和工作期间,受到锻炼,学会了思考,认识了中国社会,这一切,对他来说,是一笔丰厚的精神财富。李鹏总理勉励这些留守知青说,你们在这里奉献了青春,今后还要继续为革命圣地的建设和发展贡献自己的聪明和才智。在延安人民和你们的共同努力下,延安的明天一定会更美好,一个繁荣昌盛的新延安一定会出现在陕北大地。

何宁觉得李鹏总理的话对自己是最大的鞭策。作为留守在延安的一名知青,他要为这块土地奉献终生。

何宁面皮白净,戴着一副秀气的眼镜,身上透着一股儒雅之气。可他干起工作来,却十分泼辣,在政法战线上大显神威,为保障延安的社会治安不断好转屡创佳绩。

1996年5月,他被调到地区检察院任副检察长。检察长给他的工作分工是抓队伍建设、内务整顿和精神文明。何宁在干好分管工作的同时,还积极给党组和检察长出谋划策,协助检察长在全行业开展"树良好形象,创一流业绩"活动。延安的检察官应该树立怎样一种形象?经过院党组认真讨论,大家认为,应该树立坚定信念的政治形象、秉公办案的执法形象、不谋私利的廉洁形象、爱民为民的公仆形象、严整端庄的警容形象。何宁又把这"五个形象"分为十方面内容,抓了十星评比。这项活动的开展,使检察队伍的精神面貌焕然一新,人民检察的形象得到良好的展示。延安检察院抓队伍建设的经验得到最高检察院的肯定。市检察院和12个县(区)检察院在短时间里，都建成县级以上文明单位，延长县检察院还被评为"陕西省文明单位"。

　　1995年，陕西电视台的《陕西人》专栏为何宁拍了专题片。何宁说：从15岁来到延安，在这块土地上经受了磨砺和考验。现在，他已成了一个真正的延安人。语出肺腑，可以看得出，何宁对于延安这块土地充满了眷恋。

灯光·月光

王晓蕾

一

夜深了，女儿早已进入梦乡。我坐在写字台前，将下一期刊物的最后一篇来稿编完，便微闭双目，让大脑在这宁静中得到片刻的休息。台灯透过红色的纱罩，把一缕暖色洒在桌前，诱发出我的无穷遐思。于是，眼前又浮现出那盏在暗夜中摇曳的小油灯。

那是在40多年前，我插队来到延安地区宜川县英旺公社羊道生产队。那个年代，革命老区非常贫穷，村民们能有五谷杂粮吃、能有粗布穿，就算丰衣足食了。那时候，多数人家连一盏像样的油灯都买不起，只有用墨水瓶做成的简易油灯。这种灯省油，发出的光很微弱，像一粒小红豆，但在黑漆漆的窑洞中却显得出奇的亮！

我们这些"北京娃"初到陕北，一时难以适应环境。白天干活干累了，便在山坡上躺一躺。最难熬的莫过于夜晚，出了窑洞，眼前所能看到的还是闪烁着微弱灯光的窑洞。恐惧、寂寞，掺和着对人生未来的隐忧，让人觉得困惑、压抑。有时候，我们五六个人聚在一孔窑洞里，围着一盏小油灯，半倚半躺在土炕上，望着晃动着人影的窑顶，没完没了地哼着小曲，歌声透出几分莫名其妙的忧伤和悲壮。

一天，我在崖畔上遇见一个穿着和举止与农村孩子不一样的小妹妹。我与她说了几句话后才知道她叫冯秀琴，在县里上中学。她回村是来探望父母的。秀琴的父亲原来在县里当干部，不知为什么被打成坏分子，赶回家种地。知道这一些后，一种同病相怜的情感使我们很快就熟悉了。几次交往，我成了她家的常客。一次，我在无意中发现她家竟保留了那么多的书。我拿起一本，顺手翻开，很快就被书中的故事迷住了。从此，知青窑里的那盏小油灯就被我占据了。到了夜晚，我在伙伴们此起彼落的鼾声的伴奏下，捧着书，在油灯下如饥似渴地看啊看，那密密麻麻的铅字，在我眼前组合成一个神秘的天地，它是那样新奇，那样广阔。

小油灯没有灯罩，轻轻的喘息都能使火苗扑扑乱跳。数九寒天，坐在炕上的被窝里看书，要一手扶书，一手掌灯，时间长了，胳膊就酸疼、麻木。但是，每当我被书中的内容吸引时，就像超神入化，忘记了一切。有一回，看到兴奋处，我竟忘乎所以，拍手叫绝，不料将手中的小油灯打翻，灯油倒在被子上并被点燃。不知是谁从缸里舀了一瓢水才将火熄灭。

不久，同我一起来插队的知青或被招工，或去当兵，有的还上了大学。我这个"黑帮子弟"没人敢要，便只好守着这孔窑洞和那盏小油灯，度过一个又一个漫长的夜晚。

二

有一年，我参加了一次成人考试。考完后，我走出考场，仿佛卸下一副重担。望着四散而去的人流，我很是感慨：我们这些人参加自学考试，可称得上是自己在难为自己。

"王老师！"一个清脆的女高音从我身后传来。这是叫谁呢？我好奇地回头瞧了一眼，见一位女同志径直朝我走来。看看近旁，再没有别的人。难道这是叫我吗？不等我反应过来，她已来到我面前。这不是刚才在考场上的那位总盯着我看的监考老师吗？

"王老师，你还认识我吗？"

我仔细地打量着她，一时想不起她是谁。

"我是娥子呀！"

这声音好像从遥远的天际传来。恍惚中，我蓦地一惊——娥子？难道是你？这时，我的眼前浮现出一张可爱的小脸，浮现出那段令人难忘的日子……

我插队第二年9月的一天，大队支书李国财把我叫到跟前。他吧嗒了两口旱烟，眯起双眼，把一项任务交给了我，让我去羊道民小代课，暂时顶替去延安学习的刘老师。他把话说得很轻松："不要你担什么责任，只要让娃们家不乱跑就行。"

羊道民小，这个总共只有20几名学生的小学校，坐落在枣树盘绕的一个山脚下。在石头垒成的院墙里，两孔石窑与村落遥遥相望。这两孔石窑，一孔是学生的教室，另一孔是教师的办公室。初来乍到，我很是吃惊，原来一至五年级的学生竟在一个教室里上课。在这破旧窄小的石窑里，未经油漆的课桌和长条板凳高低不平；没有讲台，墙上挂着两块小黑板，一个小小的窗户向窑里投射出一线光亮。

这些学生是附近几个生产队社员的孩子。虽说模样和性格不同，但都有一张纯朴憨厚的面庞。他们多半穿着粗布缝制的衣裳，背着自制的书包。在他们面前，我仿佛回到了孩童时代。不到一天，我们就混熟了。我不让他们叫我"老师"，只许叫我的名字。可支书家的小儿子狗蛋，刚叫了一声我的名字，就被他姐姐在身上拧了一把，直到他规规矩矩地叫了我一声"老师"才作罢。

陕北秋天，满山遍野的庄稼和树木，以不同的色彩，把山头、沟坎、川道点缀得格外艳丽。羊道民小的四周是一片玉米地，玉米棒子像插在士兵腰间的手榴弹，而那山坡上的毛头柳，长得绿汪汪的，微风一吹，枝条上下翻飞，煞是好看。

在顶替别人当老师的这一时期，我使出儿时的拿手把戏，不是教男孩子们玩"官兵捉强盗"、"骑马打仗"，就是领着女孩子们跳皮筋、丢沙包。有时，觉得在这个小天地里太憋气，就带着他们奔向邻近的羊道村，在收过果实的枣树地里捡打剩下的枣子吃。孩子们真是乐坏了，他们或许还从没这么痛快地玩过。可是几天之后，他们却一个个把小嘴都撅了起来：

"王老师，咋不给我们教课啊？"

"王老师，我想算算术。"

站在孩子们的面前，我真的为难了。因为我从来没有教过课，再说大队书记也说只要把娃娃们照看好，不要让乱跑就行了。现在，孩子们提出要上课，这可让我犯了难。这时，正在

❖ 灯光·月光

读五年级的蛾子，看见我这副窘态，便向我提示："王老师，你先教一二三年级的功课吧，我们四五年级自习。"接着，她把一张课程表递给我："这是刘老师上课时用的，你看看吧。"当时，我真感激这个懂事的小姑娘。

经蛾子的提示，我第一次正式上课。大部分学生在课堂很听话，只有刘老师的儿子小胜顽皮，他一会儿拽拽坐在他前面的那个女孩子的小辫；一会儿又把头钻到课桌里。我故意做出一副严肃的样子看着他，他也觉得再不能乱动了，又规规矩矩地坐下来。

尽管我面前是一些乡村孩子，但是，站在台前为学生讲课毕竟是我有生以来的第一次。给一年级教生字，却想着二年级的课文；教完了二年级，又急忙打开三年级的书本。正当我往黑板上抄写习题、忙得不可开交时，身后突然传来哭泣声。我回头巡视了一下，发现是武家崖村的小锁在哭。他年龄最小，刚上一年级。我问他哭什么，他不回答，像受了什么委屈似的。我心里有些气恼，想不到农村娃娃也这么娇气。

"报告王老师，小锁尿裤子了。"蛾子在一旁轻声说。我正想要训斥小锁为什么不去厕所，蛾子又接着说："你一上午连上三节课，没有课间休息，小锁想上厕所，但不敢开口说。"

我看了一眼放在窗台上的小闹钟，时针不知什么时候已指到了十二点半。我耳朵一热，歉疚地看着这些孩子。这时，一个男孩子竟大胆地嚷着："老师，我也憋不住了！"逗得课堂里笑声一片。我忙向他们说了一声对不起，孩子们却又不好意思地笑了。

一天中午放学后，我在办公室批改作业，只听见一声清脆的报告声在门外响起,我一看,是娥子。

"王老师,馍馍热好了,快来吃吧。"她闪着水灵灵的大眼睛,略带几分神秘,笑着对我说:"我们都等着你呢!"

我放下笔,来到院子里,只见孩子们在灿灿的秋阳下围成一圈,各自的面前都放着鼓鼓囊囊的饭包,竟不见他们吃。那一双双与平日不同的眼光,直愣愣地望着我。我问他们为什么呆坐着,孩子们互相传递着眼神,最后,目光落在了娥子身上。娥子收敛了笑容,庄重地说:"王老师,今天是中秋节,我们大家请你吃好东西。"

话音落处,孩子们的饭包都打开了。平日的玉米、荞麦面饼子、黑面馍馍不见了,面前摆着的是白面夹枣馍,圆圆的蒸面饼,还有煮鸡蛋。啊,我竟把这样一个佳节给忘了!记得小时候,每到秋天,我就盼着中秋节的到来,期待得到妈妈给我的苹果、梨,及各种味道的月饼。晚上,我和我的小同学们围成圆圈,坐在大树下,吃着美味的月饼,听大人们讲有关月亮女神的故事。眼前这些孩子们,他们或许没有尝过真正的月饼是什么味道。此时,他们也会有我们当年的那种心境吗?

一双双小手向我伸来,随之而来的是一片叫闹声:

"王老师,我大让我把这个鸡蛋给你!"

"王老师,我爷爷说你没吃过我们这里的月饼,叫我给你送几个尝尝。"

刹那间,我的面前堆起了一个由枣馍和月饼组成的小山。我激动得不知所措,眼眶里似有什么在滚动。这些珍贵的食物,表达着每一个孩子的心意,也包含着他们父母对老师的一种尊重。那天夜晚,我和孩子们在学校里待了好长时间。那年中秋的月亮很大、很圆。月光如水，洒照在校园里。

恰巧，我参加成人考试的前一天是中秋节。想不到我和娥子竟在考场上相逢。历史让我们这一对师生调换了位置。娥子用汗水和心血实现了自己的理想，她们这一代人终于赶上了好时光。我们没有他们幸运，然而，我们也不能落伍。路还很长，要靠我们自己一步一步地走下去。就如蓝天那轮月亮，无论阴晴圆缺，它都沿着既定的轨道在运行。

◈ 黄土蕴情——我的精神家园

那山·那水·那人

叶广苓

2004年,我回了一趟后段家河。

在此之前的30多年间,我没有回过一次延安。是没时间?是工作太忙?是怨恨那块土地荒芜了我们青春?是怕触景生情回忆起那段艰苦岁月?总之,这其中的许多原因真有些说不清。

我曾跟人讲,我做梦常常会梦见两个地方,一个是北京东城的四合院,那是我童年和少年生活的地方;另一个就是延长县刘家河乡后段家河村,那是我插过队的地方。多少年过去了,我曾经有许多机会,可以回后段家河去看一看,但我却一直迈不过那道槛,最终导致的结果是逃避。但是,多少年来,总有一个梦萦绕在我的心头,每当触及到它的时候,我心里就会有一种莫名的感觉。

那年暑假,我与先生带着儿子到山西和陕西驾车旅游。我们从山西壶口过了黄河到达陕北。先生在"文革"串连时,曾到过延安,他执意要到延安去看看。到了延安,若再不到我插过队的地方去走一走,的确有些说不过去,我再也没有逃避的理由，只有一条路，回！

我们到达延安后，参观了杨家岭、枣园等革命旧址。午饭后，开车从延安顺着延河向东，直奔延长县。一路上，老公和儿子像是旧地重游，兴致极高，一边开着车，一边无边无际地在闲聊。我一个人坐在后面沉默不语，心里一阵阵发紧。车里播放着刚从枣园买来的陕北民歌唱片，那高亢、悲凉的信天游，把我的思绪又带回到那遥远的年代。

1969年2月2日，我登上西去的列车，到延安地区延长县去插队。

我们到达延长县城时，正是中午。给人留下的印象是，延长县城不大，背靠着大山，东临延河。我们在县城一个小广场上，等候着村里的老乡来接我们。

"分在后段家河的知青到这里集合。"这时，只听见一个中年汉子用陕北话大声叫喊着，凡被他点了名的知青都围到他身边。我转身一看，只见那汉子穿着一身蓝黑色的粗布棉衣，腰间扎一根绳子，个子不高，瘦小精干。他看着我们说："我是后段家河生产队队长段京玉。把你们分到我们那哒咧，咱相跟上走，离村还有50里路哩。"段队长说的本地话听了让人想笑，他将所有的"我"发音发成了"饿"，我们只听见"饿、饿"的，当时就有两个男生也学着他的腔调"饿、饿"了起来。

在段队长的带领下，我们上路了。路弯多、狭窄，而且崎岖不平，连架子车都不能通行。我们带的行李、箱子全靠驴驮和老乡们背。在路上，我听说分到刘家河公社另一个生产队的一个女知青，居然从北京带了一架钢琴。村上的8个老乡轮换着抬，硬是把那架大钢琴抬到村里。

一路上，大家都不说话，只听见双脚踩在雪路上发出的响声。越走，我心里越担忧、越沮丧。光村子离县城都这么远，那以后还能回得了北京吗？

到村上没几天，就过春节。段队长知道我们不会做饭，又怕我们想家，就把我们分散在老乡家里过年，而且还给派饭的家户叮嘱说："把娃娃们招待好。"

我们来的那一年，陕北因为天旱，遭了灾，可老乡们却把最好的食物拿出来招待我们。陕北老乡真是厚道。很快，我们就了解到，那一年，村上的一个工只值一毛钱。他们所说的一个工，指的是每天能挣到10个工分的壮劳力一天的劳动价值。这样算来，也就是说，一个工分才值一分钱。我们刚到村上时，男知青一天挣8分，女知青一天挣6分。按这种计算，到了年底，如果工分挣不够，还得要倒交粮钱。

刚到村上的几个月，我们吃的是商品粮，每人每月供应40斤原粮。原粮经过加工，去壳脱皮，也就所剩无几。于是，每到月底，我们就断顿了。记得有一次还没到月底，我们就没粮吃了，只搜刮出来一些土豆。于是，我们上顿吃蒸土豆，下顿吃煮土豆，吃得人胃疼、拉肚子。而一旦把粮买回来，我们就像过节一样。有一次刚买回来粮，我们决定吃一顿纯白面。事先，我们做了一大盆浇面的卤子。一锅面熟了，锅台上摆着10个饭盆，10双眼睛眼巴巴地盯着，每个饭盆只能分到一个碗底。我们迅速把盆里的面吃完后，继续擀面。就这样边吃边做，一大块面吃完了，接着再和面、再擀、再煮，直到瓦罐见了底。这时，王蕴环问大家："你们知道今天吃了多少斤面？"大家你看着我，我看着你，说不出一个准确数。王蕴环又说：

"肚子真是没深浅，咱今天整整吃了20斤面。昨天，推完磨后我过了称。"这顿面从中午一直吃到晚上，每人平均吃了2斤面！

每年端午前后，是收麦时节，在段队长一声"搂早喽"的呐喊中，后段家河开镰收麦了。天刚刚亮，人们就扛着麦担、拿着镰刀上山了。阳山上的地是生产队最好的麦地，人们一到地里，就甩开膀子开始大干，只听见刷刷的割麦声，那声音在传递着丰收的喜悦。老乡说是托了我们知青的福，今年山地麦子大丰收。满山二洼的麦子被割倒后，捆成捆，放在地畔上。太阳照到半山坡的时候，该回去吃早饭了，但人不能空着手回去，每个人要把捆好的麦子从山上担回麦场里。麦担的担子和担水的扁担不同，麦担其实就是一根把两头削尖的直木挑子。要把这尖尖的两头，分别插进两个麦捆里，再把它担在肩上。这不是一件容易干的事，一是要有技术，二是要有力气。先是把麦担的一头插进麦捆，插好之后，将它高高举起，再把另一头插进另一个麦捆里，然后才担在肩上。两大捆麦子没有百十斤，也有七八十斤，往肩上一压，腿直打晃。就这样，每天上山割麦、下山担麦，要往返几次。一天下来，肩膀火烧火燎地疼。

收麦时，最难熬的是口渴。6月的太阳很毒，人体内的水分好像被蒸发掉了，嘴里连唾沫都没有。这时，人的脑子里只有一个字，水！为了喝到水，我们割麦的速度越来越快，因为麦捆扎得多了，队长就会让人往回送，这样，我们就能下山找水喝。正是因为干渴，竟然加快了割麦的速度，增加了送麦的次数，形成了收割的良性循环。晌午时，随着段队长一声嘶哑的呐喊——"回喀喽"，我便迅速地插起两捆麦，飞快地往山下跑。我早就瞅好了目标，在这座山的下面有一眼清泉，是那清凉、甘甜的泉水在诱惑着我。

　　到了山下，我撂下麦担，向泉边奔去，蹲下身子，一阵猛喝。霎时，一股甘露般的泉水流进我干涸的心田。俗话说：忍饿容易忍渴难。当人口干舌燥、干渴难忍之时，忽然见到一汪清泉，掬而饮之，那种惬意让人感到舒服极了。正在我埋头喝水时，段队长赶了下来，他大声喊道："叶广荃，不敢把麦捆撂下。麦捆撂在地下麦粒就掉完了！"一听队长这么说，我感到脸红、惭愧。最后，还是村上的一个婆姨有心眼。她背麦时顺便带了一只葫芦瓢。她把瓢给了我，我又连住喝了两大瓢。随后，王蕴环、顾小容、董孟新、刘振农也背着麦捆陆续下了山。我不让他们将麦捆撂在地上，给他们每人先递上一瓢泉水。等他们每人将第一瓢水喝完之后，他们又齐格展展地站成一溜溜儿在等着喝第二瓢、第三瓢。这时，有人笑着喊："看喔，饮驴哩。"大家一阵哄笑。

　　我的思绪沉浸在对往事的回想中，插队岁月的历历往事在这一刻都浮泛在我的心头。不觉之间，延长县到了。眼前所看到的这座县城已不是当年的模样。高楼耸立，街道宽敞，一派现代化气象。去刘家河的方向应该是顺着公路继续向东，公路底下的延河依然陪伴着我们。到了呼家川，我们转而向北，在大山的褶皱中穿行。我们当年从村里进城走的是不是这条路，我有些记不清了，但有一点是肯定的，那就是，我们当年走的路，比现在要难走多了。那时候进一次县城，来回要走100里山路。进城除了要办一些要紧的事情之外，还有一个口腹之欲，就是能在县城买的吃上两个两面馍和一碗大烩菜。儿子过去曾经听我讲过插队的故事，这次又到实地造访，他也感慨我们当年生存环境的恶劣和不易。我从心里感谢儿子，感谢这个80后的小青年对我们这一代人的理解。

开车一个小时就到了刘家河乡。没想到在乡政府竟然碰到了刚来插队时在延长县接我们回村的段队长的儿子涞沟。听涞沟说，他父亲已经去世了，我不由一阵心酸。涞沟现在是后段家河村的村委会主任。30多年前，是他父亲将我们这伙不谙世事的北京娃领进村里；今天，他又与我在刘家河乡相遇，并将我和老公及儿子领到村里，这难道不是一种缘分吗？

进了村，我看见我们当年住过的石窑还在，上面还能看到"青年之家"四个斑驳的大字。这几孔窑洞是队里用我们的安家费给我们箍的，石头都是我们一块块背来的。

当年的青年队长怀页，而今已成了半老汉，他站在石窑前大声呐喊着："喔——叶广荃回来了！"这一声喊，一下子拉开了我感情的闸门，我一时失语，泪如泉涌。在这一刹那间，我有了醒悟，30多年的困惑一下子迎刃而解。当我面对这片土地，面对曾洒过汗水、流过泪水的大山，面对这些淳朴的乡亲们时，我没有怨恨，没有愧悔，而是充满感激之情。后段家河——这里是我走入社会的起点。是这片土地和这里的乡亲们接纳了我，教会了我如何做人，如何去面对社会，以至在今后的人生道路上，无论面对逆境与顺境，我总能将人生的路走得扎扎实实。正如有人在评价知青时所说的那样：青春的记忆中，有他们生命的底色，他们常常拿它作为辨别真伪的一个参照系。几十年过去了，历史和现状一旦让他们迷惑，他们就会拿出来比照一番，从中能得到有血有肉的证据。

当年的副队长生儿来了,还像当年那么能说会道的三元来了,怀页的哥哥来了,罐子的妈妈和花念婆姨也来了。大家聚在我曾经住过的石窑院里,他们向我询问着顾小容、王蕴环、庄兆兰的工作和生活情况,还说,前几年许爱国也回来了一趟。儿子看到乡亲们都能记得我,并一下子叫出我的名字,也很受感动。

老乡们说,现在的日子比过去好多了。国家给补贴,家家有果园,村里的年轻人有的出去打工了,有的发展自己的产业。他们感谢几年前我们知青集资帮助队里拉了电。能看出,他们对现在的生活很满意。

我们在村里走着、看着、寻找着。这时,儿子问我在寻找什么,我说:找脚印,找我青春的足迹。我知道,我的这种感情儿子能理解一些,但不可能全部理解。记得当年我们刚到村里时,就住在村上的一所小学里。学校在一个山坡上,坡下有一条小河。每天傍晚,我们收工回来时,就在河边洗洗手,抽空还会在这儿洗衣服。夏天,男知青们会趁着天黑在河里洗澡。记得是在一个月圆之夜,我们女生坐在小学的院子里,望着满天的星斗和明月,唱着在孙家塔插队的女知青李路自己作曲填词的歌,歌词至今我还清楚地记得:

    我孤独地站在延河边
    我睁着迷茫的双眼
    望北京归路遥远
    泪水像珍珠断了线

凄凉婉转的曲调，发自肺腑的心声，唱得每个人泪流满面。如今，这所院子已是杂草丛生，男知青住的窑洞已经坍塌。看着这一切，我想起插队时，男知青老缠着段队长问什么时候下雨？他们不是关心地里的庄稼，而确实是太累了。当地有句谚语"下雨天，歇工天"。只要下雨，全村人都可以歇工。段队长有时被问得没办法回答时，就会说："我又不是龙王爷，哪能解下（知道）哪天下雨？"

终于有一天下起了雨，大家都歇了工。每当这时，我们知青窑就成了俱乐部。怀页和一群年轻人来了，村里的一些年轻女子和碎娃娃也来了，大家都聚在窑洞里，说着、唱着、笑着、闹着，有的还打扑克。有一次，怀页正在给我们讲故事，刚讲了一段，突然停了下来。只见他抬头注视着窑顶，说窑洞顶上有了裂缝。怀页拿了一把铁锨，站在炕上，招呼我们全部躲开。这时，只见他用铁锨试探着朝那条缝隙里戳，突然，随着一声巨响，窑洞里立刻烟尘四起，只见一大块土从窑顶上直接砸了下来。怀页预先就有准备，他身子一闪，躲到一旁。这突如其来的事件，将大伙儿吓了个半死，我和王蕴环脸色煞白地愣在那里。要知道，土块掉下来的地方正是我俩睡觉的地方。

两年后，我们住上了新箍的石窑。

到村里转悠，我还找到了春儿妈妈家。我刚插队不久，队里让我当赤脚医生。那时，我只是一个十几岁的毛头女子，但胆子特大。我凭着学医的姐姐寄来的《解剖学》、《生理学》和《农村赤脚医生手册》三本书，还真的当起了赤脚医生。春儿妈妈就是我的第一个病人。那年，她犯了老胃病。胃疼起来，疼得春儿妈想寻短见。我到了春儿家，给春儿妈妈打针、吃药，外带针灸，看护了三天，直到把她的胃病治好。从此后，春儿妈逢人就说：叶广荃那女子心善着哩，治病的手艺高着哩。如今，春儿妈妈家的两孔窑洞也不能住人了，春儿妈妈和春儿她大也相继去世，人去窑空，令人好生怅然。

涞沟婆姨为我们做了一顿地道的农家饭，烙饼摊鸡蛋，还煮了一锅棒馇粥。儿子说他头一次吃这么香、这么地道的柴鸡蛋。吃罢饭，我们该走了，乡亲们却一再挽留。但是天黑之前，我们一定要赶回乡里住，因为天又阴了，一旦下起大雨，这段土路汽车就开不出去了。这时，涞沟拿来了一口袋黄澄澄的小米，崇前婆姨往车上放了一纸箱柴鸡蛋，还说要给捉上一只老母鸡，让我带到北京养起来，让鸡下了蛋给儿了吃。这时，不知是谁又塞给我半袋糜子和村里枣树上结的大红枣……

我感受到乡亲们的一片深情，我的心里沉甸甸的。

我在村里待了不到三个小时，而我却在离开这里35年后才完成了这次回归。我想：这不是路途的遥远，而是心路历程的艰难。

再见了，曾留下我青春足迹的山间小路；

再见了，村中的那条小河；

再见了，纯朴的乡亲们；

再见了，那山、那水、那人……

要给大地留片绿

贾维岳

7月的延安,山川叠翠,草木欣欣。

一辆越野车从包茂高速路上飞驰而过。车窗外,连绵的群山在炽热的阳光照耀下,山间的草木越发绿得凝重。

与我同行的老友名叫莫曲,他是专程从西安赶来,与我一起到富县牛武镇申家沟,去看望原在这里插队的北京知青王皓,顺便还要参观她投资兴建的林场。

王皓兴建林场,还得从2009年说起。那年5月,富县北京知青联谊会组织了59名曾在富县插队的北京知青重返第二故乡。刚一踏上富县的土地,知青们就被这里发生的变化所吸引。眼前的山水景物,既让他们感到熟悉,又让他们感到陌生。过去的那些土坯房不见了,昔日的乡村小路也被一条宽阔的大道所取代。从乡亲们的笑脸上可以看出一种惬意和幸福。

看到富县所发生的这些变化,使本来就向往田园生活的王皓萌生了回第二故乡的念想:住农家小院,吃自产的蔬菜,种花怡情,养鸟休闲,如果还有能力为当地群众做一些事情的话，那当然更好。

一次偶然机会，网上的一篇《大叶速生槐——兼顾经济效益和环境效益》的报道，引起了王皓的注意。她仔细查看了大叶速生槐的资料，资料上说，大叶速生槐适生地广，抗旱耐寒；栽植简便，成活率高；生长快、产量高；茎叶具有营养价值，适口性好，种植三年后可作为优质畜牧饲料；种植五年后可用于木浆造纸，是可永续利用的优质造纸材。

看到这些特性，王皓心动了，这正是她要寻找的一个理想项目。这样的树种很适合在陕北种植。王皓当时就下了决心，要让大叶速生槐在她插过队的富县落地生根。她要将这一新树种引进到她曾洒下青春汗水的土地上，为第二故乡富县的山川大地再添新绿。于是，她独自一人去了东北延吉，对大叶速生槐进行实地考察。

没想到，大叶速生槐的树种在东北也很紧俏，前来购买这一树种的外地商客很多。经销这一树种的负责人得知王皓是从北京赶来，而她要将大叶速生槐栽种到她曾插过队的革命圣地延安市的富县，该负责人被王皓的这种精神感动了，破例卖给她3万元的树苗。就这样，王皓雇车拉着树苗，一路颠簸，赶到了富县。

为了让村民们能接受这一新型树种，王皓免费把树苗分给乡亲们去栽种。乡亲们以一种疑惑的心态，勉强栽了30多亩。那一年陕北缺雨水，整整一个冬天，没下一场雪。乡亲们都说："这回可毕了，估计到明年连一棵苗子都长不起来。"王皓心里也在打鼓：天旱成这个样子。苗木已经栽种到地里，如果真的长不起来，自己赔点钱倒无所谓，关键是让人笑话啊！

◈ 要给大地留片绿

第二年一开春，王皓怀着忐忑不安的心情从北京又来到申家沟。她知道苗木刚入土，就逢上冬春连旱。可让她没想到的是，大叶速生槐真是一个不"嫌贫爱富"的好树种。它居然在干旱的黄土地上落地生根了。当她看到树苗已长到二尺多高，喜不自禁。事实证明，大叶速生槐适合在陕北栽种。

可是，村民们却说："大叶速生槐和咱这里的洋槐树也没啥区别。"王皓心中有数，她笑着对乡亲们说："别急，等到秋天就能看出区别来。"

果然不出所料，2010年秋季，大叶速生槐长到有两米多高，有的还达到三米。这样一相比，当地的洋槐树生长的速度就太慢了。有一户村民，也在2009年种了三亩洋槐，长了一年多，还不到一米高。

"这就是大叶速生槐和咱们当地洋槐树不同的地方！"王皓指着新长成的大叶速生槐，又进一步和乡亲们协商。她准备扩大种植面积，让村民能通过种植大叶速生槐来发展种植产业。

说起来，大叶速生槐真是个好树种。把树苗剪断，挖出树根，无论是根系的主根还是须根，只要种在地里就能成活。于是，王皓给村民们说：一棵树苗能挖出一个主根和十几个须根。将来，凡是主根，我收购一棵给你们付五角钱；收一棵须根付三角钱。你们就按照这个价格去种，明年我负责回收。

王皓的一番话，像是给村民们吃了"定心丸"。他们没了后顾之忧，有了种植大叶速生槐的积极性。不少农户主动找到王皓，也要求加入种植大叶速生槐的行列。这样一来，大叶速生槐的种植面积就得到迅速扩张。当年，王皓也注册了自己的林业公司。

大叶速生槐当年种植，当年受益；一次投入，终生受益。利润一年一翻。经过三年多的发展，王皓兴建的林场已由当初的30亩扩大到400多亩。王皓也因为种植大叶速生槐而声名远播，不少地方的村民都来购买她的树苗。

翻过一个坡，汽车停在一个地畔前。给我们开车的司机举起手，向远处画了一个弧线说："这一片全是今年新种的树苗，你们看，长到有一人高了；到了秋季，能长到两米多高。"司机接着又说："大叶速生槐不像咱本地的洋槐树，特别耐旱，还耐寒，对土壤的适应性也很强。"

我们顺着地畔往前走，司机兴致勃勃地给我们介绍着："远处那片是去年栽的。你们看，靠路边的是今年新加入的农户栽下的，大概有20多亩。"

大叶速生槐嫩绿的叶子和当地的洋槐树叶看上去没多大区别，只不过叶片大了一点。当地的洋槐树开的是白花，大叶速生槐开的是红花，这大概就是这两种槐树最大的区别。

司机看到我们听得痴迷，又指了指远处的山说："后面沟里，现在全都种上了大叶速生槐。过不了几年，陕北搞绿化，内蒙古搞治沙，都离不开优质树种。到那时，大叶速生槐的价格可要成倍地翻啊！"

说话间，我们来到一个农家小院，院子当中摆着一个小方桌。这时，从屋里走出一个50多岁的中年人，看他的衣着和气质，像是大城市里的人。他端着的一只盘子上，放着一堆黄杏和刚切开的西瓜。他热情地招呼我们："快坐，王皓马上就回来。"

司机向我们介绍说："这是王皓的哥哥王阳。"我们连忙上前与他握手寒暄："您怎么从北京跑到这儿来了？"王阳说："王皓忙不过来，我在北京待着也没事，过来给她帮忙。以前，我也在宜川插队。"

一听王阳也是个插队知青，我们的距离一下子就拉近了，话匣子也由此打开。我们从插队的村名说到当时一个劳动日的工值；从几时招工说到在北京的工作单位。正说着，王皓回来了。她高高的个子，俊俏的脸盘，虽然已经50多岁了，可风韵犹存。王皓说："2009年，我是离开富县之后，第一次回到当年插队的地方。离别40年，没想到富县发生了这么大的变化。也就在这一年，我从信息产业部退休，闲着没事，又过腻了城市里嘈杂、紧张的生活，一天到晚，除了坐着就是躺着，身体越来越差，就想到农村去过田园生活。能帮大家办点事就办，办不了也落得清闲自在。"

她撩了撩散落下来的头发，笑了笑说："老贾，你记得不？我和你曾经说过大叶速生槐的事情。"

"怎么不记得，我以为你只是说说罢了，没想到你真的干起来了！"

"我干这事，要担很大的风险。我说的风险不是经济风险，而是若把这事办不好，对不住当地的村民呀！"

王皓当初要种大叶速生槐，她的老公极力反对："都这么大岁数了，还折腾什么。舍家撇业的去种什么树啊？"后来，王皓只能好言相劝她老公；因为她的老公也是插队知青，对延安有感情。最后他同意让王皓试试看，不指望她靠种树挣钱。

王皓是性情中人。她说："她这一生遇到的都是贵人、好人。"她到东北延吉买树苗时,走到人家的那个林场一看,那规模大得让人吃惊。上千亩大叶速生槐,长得端溜溜的,一望无际。林场负责人的办公室里每天都挤满了人,有甘肃的,有新疆的、内蒙古的。这些人都拿着现金等着买树苗。林场负责人给王皓卖了3万元的树苗,把那几个外地人羡慕得只瞅王皓。

说话之间,王皓转身对王阳说:"哥,你给咱们擀些面条,中午就让老贾他们在这儿吃吧!"

王阳看着我们高兴地说:"让你们尝尝真正的绿色食品,尝尝我们亲手种的茄子、西红柿。这些蔬菜没打过农药,也没上化肥,是纯天然的。"

王皓很健谈,对大叶速生槐也十分了解。她把联合国对减排的理论和大叶速生槐的特性向我们作了一番介绍:《联合国气候变化框架公约》将碳汇定义为从大气中清除二氧化碳的过程、活动或机制;林业碳汇指的是利用森林的储碳功能,通过植树造林、加强对森林的经营管理,保护和恢复森林植被等活动,吸收和固定大气中的二氧化碳。据测算,树木每生长一立方,大约能吸收1.83吨二氧化碳,释放1.62吨氧;每种植一片人工林,可以清除三口之家产生的二氧化碳,可吸收一辆奥迪轿车一年的二氧化碳排放。这时,莫曲问王皓:"到现在,大叶速生槐共种了多少亩?"

"接近500亩。"王皓说。

"你现在投入了多少资金?"

"估计有30多万元。"

莫曲又问:"你这样干,万一赔了呢?"

王皓微微一笑，淡定地说："无所谓赔与挣。钱财是身外之物，赔就赔了，赚了更好。最关键的是，我在富县插过队，我要给这里留下一片绿。"

这不是什么豪言壮语，但王皓随口说出的这句"我要给这里留下一片绿"的话，表达了一个老知青的情怀。

◆ 黄土蕴情——我的精神家园

毕生乐与牛相伴

刘二顺

作为延安风华北京知青林的一名"牛倌",我与牛结缘要追溯到插队期间。那时,我不但吆牛犁过地,而且有过对牛的饲养和放牧经历。我在与牛的相处中,对这种颇通人性的牲灵产生了深厚的感情和浓烈的兴趣。

插队生活是艰苦的,但那田园牧歌的情致却足以使人陶醉;插队生活是单调的,但寄兴养牛也颇能充实人的心灵。尤其在放牧的时候,头顶蓝天白云,脚踏万壑千山,耳闻百鸟鸣啾,极目天地之交;心胸开阔无挂碍,四山景致奔眼底。我不会作诗,也不会放歌,唯有以对牛的爱抚来表达自己的一种舒心感受。我后来才觉悟到,这种感受是一种境界。

我在即将告别农村、走向工作岗位之际,还特意看望了曾与我朝夕相处的牛群。牛虽不能言语,目光中却透出一种难舍之意。在它们发出的一声声"哞哞"的鸣叫中,我走出村庄,回眸一望,好一阵心酸。

此后,在30多年的工作生涯中,我失去了与牛直接打交

◈ 毕生乐与牛相伴

道的机会,但我与牛的情结并未淡化,一直在关注着我们村里养牛事业的发展,收集各种与牛相关的信息,真可谓:缘似断而情未了。

没想到,十多年前我退休之后,又谋到一份"第二职业"。而后的个人生活虽算安逸,但终归平淡。于是,在给自己的未来定向时,养牛的念头又在我心中萌动。恰在这个时候,延安风华北京知青林在南泥湾桃宝峪应运而生,并旨在发展以养牛为主的农业经济。这项产业,既符合我的知青身份,又适合我的兴趣爱好,对我与牛再续前缘,无异是一个良机。于是,在知青林总经理周福生的诚邀下,我于2003年来到知青林。

我的工作岗位是养牛,这既是组织的安排,也是我个人的意愿。这项工作虽然艰苦,我却乐此不疲。而令我感到欣慰的是,知青林的领导把养牛放在调整产业结构的主体地位,从理念到行动,都给予高度重视和大力支持。凡在延安插过队的北京知青,从内心深处,对牛都有一种情结。在延川插过队的知青作家史铁生的代表作——《我的遥远的清平湾》里的主人公,就是一个喂牛老汉,而作者本人也与牛结缘甚深。尤其是当知青们回城之后,面对生活的压力、面对日渐嘈杂的城市生活、面对徒增的两鬓白发,从内心深处又有了对昔日插队生活的一种温情追忆。自从我到知青林开始养上牛之后,一些回乡探访的老知青纷至沓来,他们对牛表现出浓厚的兴趣,这不仅是从经济效益着眼,而许多人是在经历了人生的历练之后,更加欣赏牛的品格和牛的精神。牛的品格和精神在于奉献甚多,所求甚少,脚踏实地,躬耕不辍。这不正是知青群体所具有的一种精神么?我们在精神的层面上与牛相通,又怎能不对牛产生挚爱无比的情感呢？由此，我又得到了新的感悟，我要努力养好牛，要以牛为师，以牛为友，以牛的精神品格不断砥砺自己，提升自我。

知青林在创业初期，只购进7头肉牛。领导出于对我的理解和信任，将牛放心地交给我和另外一名知青来喂养。为了便于对牛照料，我们就住在与牛圈相邻的一间简易房里。这间破旧的房屋冬不避寒、夏不避暑，论环境和条件，较之插队时还要艰苦。但我热爱养牛事业，我心甘情愿以此为家，与牛在南泥湾这块洒满英烈鲜血的土地上共度春秋。

我在插队时虽然养过牛，粗通传统养牛术。但随着时代的发展，传统的养牛术已满足不了规模化养殖的需要。从未来着眼，我还要不断学习新技术、汲取新经验，变粗放型管理为科学化管理，实现规模养殖的效益。在这种理念的支配下，我开始认真学习。向书本学，向专业人员学，向养牛大户学，通过学习，逐渐掌握了一套现代化的饲养和加工技术，学会了禾秆青贮、肉牛喂养和一般的防疫与治疗等方面的技术，保证了牛群的良性发展。

在领导的重视和大家的共同努力下，经过几年发展，知青林肉牛的存栏数已由当初的7头增至现在的130头，成为宝塔区第一养牛大户，受到区政府的重视与鼓励。

尤其令人可喜的是，随着牛群规模的扩大，知青林在养牛的基础建设方面也有了新的提高和改善。总经理周福生亲自设计了新型牛棚。牛棚在通风、采光、保洁、喂养、供水等方面都有了新的改进，这为肉牛规模化发展打下了良好的基础。

知青林在发展，知青林的养牛事业也在发展。我个人因为生性喜欢牛，能在年届不惑之后，干上了这档子与自己性情相近的事情，感到非常快乐。而今我已年过花甲，可心态依然年轻。有时，我觉得"老牛自知夕阳晚，不用扬鞭自奋蹄"这两句诗，好像是专门为我写的。我要以此来自勉，像牛一样，拉车拽犁，永不松套。

◈ 黄土蕴情——我的精神家园

忆当年，春风桃李好年华

李怀德

北京知青来延安插队，是对延安有着深远影响的历史大事件。作为新中国成立后第一代有文化的新式农民，北京知青在延安这块洒满英烈鲜血的土地上，演绎了一幕闪烁着理想光焰的青春活剧。一晃，45年过去了，每当想起知青们在这片土地上度过的青春岁月，想起与他们在一起的快乐时光，就越发激起我对他们的思念之情，就越想与他们坐在一起，促膝话当年，执手谈人生。

我是延安当地的一名干部。1970年，为了响应毛主席关于干部下放劳动的指示精神，我到延安县枣园公社枣园大队接受劳动锻炼，这种下放劳动，实际上和现在的驻村干部差不多。

枣园是党中央和毛主席住过的地方，无论是在这里下放劳动或插队落户，很自然就被打上一种红色印记。我到枣园来，主要是与派驻到这里的其他干部一起，团结带领插队知青和当地的群众来把枣园建设好，把农业生产搞上去。当年，下放到枣园劳动的干部中，有中国农科院、林科院的，有陕西省委书记的秘书、省军区政委的秘书，总共18人。为了加强领导，协助枣园大队党支部把工作搞好，当时的延安地委还成立了毛泽东思想"五七"领导小组，枣园这一块，我被指定为负责人。

北京知青到枣园插队，比我们下放劳动将近早一年。到枣园大队来插队的知青有30多人。他们的到来，给枣园带来了一种清新之风。而村上的村民对知青也特别关照。开始，队上安排专人为他们做饭、打理床铺、购置灶具、配置劳动工具等，后来，将这些东西都置办好之后，知青们便开始自己生活。

知青刚来时，什么活都不会干。经过近一年的锻炼，有些知青已经学会了干各种农活，而年龄小一些、身体差一些的知青还没过劳动关，有时，我就和乡亲们一起教他们怎样使用锄头，如何犁地、打场、背庄稼。有一次，一位知青在山上劳动时，忽然晕倒。我和村民陈锁轮换着把他背回村里，给他熬了一小锅绿豆汤，他喝了之后才缓过神来。那时候的会多，大会、小会连着开。社员们对开会学习兴趣不大，他们只盼能多打粮食，能吃饱饭就行。每次开会学习，社员们稀稀拉拉地来了，坐下来，听人将文件或报纸念完就走人。可知青们却不一样，他们每次在开会学习中，积极讨论，带头发言，为的是激发大家齐心协力、来把枣园建设好的工作热情。来枣园插队的知青，年龄最大的只有十八九岁，小的十六七岁。刚开始劳动时，他们每天只能挣到五六分，最多的也只能挣到八分。那时的枣园村有400多口人，一年下来，一家人平均只能分到1000多斤粮，100多块钱，而知青一年最多只能分得三四百斤原粮，四五十块钱，生活非常艰苦。尽管如此，可知青们以插队到毛主席居住过的地方为荣，在劳动中从不叫苦叫累，在广阔天地里接受锻炼和考验。

这些知青中，给我留下深刻印象的是女知青邰锦丽。她个头不高，人很精干，经常穿一件发白的小军装，裤腿挽在半腿上，和人说话时，总是笑嘻嘻的。她在插队期间，思想活跃，肯吃苦，与村上的群众相处甚好。后来她当了工人，最后回到北京，因工作努力，在中国进出口公司检验局担任处长。2000年国庆节，她回到枣园村看望乡亲，临走时，还给我和我的妻儿买了礼物，我回送给她一尊毛主席铜像。2002年，我和老伴到北京旅游时，她又张罗过去在枣园插过队的知青来与我见面。相别近30年，当年的这些"北京娃"都年过半百，忆及往事，大家都生出无限感慨。

另一个女知青名叫李文玉，她性格内向，不爱言语。在插队时，她干任何农活都拿得起、放得下，是陕北人说的那种"挣性子"人。1972年春，她离开枣园，上了北京外国语学院，后来成为大使馆里的工作人员。1991年冬，我去北京看病，她知道之后，专门到医院来看我，并陪我到解放军总医院就诊。临别时，我送给她一个小纪念品，她送给我当时最时髦的太空棉衣。18年来，每到冬天，我就把这件棉衣穿在身上，从心里感到一种亲情般的温暖。

杨树增当年是知青中的领头人。1972年夏天，在河庄坪公社挖掩埋电缆线的沟壕时，我们俩和同村的几个社员在这里干了好几天。当时，干的是包工活，每人每天包干挖10米长、1.3米深的沟壕。树增一身好苦水，干起活来十分卖力。10米长的地沟，半天就干完了。有时，看见时间还早，我们就结伴到延安城里转一圈。

高秀爱和李育英是知青中爱学习、爱钻研的两个年轻人。她们经常和北京农科院的同志在一起劳动，为的是向他们讨教有关农业生产方面的科技知识。秀爱和育英对土壤、种子、气候等方面的问题特感兴趣。通过学习，她们学到了有关小麦如何在川地增产的知识，并在村上推广。

朱广林、刘全新、李建等几个知青小伙与我交往颇深。他们积极上进的思想品格和甘于吃苦的精神很令人钦佩。有几次，我和他们一起挽着裤腿跳进茅坑挖粪。他们不嫌脏、不怕累，担着粪桶穿梭在田间地头，看上去，像一个种地的"老把式"。记得有一年夏收时，我们从山上背麦子。麦捆光滑，很难往紧捆。一个毛驴一次也只能驮10捆麦，可我们几个每人一次就背12捆。捡麦穗的小学生惊奇地说："你们比驴还驮得多。"还有一次，我们在后山上种荞麦。山上风尘大。我们有的扶犁，有的撒粪，有的点籽，有的耱地。虚土抖起，被风一吹，全落在身上和脸上，一天下来，人只露一双眼睛和一对牙齿。尽管如此，但谁也没叫过一声苦。

我历经了两年九个月的下放劳动，于1972年9月离开枣园，担任了延安城区团委书记。当时，城区虽然只管辖五个农村公社、三个城市办事处，但在工作中，我与知青的接触面更广了。

当时，城区团委的孙金凤、河庄坪公社团干姚丹、延安利民毛纺厂团干谭芳珊，他们既是本单位的好干部，又是我工作中的好帮手。那时的交通不便，出门不是步行就是骑自行车。

有一段时间我们经常到基层检查工作，每人骑一辆自行车，这个单位出、那个单位进；今天城里出、明天到农村。1973年冬天，我带领全区130多名基层团干，赴山西大寨参观学习，受到大队党支部书记郭凤莲的接见。返回的路上，我们一路高歌，一路畅谈参观后的感想，决心要带领全区团员青年，大干苦干，改变延安贫穷落后的面貌。

　　1974年8月，地委决定调我到地区团委，接替前任团委书记张志清的工作。当时，在延安团地委工作的10名干部中，栗建国、张正秋、王来成、田保印、徐淑静5人是北京知青，还有一名上海知青。在各县团委机关工作的北京知青就更多了，当时，在延安地区所辖的13个县中，就有7个县的团委书记是北京知青。他们对共青团工作都十分热爱。有了这样一批优秀的团干部，使延安的共青团工作搞得有声有色。

　　当时的共青团组织真正是党的好帮手。我们围绕党的中心工作，开展适合青年的各种活动，团结和带领延安的广大青年，在实现延安"五年变面貌、三年粮食翻一番"的目标中当好排头兵和生力军。1974年冬天，经地委同意，在志丹召开了全区青年农业学大寨经验交流会，在会上，安塞县团委书记梁雅琦给我留下深刻的印象。她生活简朴，性格开朗，勤奋好学，在安塞任团委书记时间最长，是安塞县第一个领独生子女证的人。她回京后，任北京市环卫集团二清分公司宣传部部长。2009年1月21日，她回延安参加《青春的风采——延安共青团30年》画册首发式。在首发式之后，我们在一起叙友情、话当年。记得是1975年冬，我到安塞检查工作，她和知青丁立仁陪我走了两个公社、三个大队，晚上歇息在楼坪公社的办公室。我因神经衰弱，很难入睡，办公桌上的那个闹钟又响个不停。到半夜，我起来把闹钟藏在一个铺盖卷中，第二天走的时候，忘记从铺盖卷中把闹钟取出来，差点落了个偷闹钟书记的名声。

1976年秋，宜川县团县委书记于德新陪我到新市河公社检查工作，晚上到牛家佃大队观看青少年文艺演出，在连夜往县城赶时，汽车不慎驶上了一座危桥，车刚过去，桥便垮了，若开得稍迟一步，我与于德新就要同归于尽。

我与知青无论是在农村，还是在一起搞团的工作，我们相处得都十分融洽。那段岁月见证了我们之间的友谊。我和他们结下了不解之缘，他们是我一生的好朋友、好兄弟、好姊妹。

宋人黄庭坚有一首诗，其中一句是"春风桃李一杯酒"，我将这句诗中的"一杯酒"改成了"好年华"，以此来表达对桃花般灿烂的青春年华的一种追忆。

◈ 黄土蕴情——我的精神家园

情系电力事业的知青夫妇

宜知春

1969年元月，张世成来到当时隶属延安地区所管辖的宜君县偏桥公社惠家塬村插队。没想到，插队生活彻底改变了他的人生轨迹。

在惠家塬插队一年半，说起来时间不算太长，但就在这一年多的时间里，让张世成看到了中国农村的真实现状，体会到了稼穑之苦，学到了书本中没有学到的东西。

1970年8月，延安各地大搞小水电、小钢铁、小煤矿、小化肥"五小"工业建设，张世成被推荐到宜君县刚建成的跃进铁厂。

在这里，张世成遇到了他生命中至关重要的人——北京96中插队女知青张秀玲，后来两人喜结连理。1974年，张世成又被抽调到宜君35KV线路指挥部。从此之后，张世成夫妇便将生命中最美好的30年，奉献给了陕北山区的电力事业。在这30年间，张世成先后担任宜君县偏桥和五里镇供变电站站长、宜君县电力局党支部书记兼工会主席、副局长等职。

1977年，儿子降生了，这给张世成夫妇、这个扎根山区的小家庭增添了喜庆。正当张世成夫妇一心扑在电力事业上的时候，知青返城大浪潮也涌向了这个山区小县。县上有许多知青都调回到北京。当时，张世成的父亲在北京皮件二厂当副厂长，他牵挂着千里之外的儿子，连发几封挂号信，催促儿子申请返城。紧接着，介绍信开来了，困难证明也寄来了，并且连返京的单位也联系好了。

这时，张世成夫妇再也坐不住了。眼瞅着知青们一个个"胜利大返京"，妻子天天催他赶快向组织申请返京。从现实的角度来考虑，张世成确实有些心动了。作为家里的长子，他多么想回到北京，为瘫痪在床的母亲尽一份孝心。可组织上的信任和重托，山区群众盼着通电的急迫心情；立杆、架线、基建，有多少事情等着他去干呀！这时，他陷入了极端矛盾中。

刚来宜君插队时，给张世成留下最深印象的是，这里不通路、不通电。多少年来，每到夜晚，陪伴村民的只有一盏昏暗的小油灯。知青们到晚上要看一会书，只好将油灯放在炕中央，几个人就着微弱的灯光，才能享受到读书的乐趣。由于不通电，村里磨面的石磨前，总是排着长队。推磨时，推着一根木杆在磨前转得人头昏眼花。第一次回京探亲，张世成站在北京车站的电灯下，仰视着明亮的电灯在神思遐想，在遐想中也深切地感受到没有电的生活是多么的艰难和苦涩。这时，他做出了一个决定：等山区的乡亲们用上电之后，再考虑返京的事。谁知，机遇不等人，这么好的一个返京机会就这样在他身边悄没声息地溜走了。

1979年，张世成举家来到距县城26公里的五里镇供变电站。这里三面环山,交通不便。张世成却在这里谋划着新的发展。他与供电范围内的四个乡镇的领导,翻山越岭,规划通电方案,争取上级的支持。为了早日让周边乡镇的村民用上电,他没明没黑地操劳奔波。到了1982年,张世成的父亲又来信告知,已在京郊为他们联系好一个单位,而且全家都能调进去。这又是一次难得的返城好机会。看到父亲的信后,张世成夫妇一夜未眠,他们商定,天一亮就去找领导申请回京。天刚蒙蒙亮,张世成就从床上爬起来,当他抬头看到远处一闪一闪的灯光,看着一根根向山村延伸的电线,他又一次犹豫了。他想:领导和同事对自己如此信任,这里的乡亲们还等着给他们拉电。这一走,撇下这一摊子事该咋办?想到这里,他又一次打起了退堂鼓。

屈指算来,张世成夫妇到宜君已度过13个寒暑。在工作上、生活中,他们也有自己的烦恼。孤寂、惆怅、愧疚,时不时地困扰着他。想当初,在宜君这个不足七万人的山区小县里,仅北京知青就有4000多人。那几年,无论是在县城,还是在集镇赶集时,总能听到熟悉而亲切的"乡音";晚上,总会有几个哥们挤在不宽敞的土炕上,嗑着瓜子,谈论着过去和未来。可现在,一切都过去了。仅仅一两年的工夫,走得只剩下屈指可数的十几名知青。这时,张世成产生了一种难以名状的孤独感;这时,性格开朗的妻子笑声少了,话语也少了。是呀,一天到晚,除了工作还有什么呢?眼前只有望不断的群山、不绝于耳的流水声和冒着炊烟的寂静小镇,这一切,和首都的繁华岂能相比。然而,这只是一些表层现象,那么,深层次的呢?五里镇供变电站地处偏僻,人口少,货流不畅,平时买个菜都很难。儿子渐渐长大了,这里不要说没有幼儿园,就连孩子的玩伴都没有。女儿出生之后,想给她买一点婴儿用品,根本就买不到。他们夫妇二人继续在这里待下去倒也没啥,可孩子该怎么办?

经过激烈的思想斗争,张世成决定将孩子送到北京,交给父母和兄弟姐妹来抚养,他二人留下来,继续为山区的电力事业作贡献。儿子两岁多的时候,被送到爷爷身边,女儿乖巧可爱,张世成夫妇舍不得将她送走,直到快上小学一年级的时候,才让她回了北京。

张世成情系山区群众。他的这种舍小家为大家、一心扑在工作上的奉献精神,受到山区群众和电力局领导的高度赞扬。1982年起,张世成先后被评为模范共产党员、西北电管局优秀共产党员、国家能源部劳动模范等;1990年元月,铜川供电局发出"关于开展向张世成同志学习活动的决定",在全局大力宣传他的先进事迹;1992年,中华全国总工会授予张世成"全国优秀政治工作者"称号和"五一"劳动奖章。他的事迹被多家媒体进行报道。面对荣誉,张世成越发觉得自己肩负的责任重大,越觉得自己不能离开这里。有时,他也在想:作为儿子,他不能在父母身边行尽孝道,还要让年迈的父母来为自己抚育下一代;作为父亲,他没有为孩子创造下更好的生活条件,却让他们过早地承受离别之苦。一想到前些年他回京探亲、每当和妻子动身返回宜君的时候,他们与高堂父母,黄口孺子的离别情景让人倍感心酸。多少个月圆之夜,这对知青夫妇在绵延起伏的宜君梁上,遥望北京,无尽的思念让他们流下愧疚的泪水。

许多年过去了，人们总在猜度张世成夫妇不离开宜君的原因。在张世成高大魁梧的身躯里，究竟蕴藏着怎样的一个精神世界呢？

张世成为人诚实，讷于言辞。要了解他30多年走过的风雨历程和一次次艰难的抉择，就得走进他的内心世界和生活空间。改革开放以来，我国的电力事业发展很快。尤其是上一个世纪90年代，陕西要实现"三通"，因此，每个县乡的通电任务非常繁重。为了让山沟里的乡亲们早日用上电，张世成没明没黑地拼上老命在工作。宜君电力局老职工白小平深情地讲道："老张当时是农电总站站长，在通电最繁忙的那段时间，他天天奋战在施工一线。每天夜里只能睡几个小时。为了让山区群众早日用上电，世成可把力出扎了。"

张世成和农民群众的关系很融洽，他常对村民说：有啥困难和问题，说出来我们想办法给大家办。五里镇的粟易生想安装一台磨面机，但苦于手上的钱不宽裕，张世成就主动上门服务。他和粟老汉一起精打细算，陪老汉到外面购买磨面机，并在最短的时间办好申请用电手续，带人把电接到家里，直到粟老汉的磨面机转起来他才离开。为此，粟老汉非常感激张世成。他逢人便说：张世成这个北京娃实在，为了我的磨面机辛辛苦苦、跑前跑后，却不要任何报酬。在张世成的热心服务下，这一带的群众办起了各种小作坊，结束了多年来农民群众吃粮靠推磨的历史。

五里镇供变电站只有六七个人，平时，乡亲们谁家电表烧坏了保险、谁家要换个灯泡，都要找变电站的同志。加上线路紧急故障处理，张世成一年到头忙个不停。只要一接到群众的电话，不管雨雪天气，他推上自行车就出门。山路不好，遇上雨天，常常是人扛着自行车走。1985年3月的一个黑夜，五里镇地段医院因为线路有故障打来电话，说有危急病人动手术急需用电。张世成接到电话后，二话没说，摸黑步行几十里山路勘查线路，当排除了故障、恢复供电时，已是黎明时分。医院大夫和患者家属握着张世成的手激动地说："病人得救，多亏你们及时送上电。"

张世成至今在宜君生活了整整35年。35年来，他在这片土地上做过多少这样的事，没有人能数得过来；35年他是如何一步步熬到今天，恐怕谁也说不清楚。但宜君的乡亲们没有忘记他。有一次，他受铜川局领导的委托，在宜君为职工买苹果。看了好几家果园之后，他最终选定了一家。当他进果园谈价钱时，果园的主人看了看他说：你说多少钱就多少钱。张世成心里纳闷：你卖苹果怎么能由我来定价钱？老乡看出张世成心存疑惑，便连忙解释说：那年，我去申请接电，你连一根烟都没抽就把事办了。今天，你来我果园买苹果给啥价都行。正是宜君人的淳朴豪爽，使张世成深深地爱上了这里，并把自己的青春和热情全部奉献给这片土地。

前些年，按照规定，张世成从中层领导岗位退了下来。按说，退居二线，他完全可以回北京在年事已高的父母膝下尽孝，与儿女一起享受天伦之乐。可当新的领导班子希望他能留任当农电站长、把农电工作抓起来时，年过半百的他欣然同意。他没有讲任何条件，又全身心投入到工作之中。他又带领大家走深山、勘察线路，终于在既定的时间里完成了任务。为深化铜川供电局"三为在线"服务品牌，宜君电力局也成立了

"为农业、为农村、为农民"服务的"三为在线"服务队;在创建国家电网示范供电营业规范服务示范窗口的工作中,他吃住在现场,和同志们一起加班,挑灯夜战。经过努力,2009年元月,宜君电力局玉华宫供电所被国家电网公司命名为"农村供电营业规范服务示范窗口"荣誉称号。

2009年,张世成年满60岁,可他还在忙着城关供电站的搬迁工作。他在争分夺秒,要在办退休手续之前,把自己手中的事情办完。

宜君供电局,无论是过去的领导还是现任领导,包括局里的许多职工,每当提起张世成,都说他是一个工作认真、任劳任怨、一心为群众着想的好站长。一个北京知青,能在宜君这么一个山区小县工作一辈子,不容易!

如今,张世成已光荣退休。让他感到欣慰的是:两个孩子都很争气。儿子张义辉,现是北京一家仪表公司长驻上海分公司的经理,女儿张莉现在中国社科院工作。爱人张秀玲于2001年退休返京。购了新房,陪伴着老人安度晚年。他现在终于可以含饴弄孙,和家人共享天伦之乐了。

故乡人的一句真情表达
让游子的眼中泛起了泪花

村口前拍下的一张留影
令老知青又想起了苦乐年华

土地最懂得汗水的价值
因为付出,才有了牵挂

追忆中,莫问乡关何处
生命的根,扎在了宝塔山下

我们风雨同舟

曹伯植

相识相知

1970年,刚过完国庆节,我正在延川县南河公社的曹家圪崂小学当我的"猴儿王",公社来人通知我,让我到延川县文艺宣传队报到,暂时借调我去那里工作。

听到这个通知,别提我有多高兴了。那是我求之不得的一个理想去处啊!我想,县上借调我的原因大概是我拉二胡、业余作曲在小县城有点名气,加之我辅导的小学宣传队,经常到县城和当时县上的"战备宣传队"搞接待和演出,文化教育界都知道我是个"文艺人才",尽管我对教学工作很认真,但毕竟当小学老师不是我的理想职业。和"战备宣传队"一起演出时,我就很羡慕他们是"专业文艺工作者",我盼望已久的这一天终于来到了。

我报到的地点在延川中学的下院,这里给刚组建的"延川县毛泽东思想业余宣传队"腾出来9孔窑洞。我去报到时,看见已经来了不少年轻人。当时我还不到23岁，应该算高六七级学生，只是没上高中，上了师范。当时我见到的其他男女青年有和我同龄的，更多的比我小。多数为初、高中老三届的下乡和回乡青年。干部很少，只有几个人，年龄多在30岁左右，我是干部里边年龄最小的。

这些小青年中，最显眼的是北京知青。他们的穿戴和当地青年不一样，特别洋气，有红卫服，有中山装，哪怕是一身劳动布工衣，穿在他们身上也显得气度不凡。尤其是那些女知青，穿的是红卫服上衣大翻领，发式多为小辫。他们操着地道的北京腔，行为做派无所顾忌。有的怀抱吉他，连摇带唱，非常浪漫。他们虽然人少，但特显强势，有一胖后生紧握拳头，瞪着眼冲一本地后生吼着："孙子嗳，我磕你丫的……"后来我才明白，这是要打人了。而本地的回乡青年，虽说都是农村的"嫽嫽"，他们也能吹拉弹唱，能歌善舞，也是引人注目的秧歌场上的把式，但和这些北京知青在一起，那形象和表情如同20世纪六七十年代摄影家、画家们捕捉到的农村孩子的形象——羞涩、怯懦。

我一看这阵势，心里咯噔一下，这伙人可不好惹，得防着点。我曾抱怨县上做事不公，因嫌我们公社又小又穷，就不给我们公社分配北京知青，光分来些本地知青，我们村连本地知青也没有。当时，虽说我们公社和我们村没有北京知青，但他们来陕北插队已一年多了，他们的所作所为，早已有所耳闻，诸如：那些女子、后生们一早起来都要刷牙，满嘴的白沫子，像害了"羊羔疯"（癫痫）似的；受了苦回来还要烧一锅水，拾翻得洗澡哩，咱农村人一年四季也不洗个澡；钱没个花处，赶集时买了一条毛驴，四五个人拉到街上轮流骑，还买了面包给驴喂哩。啊呀！憨着哩，愣着哩，生葫芦嘛，一满是些生瓜二圪梁。再看看眼前这阵势，我心想：还是离这些家伙远一些，惹不起，咱能躲起哩嘛。可也听过一些老年人说：唉，可怜这些"心儿家"（指孩子），没离开过大大妈妈，不会做饭吃，生一顿，熟一顿，哭鼻流水，受得厉害哩。不会担，不会背，不会耕种，不会除楼，就能送个粪，打个土疙瘩。受一天黑死苦，黑了还要念书哩。人家"窑里"（家里）好好的，不叫在北京好好念书，送到咱这里受这号罪。憨"心儿家"嘛，整小哩，咱不招呼，叫谁招呼哩？听这话，他们又是农村的弱者、受气货。我又有点同情他们。我比他们强，本乡田地的，父母虽说不是干部，是农民，但起码还常能见上。

不管他们是好还是歹，我好好拉我的二胡，在学校忙，没时间练，这里拉二胡是我的工作，正好有充足的时间认真练习。我拉二胡时，他们先在外边听，后来就围在我身边听，有的就问我："你也是来宣传队的？"

"嗯。"

"你原来是做什么的？二胡拉得这么好听。"

"小学教师。"

"噢，是老师。"

"嗯。"

"你叫什么名字？"

"曹伯植。"

"噢，曹老师。你二胡拉得真好，再拉一曲。"

先是男知青和我说话，后来，女知青也大大方方地和我说话。我和这些女知青说话时，有点不自在。就这样，没过几天，我们就互相认识了。我是乐队的，乐队的都是年龄较大的，我就算是小一点的，再要小的，就成了学生，或者叫学徒了。分房子时，我和年龄大的演奏员住在一起。对他们来说，住在我们房子里的就都是老师了，他们对我们都挺客气，也挺礼貌的，谁也没在我面前说过一句"磕你丫的"。

时间越长，我越发现这些知青其实都挺好。他们把城市文明带到宣传队的小院里，传给了本地孩子。他们在农村受的苦太多了，尤其当时因"出身"或"成分"不好的，生活艰苦不算，精神压力更大。只要谁对他们好，他们就将你视为亲人。好在延川的农民很包容，尤其年龄大的，视他们如同亲生，因此，这些知青也视他们如同父母一般，入乡随俗，叫干大干妈。

宣传队来的知青是最早跳出农门的。他们本身爱好文艺，又在最无奈时找到出路，看到了希望。有多少知青在羡慕、眼红他们呢。因此，他们也特别珍惜这份来之不易的工作。尽管都是十六七岁的大孩子了，硬是咬着牙练功。当时，练功又没场地，窗台就是压腿的"把杆"，靠窑腿拿大顶，平地上下叉，靠墙根开胯。在开胯时，痛得大喊大叫哭鼻子，一个多月连上炕都要先用手把腿抬上去，再往上爬。就这样，他们挺过来了。我从内心佩服他们："北京知青，好样的！"

同吃同住

宣传队是文艺团体，但说话方式还和学校一样，叫男生、女生或老师。先后进入宣传队的北京知青有20多人，男的是段平生、杨士杰、安春龄、韩胜利、赵志和、李柏岩、佟金明、安保利、路子红，还有一个跳舞的男的记不起名字了。女的是：王娓娓、赵红梅、李红旗、于延俊、肖桂芝、林红、付春生、董靖、白光荣、韩美勤、关来英、纪清华、梁云竹、齐亚平等。

这里的演职人员，除过五个干部和一个厨师外，包括我在内，都未结婚。我们住的是窑洞里的大炕通铺，吃的是大灶份儿饭。尽管我们吃的主要是玉米面、小米，有很少一点白面，大部分搭配到玉米面里蒸了两面馍，下午多半是吃"钢丝饸饹"，即玉米面用机器加工成的饸饹面，不能煮，只能蒸着吃。就这种生活，对这些北京知青来说已经好得不知哪儿去了。首先是不再受稼穑之苦，也不要自己做饭，尤其这些女知青轮流做饭，烟熏火燎不算，做不成饭，不知哭了多少鼻子。如董靖说她蒸玉米黄，到吃饭时候了，一揭锅盖，玉米黄因碱放得太多，全变成紫颜色了，急得她大哭一场。她们这些女知青，起码再不要哭这种鼻子了，有厨师做好的现成饭。

我们的伙食标准很低，用肉票买来的一点肥猪肉也都炼了油，白菜洋芋里能漂一星半点的油花就不错了。大部分的男知青都吃不饱，女知青就把他们吃不了的两面馍分出一半来让给男知青吃。条件好一点的，隔三岔五地进一回食堂。我们家穷，我没这口福。有一个西安的下放干部，叫孟其善，当年35岁，大家都叫他老孟。他爱好文艺，也参加了文艺宣传队。有一次吃过晚饭，好多人说没吃饱。这时，老孟从裤兜里摸了半天，摸出两毛八分钱，往桌子上一掼，大声喝道："他妈的，老婆孩子都不管了，吃！"大家"哗"地都笑了。从此后，不管谁请客，都要把钱掏出来，掼在大伙面前，照样要喝一声："老婆孩子都不管了，吃！"

"你老婆还不知道在哪儿呢，管谁家的孩子？"

"说不定丈母娘还没把老婆给你生出来呢？"大家学着老孟在说笑了。

在宣传队，可以说是"有苦同当，有吃同享"。过个四令八节，当地孩子家里给送来瓜子、花生、红枣，或清明的"子推馍"、"燕燕雀雀"、端午的粽子，八月十五自家烙的月饼，过年的油糕等等，同宿舍的共享，有时让更多的人共享。北京知青春节探亲，他们把家里凭票买的那点舍不得吃的糖果点心带回来，同样是大伙共享。那时，他们从北京带来的固体酱油是稀罕物，和上一碗，吃饭时调上一点，味道极佳。

在这个大家庭里，大家紧张地排练、演出，愉快地生活。虽说也有争争吵吵、磕磕绊绊，但同吃同住，相处如同兄弟姊妹一般。

互助互爱

那时，文艺宣传队排练演出主要是样板戏和为配合形势宣传的小歌舞。唱京剧样板戏，主要靠北京知青，本地孩子既说不了京腔，更唱不了京剧。我当时在队里算是水平较高的演奏员，可我连京胡都没见过。我可以很顺畅地拉二胡独奏曲，其他曲谱的演奏也没一点问题，但京剧曲谱我一拉就别扭。当时有一个北京知青叫安保利，他会拉京胡，弓子甩得圆武武的，我羡慕极了，就主动向他学。按"辈分"我是老师辈，他当然愿意教我。我很刻苦地学，终于学会了拉京胡。没多时他当兵走了，我就成了"琴师"。

我们的宣传队更像是学校，不光是称谓上都叫同学和老师，平时上课也抓得很紧。所有演职人员没有一个是专业学校毕业的，都是业余爱好，好多孩子连初中也没上完，文化程度低，更不会识简谱。由我给他们教简谱和乐理知识。北京知青段平生，他是清华附中高六七的学生，文化课基础很好，由他给孩子们上文化课，每天都安排有固定的上课时间。我还给一个叫赵志和的北京知青教二胡，大家都叫他"二娃子"。不多时，好多人都有绰号了，如韩美勤因演《沙家浜》中的沙老太，大家就叫她沙老太；安春龄演刁德一，就叫老刁；韩胜利演胡传魁，他体形胖，就叫胖子；李柏岩眼睛大，经常眼瞪得圆溜溜的、脑绷转看人，叫他"牛"。

到了1971年4月，原来的"延川县毛泽东思想业余宣传队"解散，在农村招收了16名青年，留了12名北京知青和一部分干部，共36人组成了正式的"延川县毛泽东思想文艺宣传队"，有编制，财政拨款，这些知青也就算是正式录用了，每月30元工资，同年，宣传队由延川中学迁到原武装部住过的一个小院里。

样板戏演多了，人们逐渐烦腻了，我们演出主要是自编自演的小节目。虽然仅仅只有36人的宣传队，但创作力量不弱，两个编剧，是路遥和闻频；两个作曲是我和谭新庄。虽说都是业余的，但整体力量在延安地区或者说在陕西也不算弱。1971年，我们参加延安地区文艺汇演，一炮打响。根据北京知青为题材的小歌剧《延安路上》，由闻频编剧、谭新庄作曲，北京知青杨士杰、董靖、关来英、段平生、韩美勤表演，反响强烈，后来还代表延安地区参加陕西省调演。还有谷溪作词，我作曲的情景表演《送代表》；我编剧、作曲的道情小戏《交猪》，马槐南编剧，我作曲的小歌剧《上横山》等在延安演出，屡获好评。从此，延川宣传队在延安地区有了影响。1972年排练演出的大型歌剧《第九支队》，由路遥、闻频编剧，我作曲、指挥，由杨士杰、韩美勤、董靖、关来英、肖桂芝集体导演，张洲舞美设计。对我们来说，无论编剧、作曲、导演、舞美、演员都是第一次尝试搞大型歌剧。国庆前演出后，在省、地引起强烈反响，杜鹏程、晓雷、李天芳等作家和贺艺等作曲家都来观看演出，给予高度评价。县委书记申易激动地在座谈会上讲了近一个小时的话，他高兴地说："咱小宣传队掂大活哩！"

一个小小的文艺宣传队不光有北京知青参与，社会上喜欢文艺创作的业余作者和其他北京知青也踊跃参与宣传队的活动。宣传队也积极为《山花》创作组搞配音诗朗诵的作曲、演奏和朗诵。同时还辅导县城各单位的文艺活动，如县医院有西安二院的几十位下放医生，文艺活动很活跃，我们经常给伴奏、辅导。以北京知青为主的宣传队当时成了延川县文艺活动的核心。

那时，我们的创作条件很差，两三个创作人员挤在一个窑洞，也没有稿酬，但加班加点是经常的。杨士杰、路遥和闻频住在一个窑洞，小杨年龄最小又勤快，好学，经常给他们跑小腿，大家很喜欢他。在那个几乎是人人都有绰号的年代，当时就算是权威一点的老师们也有绰号，如闻频年龄最长，叫他

"焦圪尖",因他姓焦;段平生叫段圪节子;路遥叫狗熊,他一天像懒狗熊一样,迟起晚睡,白天在柴堆里铺一张烂席片卧下,一本小说看不完不起来。然而,谁也没给杨士杰起绰号,只叫他小杨,直到现在60岁了,大家还喊他小杨。我们晚上搞创作,饿了啃两口剩玉米黄,连延川食品公司自制的号称"耐火砖"的饼干也买不起。闻频边啃玉米黄,边感叹:"什么时候有了稿费,我们就'啊——'八毛。"他是诗人,他说这句话的意思是,有了稿费后,哪怕是一个"啊——"字,也算一行诗,照样给八毛稿酬。

导演组全是北京知青,由杨士杰、韩美勤、董靖、关来英、肖桂芝五人组成。由于收来了学生,他们又在做导演。随着年龄的增长,他们的"辈分"也长到老师辈了。但大家还是亲切地叫绰号、开玩笑,如叫肖桂芝是小簸箕,延川老太太叫不成她的名字,就叫成小簸箕,从此这就成了她的绰号,也有人叫她"鬼子";董靖性子慢,有人给她编的笑话说:"董靖穿的衣服着火了,她慢慢地说:'哪儿着火了,烧布味。'直到烧到她的身体了,她还是不紧不慢地说:'咦,烧着我了。'"因此,人们就叫她"慢儿";关来英人也小,爱说爱笑,活泼可爱,显得调皮,便叫"淘气"。说他们是导演,其实刚开始也就是把学校学来的东西搬过来,或者编几个动作,也是集体创作。大家互帮互学,没有帮派,也没有文人相轻的习气。小杨后来专程去延安拜大导演张明亮为师,学习中央戏剧学院的教材,成绩显著。他们对学生也很严,但并不摆老师的谱儿。

应该说,最苦的就是下乡演出,但最有意思的也是下乡演出,最能表现出团结友爱的也是下乡演出。

我们下乡演出完全是徒步,而且铺盖、道具、服装、乐器等所有用品全部是自己背。铺盖背少了受得不行,因为我们下乡所住的地方多为长期没人住的空闲窑洞或农村学校的教室。夏天有蚊子、跳蚤叮咬,深秋初冬又冷。乐器拣轻便的带,但大鼓和大镲是非带不可的,演出气氛不够时,全凭锣鼓家什往起凑呢。重乐器和道具肯定是男同学的,而且要身体强壮的男同学背,背大鼓的多半是下放干部孟其善,他说他身体好,老和大家抢着背大鼓。我的身体不好,手腕细得连手表都戴不成,胳膊一举,手表就溜到肘关节处了。一次到张家河粮站的磅秤上一称,1.7米的个子,看磅秤的男生说:"毛重47公斤。"自然,我只能背自己的铺盖和乐器。女生大多要男生帮助,我虽是男的,但路太长太陡,也少不了别人帮助。

有一次,要到土岗公社的龙耳子村去演出,半路上遇瓢泼大雨,路又陡又滑,又没有避雨的地方,只得男女生互相手拉手缓步前行,要是有一个人滑倒,一不小心就会拉倒几个人,站不起来就手足并用,往前挪。累得不行了,停下来,缓口气再走。大家都垂头丧气,不知谁先开始唱《下定决心》,紧接着大家一起唱:"下定决心,不怕牺牲,排除万难,去争取胜利!"唱完后,一个看一个,既像落汤鸡,又像小泥人,笑着、说着、唱着、继续往前走着。到村里,大家所做的第一件事就是晒被褥、服装、道具,最要紧的是大小鼓皮要晒干,晒不干就用火烤也得烤干,否则无法演出。

还有一次去土岗公社紧靠黄河边的苏亚河村去演出。前一个村离这个村将近40里路。黄河边的路,你看见不远,好像就在对面,其实跳沟转山,石砭上尽是羊肠小道,转来转去就把十里二十里路多走了。我们为走截近路，结果，有一段路连羊肠小道也没，被一个十多米高的石崖挡住，要上上不去，返回去又太冤枉。这时，李柏岩瞪大他的"牛眼睛"，眨巴了几下，说："我先上，拉你们。"下边的石崖上只有能踏半只脚的小窝窝。他先带头往上爬，王存豹、路遥几个劲大的一个顶一个，在他的屁股上往上推，他上去后，用捆铺盖的绳子系在一起放下来，才把大家一个一个往上拉。下边还有人在开玩笑："操心，一脚踏空，你就到黄河里捞得吃枣去。""跌下去，捞不得枣就煮扁食了。"大家都上去坐在石畔上往下一照，一些胆小的女生，腿软得走不动了。"天哪，我们这是在走长征路呢！"柏岩骄傲地眨巴眨巴眼睛说："有这碗酒垫底，我们什么样的酒都能对付。"

  下到农村，吃得不错，尤其是在农历八月十五前后，几乎村村都给杀羊。我们一进村，先瞅着哪儿挂羊皮，挂羊皮处肯定是接待我们的灶房。开春时节，青黄不接，农村人很可怜，起不了大灶，就派到家户中吃饭。村干部拣光景好的家户派饭。一般家户都要把最好吃的给我们吃。有的家户实在没好吃的，也就只好一起吃糠团子了。

  吃饭不是大问题，住宿就差了，有的窑洞连窗子也不糊，蚊子叮咬，点根艾草还能防，跳蚤就没法捉，它比人狡猾，你明明看见被子上有个黑点点，那就是跳蚤，你迅速往下一按，它蹦了，大约在一平方米的地方你再找，看见了，再逮，它又跳了。老乡说，逮跳蚤要给指头上唾一点唾液，逮住圪蚤才不至于跑掉，把它沾住，才能捏死。这办法还就是灵，起码逮住的跑不掉，让你为逮跳蚤有成就感而自豪。嘻，能逮几个算几个，逮不住就任它咬，好在走路累了，男生还要搭台子，演完之后，倒头便可睡着。

到农村演出还有一大困难。在农村，一家只有一个茅房，多数是下边安一条破瓮，上边搁一块石头，周围遮挡也不严，解大便时，茅缸里的屎糊子直往起溅。男同学大多到野外方便，女同学胆小，只得上茅房。她们要相跟至少两个人，互相放哨，如果只有一个人上茅房时，一听见外边有脚步声，就得在里边有意制造些响动，本地的女生就假装咳嗽，北京知青胆大，就大声喊："里边有人，不许进来！"有时里边的人出不来，外边的等不及了，还得大声喊："里边的，快出来！"大家有同感，不怕吃饭，就怕上茅房。

我们下乡很受老百姓的欢迎。有好多偏远农村的老头老太太一辈子没进过县城，更别说看戏了。我们把戏送到家门口，他们自然欢迎。有个别有病的老人来不了演出场地看戏，我们还去他们家里慰问演出。另外，我们的宣传队学习老八路的作风，下乡还背着药箱，段平生就是我们的赤脚医生，他还学着在自己身上练扎针，既给队友服务，也给农村老百姓服务。我们有时还带着理发工具，帮农民理发；还要帮房东扫院、担水。到了塬上住村庄后，我们还一起赶上牲口去沟底为村民驮水。记得有一次正逢农历五月天，我们在黄河边的一个村庄帮老乡去驮水，已经快回到村里了，韩胜利拽住驴尾巴边唱边走，正好那个驴拉稀，"嘶——"一下，拉了他一身，逗得大家捧腹大笑，他只好灰溜溜地再到河里去光着身子洗衣服。我们是有经验的。五、六月天，驴吃苜蓿就拉稀，但他是北京知青，不懂这些事情。

❖ 我们风雨同舟

大概是 1971 年的正月。其他人好像是下乡选拔演员去了，让我领着 12 名北京知青去下乡，目的地是黄河边的新胜古村。该村是延川县农业学大寨的样板村，让我和知青们利用这段时间去参加劳动，接受贫下中农的再教育。我当时不是领导，是团支部书记，但由于是"老师"，大家对我很尊重，也可以说听我的话，可能是这个原因，才让我领队。我们徒步背着铺盖行进，由于 70 多里的路程，一天走不到，我们就一天只走十来里路，边走边演。可以说是一路欢笑一路歌，号称 13 棵青松。《沙家浜》中郭建光有一段唱腔的第一句就是："要学那，泰山顶上一青松……"到了新胜古，下了一场雪，青松要傲冰雪，我们自然是人人表红心，个个立壮志，与天斗，与地斗，这点雪能算得了什么。棉袄棉裤脱掉，上山修梯田。一个星期结束，回来后，我们这 13 棵"青松"还是没斗过天，大部分人病了，我患了关节炎，一遇天阴雨湿关节都会疼痛。

1972 年底，我开始负责业务。1973 年 3 月，我和韩美勤都分别被任命为副队长。由于我这个角色的"重要"，我两次考入西安音乐学院，县上都没让我走，为此，一个大男人，窝在被子里哭了不少鼻子。我在这伙知青和本地学生的眼中，逐渐成了老师和大哥，同时也给我养成了一些霸道的坏习气，与此同时，我也有一定的权威性。这大概与我们团结友爱相处不无关系，不管本地孩子还是知青，不管谁有病，大伙一起往医院送。当时年纪小一些的队员，经常闹病。北京知青关来英病最多，有时我也亲自拉架子车驾辕，送她去医院。关来英很坚强，带病下乡演出，有时为了不误演出，把输液针拔掉上场，演完继续吊针，这样的例子在其他人身上也时有发生。那时，没有谁是故意想表现积极，而是真情实感的友爱与关怀。这样一来，他们有事都想找我聊。那时兴"一对一谈心互帮"，发展党、团员。一些女同学在恋爱方面遇到困难或麻烦，也要来找我诉说，我似乎是她们的保护伞。到底有没有喜欢我的女孩，我不知道。二十五六岁的我，也到谈婚论嫁的年龄了，对一些女孩子的优秀品质也曾产生过爱慕之心，但我不敢表现出来，时刻要板着一副严肃的面孔。古话说："书房戏房，是最乱的地方"，我必须把自己先管好，不能犯错误。我也不能让别人在背后说："曹师这么好的个人，也有这么'肮脏'的思想。"现在想起来，我当时稍微胆大点，主动点，说不定我也可以和一些人一样炫耀自己："哼！你不要看咱不行，纸烟不好是大前门，婆姨不好是北京人！"

难舍难分

宣传队到1979年改为"延川县人民剧团"。可以唱古装戏以后，各县陆续恢复剧团，开始唱大戏。延川县历来没剧团，当时的县委书记叫高文彦，是陕西省兴平人，特别爱好秦腔，于是，就将宣传队改为秦腔剧团，再很少演出自编自演的小节目。

从1973年开始，就陆续有北京知青调离宣传队。他们离开宣传队之后，有的上了学，有的调到行政事业单位，或者调回北京。临走时，他们的心情很复杂，既想走，又留恋。那时的分别很简单，没有仪式，也没有宴会，连一张分别合影都没有。只有安保利参军时，才有一张合影留念，那是因当时的军人和工人最吃香。

就在1973年，因演职人员的工资在各单位发，引发了许多矛盾，县上决定要解散宣传队。当时我们都难过极了。主要是舍不得离开这么好的一个团体，但还有一个更揪心的问题是，有些农村来的孩子要打发回农村去。为此，我们整天愁眉苦脸，闷闷不乐。我已是副队长了，我有责任啊！可我这小胳膊怎能拧过县政府的大腿呢？我从来不喝酒，有一天借酒浇愁。我与张洲、杜雷刚三人打了二斤散白酒，也没菜，就这样说着话，咕噜咕噜地把酒喝完了。他俩都醉了，吐了。听说止痛片能解酒，我给他们找药，打扫"战场"，三跑两跑，我也醉了，试着拉二胡，按不住弦了，先发笑，大家都来看热闹，因为谁也没见我喝酒，更没见我醉过。现在"曹师"醉了，还傻笑。开始众人和我开玩笑，逗我，我给他们诉说要解散宣传队的委屈与难过，说着说着我哭了，哭得很伤心。大伙止住了笑，先安慰我，后来跟着哭，再后来是满院子地叫陶大哭，像一群老牛在哀鸣。当时有人要找县委、县政府说理、闹事，有的还要打当时的队长，嫌他太无能。我醉了，但心里明白，我制止了他们的过激行为。后来我与一群北京知青找领导，经过反复陈述，宣传队才算保住了。

走得最迟的是董靖和杨士杰。他俩都是宣传队的骨干。小杨勤奋好学，演艺精湛，待人亲善，尊老爱幼，既当导演，又是主力演员，即台柱子。宣传队改成秦腔团以后，他没事干了，既说不了关中话，也不爱唱秦腔，请来关中的老艺人们成了导演，视他为打杂的，让他演王朝马汉之类的角色，或者是"扛红棍"的，即站衙役。就这样，他能忍辱负屈，认真演好每个不起眼的角色。站衙役都站得笔直，一脸严肃。这样再待下去是对他的摧残。1979年秋，他只好依依不舍地离开了他心爱的宣传队和队友们。

董靖是1978年5月调离宣传队的，她的调离有两个原因，主要原因是她爱人在陕西汉中地质队工作，两地分居，生活不便；次要原因是宣传队要改秦腔剧团，她也不适应。

我和董靖应该说是好同事，也是好朋友，她是我最得力的助手。我拉二胡独奏曲，她用扬琴伴奏；我们又是搭档，我作曲，她是第一个试唱的；我们又是合作伙伴。就连我爱人在医院生孩子，我不在，都是董靖领上去医院伺候、陪伴。但她离开宣传队时，情景有些凄凉，让我愧疚了一辈子。

1971年以后招来的学生都称董靖为董老师，以后招来的学生更不用说了。董靖一直叫我"曹师"，宣传队的人也都这样叫我"曹师"，可我从来也没叫过董靖老师。有一次在排练场，我请教她扬琴方面的知识，很尊敬地叫了她一声董老师，我是真心的。她以为我在广众面前臊她，有意讥讽她，当时她变脸了，我更不会让步，当即两人就吵起来了，就这样我俩翻脸了。我个性强，还固执，在宣传队从没给人道过歉，即使主管的县委副书记命令我写检查，我也不写。董靖性子慢，但个性也强，从此俩人再没沟通，便成了"冤家"。

她要调走了，我知道，但哪一天走，她也没告诉我，我并不清楚。大家都知道我和董靖关系不和，恼了，为了避我，几个女孩子偷偷帮她拿上行李，到汽车站去送她。当时董靖伤心地哭了，在场的其他人也哭了。过了几天，她们有人给我说："曹师，你太强了，董靖走时哭得很伤心，太可怜了。"我当时啥话也没说，低下头，背转身抹了几把眼泪。

再次相聚

1980年以后，原宣传队的人员逐渐都离开了剧团。但每当这些队友们三五成群地聚在一起，一提起宣传队的往事，总有说不完的话，叙不完的情，渴望能再有一次相聚。

1999年，好多队友都流露出这一情结，但苦于没人承头、执事。后来他们推荐让我承头弄这事。那时我刚开始办公司、办学校，杂务琐事缠身，难以分心。大家热情高涨，张洲说："曹师，你不要管具体事，就承个头，具体的联系及事务由我来办。"这是诸位队友的一片盛情啊，我答应了。

已经快到年关，我们把聚会的日期定在2000年5月1日，当时叫千禧年，有特别意义，又是宣传队成立30周年。倡议一发出，队友们反响强烈，一致同意再聚延川城。聚会人员范围是1971年至1979年之间的所有成员，主要对象是北京知青。他们虽说人少，但一直是骨干力量，再说，本地的队友，隔三岔五还能见见面，拉拉话，唯有北京的已几十年不见了，特别想念。

北京的组织者是杨士杰，另有原县委通讯组的知青张兴祥也是积极倡导者、组织者和参与者。他们包了一辆大巴车，于2000年4月30日从北京出发，5月1日中午到延川，随车同行的还有中央电视台的曹建标。

电话在一直联系着，当地的队友们提前一个小时，就到距招待所一公里以外的拐峁等候迎接。车缓缓驶近人群，队友们就欢呼起来了。车门还没打开，车里也沸腾了；车还没停稳，北京队友们挤着车门往下跳，本地队友蜂拥而上，抱成一团，哭成一片，喜悦的泪珠挂满了所有人的脸颊，连我们这些大老爷们也泣不成声，半天说不成一句话，只是呼喊着他们的乳名和绰号。大约有半个多小时，大家才收住泪眼，换成笑脸，手拉手，肩并肩，漫步在延川狭窄的街道上，引来街上所有人的注目。大约有40分钟左右，队友们才进入县招待所大厅。

　　活动共安排了5天。5月1日这一天主要是叙旧、参观、合影。第二天开始排练节目。在延川小县城里，当年宣传队聚会，也成为爆炸性新闻，人人都在关注着这些当年"文艺兵"的行踪，同时也在期待着老队员们的精彩演出。排练分片包干，有分有合，集体节目全体上，然后分北京知青节目，1971年学员节目、1974年学员节目和1976年学员节目。大部分是过去的老节目，也有现在新编的和即兴创作的。当年的小演员、演奏员们，现在好多都成了省、市知名的剧作家、作曲家、导演、演员，水平已远远超过当年了。

　　经过两天的紧张排练，5月3日晚上就在延川影剧院上演了。那天晚上，可以说是人山人海。公安人员专门维持秩序，剧院过道里也都挤满了人，而且门外、窗子上、后台上，到处是观众。大家纵情歌唱，尽情发挥，排好的节目又加了许多即兴表演。台上台下相互呼应，掌声雷动。那已经不是在观看演出，欣赏节目，而是队员们与观众真挚情感的再次交流。演出结束后，观众一直鼓掌，不愿离去，演员们一次一次地谢幕，直至热泪盈眶。本场演出是聚会的高潮，给队友和延川人民留下美好的印象。

◆ 我们风雨同舟

　　五天的活动很快就结束了。本来是一次民间的小型聚会，但在延川县城引起轰动，引起县委、县人大、县政府、县政协领导的关心。县政协主席高凤兰自始至终陪同，并设宴招待，还有好多部门也分别设宴对口招待。

　　又要启程返回北京了。汽车停在县招待所的院子里，一个多小时上不了车。前来送行的除过宣传队的队友外，还有县上的领导和其他人。五天的旧还没叙完，五天的话还没拉够。临上车了，仿佛说不完的话又一齐涌上心头。叮咛、安慰、祝福……大家又抱成一团，又哭成一片，惹得旁观者也不停地抹泪。

　　车缓缓起步，车厢里的手在不停地摇动，广场上的手在不停地招，北京——延川，友谊长存，我们永远心相连！

　　行文至此，我最想说的话是：我亲爱的宣传队的兄弟姐妹们，我们都渐渐老了。但是，我们现在还不老，我们成熟了，我们还能做事！我们现在的"酒量"、胆量和事业的成功，都是因有当年的"那碗酒垫底"。我们还能为延川、为延安的文化旅游事业，发挥余热，作出贡献！我希望你们领上你们的子孙后代，常回家看看。延川人民盼你们回来，延安人民盼你们回来！

◆ 黄土蕴情——我的精神家园

眷恋的土地

周　凯

插队之前，我对陕北农村生活的真实情况知之甚少，对到那个地方去插队也缺乏思想准备。上中学时，我也到农村参加过劳动，但只是在北京市的郊区搞过几次秋收。

毛主席发出知识青年上山下乡动员令之后，我们学校来了一位陕北干部，他在向我们介绍陕北时说：我们那里的大鲤鱼有二尺多长，吃的白面馍比北京的还白；一到秋天，漫山遍野都是黄灿灿的玉米和谷子。对于这种天花乱坠的宣传，我们不仅相信，而且对陕北充满了向往。

后来，我在当地工作之后，才知道当年到学校向我们宣传陕北的那个人，是县供销社的一名推销员。我不知道这个推销员当年是以怎样的一个身份来学校搞这样的宣传动员。不过，他的话也没有完全错。我插队的那个县确实有一座大水库，水库里养着鱼，打捞上来，足有二尺多长。但水库里养的鱼产量很少，偶尔打捞一点，还不够县城里的干部和市民们享用。至于说白面馍，黑白先不说，老百姓的餐桌上很少能见得到白面馍。

我插队的那个县是一个产粮县。但在当时，大锅饭加上瞎指挥，产粮县年年闹粮荒，哪里能吃到白面馍！

陕北南部，一半是山区，一半是旱原。黄土层虽然很厚，但沟壑纵横，多风少雨，生活在这里的群众出门爬坡，塬上种地，吃水靠人挑驴驮，吃粮用石磨压碾。一年四季，玉米是主粮，辅之以糜子、高粱、豆类和瓜菜，只要能填饱肚子，就算过上了好光景。除了吃粮困难之外，村民们居住也十分简陋，大都是土窑洞和土坯房。我在县委当干部以后，有一次到山区下乡，中午时，到一农户家吃派饭。进了窑洞一看，里面黑糊糊的，窑里只有一个土炕，半张炕席，一床被子，一个锅，一个用土坯支起的木案和一个粮食囤，真是一贫如洗。

生活这么苦，可老百姓却很少有怨言。遇到天灾，他们最多感叹几句。记得我刚到村上插队时，不会担水，不会砍柴。有一次，我和村上一伙人到离村十几里的地方去砍柴，因为背的柴捆太重，走着走着，落到最后。眼看着天色将晚，四野无人，我不禁悲从中来，独自饮泣。好在于贫困之中，我们似乎更能体会到人性的温暖。那时，老乡们常说我们年龄小，怪可怜的。隔三差五就给我们送些酸菜、玉米面馍让我们来充饥。特别是村支书一家人对我们特别好。村支书是新中国成立前入党的老党员。我们插队的那个村子当年是游击区。支书在年轻时为革命出生入死，新中国成立后，他一直在农村工作，有了像老支书这样的人对我们的关照，我们感到踏实。

我插队时，还不满20岁，浑身充满活力，对各种农活也能拿得起、放得下。工作之后，我经常一个人到山区下乡，了解各公社妇女工作的情况。我们县面积大，人口少，有时，从这个公社到那个公社，走上十几里路也碰不见一个人。有一次，我从棋盘公社去云梦公社，其间相距几十里山路。我凭着一股天不怕、地不怕的劲头，一个人就上路了。走到半路上，天黑了，影影绰绰发现后边不远处，有个人在尾随着我。开始，我没有在意，后来我有些害怕了。这时，我一路小跑着前进，快到云梦村时，我才停下了，转身一看，后边的那个人也放慢了脚步。

"喂，你过来！"我让他过来是向他示强。虽然口气硬，但当时我的呼吸还有些急促。这时，我才真切地看到，尾随我的是一个方头大脸、体格健壮的小伙子。

"你干嘛老跟着我？"我瞪着眼睛问他。

"山里有狼。天这么晚了，你咋敢一个人走？"没想到小伙子在反问我。

这时，我发现他手里拿着一把镰刀，我似乎意识到自己把人家的好心当成驴肝肺了。我感到很内疚，便换了一种口气问小伙子的家是否住在云梦村。小伙子从我的口气中似乎听到我已经解除了对他的误会，便和气地说：他母亲病得厉害，他去棋盘医院为母亲买药，在半路上见我一个人黑灯瞎火地走山路，万一碰上狼该咋办。于是，他便跟在后面，在暗地里保护我。

离开陕北这么多年，虽然我曾在那里受了那么多的苦，但我仍时时怀念那块土地，怀念那里的人民。我的女儿已到了我们当年插队时的那个年龄，她上了大学之后，把自己将来的目标定在出国留学。也许，她们心目中的纽约、巴黎，就是上一个世纪50年代我们心中的列宁格勒、莫斯科。时代变了，两代人之间的思想观念有差异是正常的。有一年暑假，我带着女儿一起回到我插队的地方。对我来说，这是重返第二故乡；对她来说，只能算做是旅游。去的时候，她很高兴，回来之后，女儿对我说："陕北根本不像你们说的那么落后。"当时，我愕然了。陕北这些年是有了很大的发展和变化，但仍然属于落后地区之一，现代文明的曙光才刚刚照耀到那里。不过，我又想，女儿所看到的陕北，已经不是我们当年插队时的那个陕北。有一个成语叫感同身受。我想，应该将这个成语改为"身受感同"。只有亲身经历了，才会有相同的感受。儿女没有经历过我们插队时的困苦生活，所以，他们对陕北做出这样的结论也是正常的。

在陕北插队和工作的那段经历让我终生难忘。当然，我不希望任何人重复我走过的路，包括我的女儿；我也不认为人只有经受"饿其体肤，空乏其身"的磨砺才会有出息。但我要说的是，在陕北的黄土地上，让我看到一个真实的中国，也使我收获了一笔弥足珍贵的精神财富，使我在面临新的困难和考验的时候，能够泰然处之，并永葆一种奋发向上的劲头。2009年初，在原北京市第一师范学校六八届毕业生赴延安插队40周年联谊会上，我有一个致辞。在致辞中我讲道：这些年来，我经常会想起陕北那片清澈的蓝天，想起那片宽广的黄土地，想起风雨同舟、携手并肩、同灶共餐的"插友"们，想起曾给过我们无限关爱的陕北父老乡亲。我说的这些都是肺腑之言，是掏心窝子的真心话。我之所以对陕北有深深的眷恋，是因为那厚实的黄土就如我们人生的基石，踩着它，我一路走来，走得意气风发，走得无怨无悔。

◈ 黄土蕴情——我的精神家园

回 报

叶咏梅

那是我调回京工作的第二年，寒凝的中国大地刚开始解冻。我这次要求回延安的主要目的是为了体验生活。我要追寻老一辈无产阶级革命家在延安留下的足迹，当然，我还带有一点小私心，就是想为自己争取一次看望故乡亲人的机会。

我记得很清楚。那是1977年大年三十的后晌，我和当年同在一个村子插队的知青结伴回村。我们刚走到村口，就被一群娃娃包围着。他们用稚嫩的声音在一声声地喊我"咏梅姨、咏梅姨"……我仔细一看，这些孩子我一个也不认识，他们是受命于父母到村口来接我的。

那一天正好是除夕。一顿年夜饭，我连住吃了三家。以后的五天，顿顿饭都是事先安排好的，我几乎尝遍了各家过年的年茶饭。套用两句诗来表达我回村的心情，那就是：乡亲待我最情真，米酒油馍宴故人。可当我跨进那一孔孔熟悉的窑洞时，令我惊诧不已的是，家家都添了人口，有的家里，婆媳同时生了小孩。然而，每家的生活仍是那么贫穷，村里仍是那般

◈ 回 报

死寂。我的心开始颤抖了!

那是上弦月的日子,加上阴天,望不见皎月与繁星,四野一片漆黑。倏然之间,一阵恐惧、孤独与寂寞向我袭来。我发现自己变得那么渺小与无能。哦,一个人的力量原本是有限的,怎能抵得过社会的、传统的、观念的强大势力呢?当年打下的一座座沟底坝荒废了,种下的那片果林也凋零了,猪场早已没了踪影。我刚进村的那种欢快、轻松与兴奋一扫而光。临别时,我拒绝了乡亲们给我送来的各种礼物,我只把沉重带走……

我在寻觅老一辈无产阶级革命家在这片土地上留下的足迹。从直罗镇到吴旗、再到志丹,从安塞到瓦窑堡,又去王家湾。在王家湾,我巧遇当年给毛主席带过路的白生才老汉。他在30年前,给转战陕北的毛主席带过路,30年后,他又给我带路。当我随着白老汉攀山越岭、走在羊肠小道上时,白老汉很惊奇地问我:"你还能行?"我说:"我插过队、当过兵,这不算啥?"我回答得有点自豪。然而,自豪没过多久,一条解冻不久的河流就横在我们面前。河水虽然不是太深,我可以趟过去,但白老汉不让,他坚持要背我过河,并说:"这水太凉。你是女娃娃,不听话要遭下病的!"这时,只见白老汉挽起裤腿,站到我跟前,不容分说地把正在犹豫中的我背起就走,还边走边说:"你是北京派来的,我们要对你负责!"天哪,一个27岁的我竟让58岁的老汉背,那情景,今生今世永难忘怀。

此后,我先去了陕北米脂的杨家沟,又到神泉看了日出,最后回到了延安,重游了枣园、杨家岭和南泥湾。

这一路上,我一直在扪心自问:老一辈无产阶级革命家出生入死、流血牺牲为了什么？难道是让我们今天仍然贫穷、落后、愚昧吗？不！我不信！我无法接受这严酷的现实，我想去询问历史，让历史来回答！但历史已属昨天，它无法回答今天，今天该如何发展？这要今天的人来作答！

我在历史的长河里徜徉，我愈加深切地感到自己是幸运的。幸运能与理解自己的战友李唯结成伴侣。我想，如果没有黄土地，如果不到星星沟来插队，我俩不会相遇、相识、相知、相伴。另一个幸运是我能走上文学编辑的道路。如果当年不到《陕西文艺》编辑部结识那么多的作家，我不可能回到北京从事自己酷爱的文学事业。没有前者，便没有后者。是黄土地给了我磨炼意志、增长才干的机会。回忆我们的插队生活，每个人的评价各不同。有人认为那是不堪回首的往事，有人认为那是蹉跎岁月。然而，我认为那是我们在人生路上迈出的第一步。这一步虽然艰辛、坎坷，但我们正是因为有了那段生活，才使自己变得更加顽强，更加成熟，更加务实。我常想：虽说我们不再拥有八九点钟的太阳，已经人到中年；但即便我们只是一颗流星，也要放射出自己的光芒！我与陕西有缘，与延安的黄土地有缘。我要把这一切铭刻在心，我要给这块土地以回报。

直到1987年的春天，一次回报黄土地的机会与我不期而遇。

在北京无轨电车上，我与路遥相遇。在拥挤的车厢里，我一眼就认出了他——"路遥！"我脱口而出。路遥在沉思之间，忽然听到有人叫他的名字，他抬起头，"哦"了一声。我见他好像还没反应过来，又说："真巧，竟在北京电车上见到你，

◆ 回 报

你这是要到哪里去?"这时的路遥才认清了我。他说他要去鲁迅文学院。此时的路遥有了热情。于是,我们攀谈了起来。我问他:"这两年你杳无音信,是不是躲起来写大作品呢?"路遥一笑说:"写了一部《平凡的世界》。""写得怎样?"我又问。路遥说:"你先看一看。第一部已经由中国文联出版公司发行。"

我看了《平凡的世界》的第一部和第二部的清样。这部大作,又把我带回了那片土地。书里的一切对我来说是那么熟悉、亲切,我仿佛又生活在那些人当中,我能看到他们的音容笑貌,感受到他们的喜怒哀乐。好作品啊!我激动了起来。我不把它看做是路遥个人的作品,我把它看成是黄土地的杰作。"这平凡的人物和世界,正是历史的主体,正是我们每一个生命的重要组成部分,正是人类各种情感和追求潜伏着的奔流。智慧的哲学家常从这里给人们揭示历史和人生的意义,富有才情的艺术家常从这里发现了令人们灵魂颤抖的美。"我是这样想的。我还意识到:路遥在这部作品里有一个重要的思想追求,一种人生哲理的艺术表达。我不再犹豫,立即决定录制这部长篇小说,让它早日同生活在平凡的世界里的平凡人见面。

当录制好第一部和第二部书之后,在节目开播前,我又去了一次西安。用了三天时间,我采访了路遥本人,并采录了六位评论家的广播评论,同时看完了第三部手稿。不久,中央人民广播电台用长达四个多月的时间,连续播送了这部百万余字的巨著,后来,又在许多地方电台重播,引起了强烈的反响,创中央电台《长篇连播》节目听众来信之最,使广大读者从这部厚重的作品中,认识了黄土地,认识了生息在这方土地上的

黄土蕴情——我的精神家园

人。也许是出于对黄土地养育之情有一种迫切要回报的想法，自从《平凡的世界》播出后，取得强烈的社会反响，我似乎才获得一丝的安慰。

那一年，我又获得了一次对黄土地养育之情给予回报的机会。

这个机会是陕西著名作家陈忠实给予的。他同样沉寂了五年，远离闹市，呕心沥血，辛勤耕耘，捧出了《白鹿原》这部皇皇巨著。说不清是什么缘由，这部作品使我心灵震颤。如果说我曾被路遥的《平凡的世界》，霍达的《穆斯林的葬礼》、张炜的《古船》吸引、感染与震撼过的话，那么，《白鹿原》对我心灵的冲击更强烈！在我做案头工作的过程中，有一种莫名的情感在骚动。我想呐喊：黄土地啊，你究竟蕴涵了多少情和多少意啊！你珍藏了多少鲜为人知而又开掘不尽的文学矿藏；你养育了多少优秀的文学家。《白鹿原》的问世，在当代文学史上无疑是一座雄伟的里程碑。

当我捎信给陈忠实、告知他中央人民广播电台要录用此书时，我很快就收到了他的复信，他在信中写道："……你对《白》书的由衷赞赏令我感动，这是我所期待的最高的创作报酬。在我来说，从开初构想到作品完成到发表面世，唯一萦绕于心的期待莫过于此。其实，恐怕也是可以称为作家的全部创造理想所在。评论家的评论重要，普通读者的喜欢才是最重要的。我非常看重这一点。能使你震撼首先不容易，因为你所涉猎的长篇太多了，关键在于，使你震撼以后的结果太重要了、也太珍贵了。你可以通过你的工作而使《白》书得以与无数的听众交流，这不单是我所无能为力的，杂志的编辑和书的编辑

◈ 回 报

都无法企及,杂志与书的发行量再大也不可企及。所以,从这个意义上着眼,我也由衷地向你致以最虔诚的谢意。"

作品开播了,我似乎也在期待什么。

之后,我收到许多听众的来信。杭州一位80多岁的老人来信说,《白》书把他带回了历史中,让他回到了年轻的时代。他经历了书中讲述的一切,这一切使他感到亲切和激动。中国矿业大学北京研究生部徐桦写信表达对演播者的谢意。他在信中说:"只是想告诉您,我从心灵深处感谢您的演播。它给予我深深的艺术享受。我一直有这个心愿,一定要让您知道您对我们听众来说有多么重要。"

记得,在一次作品讨论会上,陕西评论家李星告诉我:"陈忠实对李野墨的演播很满意,他播得好,理解了作品和作品里的人物。"哦,作为一个节目编辑来讲,还有什么比听到这样的褒奖而令人感到欣慰的呢?这是对我们听觉艺术再创作的认可,同样,这也是我的一种期待!陕西作家书店总经理曹东安说:"《白鹿原》在我们陕西可火了,大家都在听;有人一天听两遍,连我们宣传部长也在听。每天都有人跑来问,书什么时候才能出版啊?"

听了这些,我心里热乎乎的。黄土地呵,恐怕你也一定听到了吧!我是多么感激你给予我的一切,我会留住昨日的梦,并用我的心、我的情、我的血和汗来回报你!

那夜,我梦见了北方的山、北方的雪;也梦见了南方的海、南方的水。我爱北方的山,它凝重坚毅;我爱北方的雪,它深情圣洁;我也爱南方的海,它汹涌澎湃;我也爱南方的水,它温馨柔和。这一切,恐怕是因一位朋友的抉择而引起的。他认定那片海，充满着现实汹涌的活力和想象力。他的抉择深深震撼了我，使我悟到：一个人要重塑，一个民族要再造，一个国家要腾飞，都不能再背着历史的重负，而要勇于投身汹涌澎湃的现实中……

是啊，当我发现自己迟迟不肯落笔时，才明白我还有一句话要对我的第二故乡说：陕北的黄土地啊，你是一个精神财富的富集区。一个人只要能在这里得到精神的滋养，一生释放出的都是人生的正能量。

亲人的到来

谷辅昆

那天上午,手机的铃声响了起来,打开一看,是杜惠英来的电话。当年,惠英和我一起到安塞县插队。惠英到农村不久,就被生产队推荐到村小学当教师。当时,村上有十几个孩子,在一孔旧窑洞里上学。虽然学生不多,但办学条件太差。孩子们坐在用石头垒起的台子上学习,仅有的几张课桌也缺胳膊少腿。惠英自从当上村小教师后,每天起鸡叫、睡半夜,十分辛苦。可就是在那样的环境和条件下,惠英拿着一支教鞭,在窑洞小学里一干就是十几年。

惠英在电话里告诉了一个令我高兴的消息:当年的村支书在他女婿的陪同下来到北京,并且要到医院来看望我,时间安排在3月12日上午10点。听到这个消息,我很是感动,也很受鼓舞。平静下来之后,我的思绪又回到40多年前。

1969年元月,我们从首都北京来到安塞县真武洞公社关仙嘴大队。前来迎接我们的大队书记叫曹元忠。当年,这个年轻书记还不到30岁,他人长得很帅,浑身上下透着一股精明干练的英武之气。

  我们从繁华的首都来到偏远山沟,一下子感到难以适应。关仙嘴离安塞县城 20 多里路,说起来不算太远,但那时的安塞县城也十分落后,像南方的一个镇子。关仙嘴在一个拐沟里,更是荒僻。记得,那时插队的知青每人都带着一个小木箱,有的拎着一只柳条编织的长条箱子。我们进村的那天,村里来了许多人。老乡们替我们拎行李、背箱子,弯腰屈背,走了 20 多里山路。进到村里,我们冻得直哆嗦。这是我第一次与陕北老乡近距离接触。从他们替我们背行李的神情上,我能感受到陕北人的质朴与厚道。

  刚到村上没几天就过春节。大年初一的早晨,大队书记领着秧歌队来慰问我们。可以看得出,书记是怕我们这些年轻娃娃想家,便组织了一支秧歌队来"闹红火",以此来制造出一些热闹气氛。

  我和其他知青一样,也经历了对农村生活由不适应到适应的过程,也在艰苦的磨炼中,渐渐地感悟到生活的真谛。1972 年,我在一次担水时受了重伤,在安塞、延安和北京的几所大医院经过治疗,但因伤势太重,造成了下肢瘫痪。1995 年,由于病情恶化,我就在医院长期住了下来,并与轮椅为伴。伤残彻底改变了我的人生,身体上的痛苦和心灵的创伤,让我一度陷入消沉和迷茫。后来,我也想开了:命运既如此,与其抗拒,不如接受。如今,四十多年过去了,没想到,当年的老支书还牵挂着我。

  上午 9 点钟,我已经按捺不住激动的心情,坐着轮椅到病区大厅等待老书记的到来。大厅里的两部电梯上下运作着,每

❖ 亲人的到来

上三层，电梯就会停下，我急忙眺望，寻找老书记的身影。上午10点20分，电梯门又开了，我看到当年的"插友"朱宗娟与一位老人一同走出电梯。老人一转身，我立刻认出这就是我们的老书记曹元忠。当时，我百感交集，热泪盈眶。我们的老书记已不是当年的帅小伙了，他头发斑白，背也有些驼，但气色看上去还是那么好。我和老书记紧紧地握着手，就在一刹那间，历历往事泛上心头，我一时语塞，不知该对老书记说些什么好。我只是在默默地流泪，泪水穿越时空，浸润着我干涸的心田。那场景让在场的人都深受感动。在病房里，我和书记交谈着，他关心我的身体，询问我的生活情况，他那朴实的表情、诚恳的话语也感动了病房中的病友及家属。其实，我在关仙嘴插队的时间并不长，但却与村里的父老乡亲结下了一世情缘。尤其老书记已经是七十开外的人了，他还能千里迢迢到北京来看我，让我感动得无法言表。

老书记谈起我们插队的那个年代时说：那时候的条件不好，大家的日子都过得很苦。他作为大队书记，对知青们的生活照顾不周到。老支书表达出的歉意，让在场的人既感动、又心酸。大伙说，那个年代，人们都一样。我们在关仙嘴插队期间，全村人给了我们像亲人一般的关爱，尤其是老书记对我们在各方面的关照让人终生难忘。

在交谈中，我让老书记放心，不要担心我。我有来自各方面的关怀，让我在生活和治疗方面没有后顾之忧，尤其是北京知青网的朋友们，从2009年开始，在姜成武站长的带领下，每年春节，都要到医院看望我。他们给我以物质上的帮助和精神上的鼓励。他们是我的兄弟姐妹。有了他们的关照，我不再觉得孤单。

　　吃午饭的时间到了，我们到鼓楼一家饭庄去吃饭，那里有知青朋友在等着我们。去了之后，大家围坐在餐桌前，认真听老书记讲安塞的发展变化。老书记说：现在，山上已不种粮，退耕还林了，许多村里都种上山地苹果，建起了蔬菜大棚，村民们吃上了自来水、用上了电灯电话。席间，大家频频举杯，互相祝福。一顿饭，又将一种亲情凝聚了起来。就这样，我们开心地谈着，不知不觉间，两个多小时已经过去了。短暂的相聚之后，又要说再见了。临分别时，我们还和老书记一起合影留念。

　　老书记在北京待了一个星期，现在他又要回安塞了，我因身体原因，不能为老书记送行。我给杜惠英发去短信，请她转达我的祝福，祝老书记一路顺风，祝他和家人永远幸福、快乐。

　　安塞是延河流经的地方。一条河水将安塞与延安紧紧地连在一起。我自从身体残疾了之后，开始写日记，而写得最多的就是对插队生活的追忆。我忘不了那里的一山一水、一草一木，忘不了窑洞里的煤油灯，忘不了众乡亲对知青的一片真情。有一回，我还以散文笔法，记下当年过端午节时村里的婆姨们帮我们包粽子的情景。那苇子叶散发出的香气，那黏黏的黄米和红枣，吃起来那才叫个香和甜。

　　今天，我喝着老书记从安塞给我带来的小米做成的小米粥。陕北昼夜温差大，适宜种谷物。尤其是小米口味独特，我喝着喝着，便喝出了一种思乡之情。

　　我坐在轮椅上已经多年，人生中的大好年华都是在医院的

◈ 亲人的到来

病床和轮椅上度过的。这几天，我一直在想：当年一个小女子，在那么一个山沟沟里插了两年队，竟会与那里的父老乡亲结下一世的亲缘，竟会有那么多的人还在惦念着我，这难道不是一种缘分？不是一种幸福？

老书记离开北京没几天，延安知友工贸有限责任公司的老总拓随娃，在几位"插友"的陪同下又来看望我。我们插队时，拓总还是一个小孩子。他对知青有一种特殊感情。他上小学时，班主任就是一位北京的知青。几十年来，拓总一直和知青们保持着联系。拓总知道我的情况后，表示一定要来看望我。我们见面后，拓总让我安心养病，不要悲观，亲切的话语让人听着舒心。

这时，大家又谈起2010年7月初，知青一行回安塞的情景。大家讲到安塞的变化时，我感到十分的高兴。那次回安塞，惠英他们代表我去看望那里的父老乡亲。刘子仁还拍了村上的照片。看到村里的乡亲们生活富裕了，小山村也变美了，我心里不知有多高兴。

在医院养病期间，我时常拿起那些照片来欣赏，并给同室的病友们讲述着：这是我们曾居住过的窑洞，这条小路是通向村口的那条路，这张照片上的石磨和石碾，已经没人再去用它，但却成了我们心中珍贵的记忆。最让我感到欣慰的是，我现在还保留着我和"插友"们在延安宝塔山下照的照片。当时，我们都很年轻，明亮的眸子里充满着对未来的憧憬。

◈ 黄土蕴情——我的精神家园

慈母有情　知青有爱

李德祥

退休之后，赋闲在家。有时，一个人独处的时候，总不免会陷入对往事的回忆中，而这种回忆，最牵动我情思的是我的母亲和曾在我们村插过队的北京知青。

母亲与知青，乍听起来，似乎是不太关联的两种人物身份，但历史的机缘巧合，却将母亲与北京知青紧紧地连在一起。我们所说的血脉亲情、深情厚谊这些抽象概念，所讲述的人与土地的关系，恰恰在这两种不同人物身份的两代人之间得到一种诠释。

我的母亲叫许花琴。上一个世纪50年代中期，她从中州大地辗转来到延安，在延安市宝塔区临镇义家塬一个名叫麻子梁的小山村安了家。与陕北其他村庄一样，义家塬梁峁相嵌，闭塞贫穷。生活在这里的村民终年劳作，却难以温饱。在我的记忆中，麻子梁永远都是静悄悄的。十几户人家，百十来口人，悄悄地劳作，悄悄地生活，与外部世界几乎完全隔绝。我的父母都是老实巴交的种地人，他们最大的心愿就是能逢上一个好年成，多打粮、吃饱饭。可对于我们这样一个上有老奶奶、下有八个兄弟姊妹的 11 口之家来说，即使遇上好年成，吃饭依然是一个大问题。于是，当我高中一毕业，就回村参加劳动。作为"老三届"的一名回乡青年，我当时有一个最朴素也是最现实的想法，这就是：回村劳动，把父母肩上的生活重担让我分担一点。

当我真正由一名高中生成为一个农民之后，心里并不是那么坦然，多少还有些憋屈。读了九年书，到最后，手里握了一只镢头把，那种失落感憋在心里，久久挥之不去。回村劳动没多久，毛主席发出了指示，号召知识青年到农村去。我们麻子梁分来八名北京知青。知青们的到来，使这个寂静的小山村一下子变得热闹起来。作为一个回乡青年，当我看到来自首都北京的知青到我们这个偏僻的小村庄来插队，顿时就有了一种"天涯遇故知"的亲切感。我与知青年龄上的相当，所接受教育的相似，让我们很快就成为朋友。

农村的生活就是这样单调，日出而作，日落而息。但自从知青来到我们村之后，这种单调的生活似乎有了改变。在与知青相处了一段时间后，我发现，这些知青很质朴、很善良、很懂礼貌，也很文明。他们见了村里年龄大一点的老人，一口一个大叔、大婶。他们爱到我家来串门，母亲对他们也很热情。在那个困苦年代，人与人之间的感情是淳朴的，绝无任何利益的瓜葛和利害之间的相交。母亲常说，这些娃娃出门在外不容易。她还经常给我安顿说：要和知青们好好处，能帮到他们的地方尽量帮。而知青们也看到我家老老少少十几口人，繁杂琐碎的家务全靠母亲来操持，他们对母亲能操持这么大的一个家业心生敬佩。有时，知青们从北京探亲回来，将带来的食品和糖果拿来让母亲品尝，遇上饭时，母亲也让他们在我家吃饭。一来二往，母亲俨然成了知青的家长，我也将他们当成是自己的家人。

来延安插队的北京知青中，大都是同校校友，或同班同学，而兄弟姐妹一起到一个村子来插队的也有，但很少。我们麻子梁一共来了八名知青，竟然有弟兄两个和姐妹两个。许成和许元元是亲弟兄，李小英和李亚萍是亲姐妹。另外有彭嘉英、戴坤维、曹北红和葛力四人，他们在一起相处得很好，像兄弟姐妹一样。记得，许成和许元元从北京来的时候，带了一套木工家具。他二人粗通木活，而且想得周全。他们从北京起身时就想到，木工手艺在插队时肯定会派上用场。在插队期间，这兄弟俩成了村上的义务木工，谁家的桌凳坏了，门窗不合鞘了，他们都会主动上门来修理。兄弟俩的谦和与热心，赢得了全村人的夸赞。我们麻子梁的南边紧靠林地，交通不便，生产和生活条件很差。当初，我对知青们是否能在这样的环境中坚持下来心存怀疑。没想到，这八个看上去文质彬彬的知青，都有一分好苦水。他们干活不撒奸，肯卖力，将"苦心志、劳筋骨"当成是接受"再教育"的人生必修课。插队未到半年，他们个个肩能扛、手能提，而且学会了种庄稼的各种活路。母亲每次看到他们，总是笑眯眯地夸赞说："这些细皮嫩肉的学生娃娃，只要在农村能扛过半年，以后遇上什么难肠事也就能顶得住。"记得有一次开荒，挥了一天老镢，知青们的手上都打起了血泡。吃过晚饭后，彭嘉英、戴坤维觉得剩下最后一块荒地没掏完，明天再派人去掏，既分散劳力，又要多跑路。于是，趁着月光，他二人把我一叫，三人又来到荒地上继续干，直到将最后一块荒地掏完。第二天，队长准备派人将剩余的那块荒地掏完，一听说那块地在昨天夜里让知青们掏完了，队长很有感触地说："这些娃娃心劲大着哩。眼里有活，不用人催。"

从春到秋，转眼之间，又到了1969年的年底。知青们在麻子梁度过了插队的第一年。在这一年里，母亲与这八位知青相处得很好。我的家中，每天都有知青来串门，母亲也常到知青住的窑洞里去探望他们，给他们归置归置衣物，教他们如何做陕北饭。他们遇上什么难肠事也向母亲倾诉，相处得像一家人一样。我呢，在与知青们共同度过一年的难忘岁月后，参军去了北京怀柔。启程的前一天，我与知青们一一告别。第二天，在赶赴军营的路途上，我一个人在想：人生命运不可测。一年前，北京知青到我的家乡来插队，一年之后，我又到离京城不远的怀柔去当兵。这一来一去，蕴涵着让人猜测不透的人生轨迹。此后，我与家人、与知青的联系，就只能靠书信了。每次写信，我都要向高堂二老问安、向弟弟妹妹问好，自然也惦记着在村上插队的八名知青。而家里给我的回信，也总是将村里的情况、粮食的收成以及知青们生活得如何一一向我告知。在那样一个通讯不发达的年代，一封家书抵万金。让我至今记忆深刻的是，每次收到家里的来信，我都喜不自禁。得知家人安好，知青们安好，在千里之外当兵的我心里就感到踏实。有一次，我又收到母亲的一封来信，她说她要来北京去看望知青的家人。收到信后，我对母亲做出的这个决定感到有点意外。当年，母亲虽然只有40来岁，但她从未出过远门。要

◈ 黄土蕴情——我的精神家园

奔波这么远的路去看望知青的家人是否有些不太现实。可母亲在信中已向我告知了此事,我知道母亲的性格,便写信与母亲约好时间,向部队请了假,如约在火车站接到母亲,陪同她去彭嘉英、戴坤维、许成家去探访。每到一家,知青的父母见我母亲跑这么远的路来看望他们,让他们既感动,又吃惊。他们从母亲的身上看到陕北人的淳朴与忠厚,他们在与母亲的交谈中还感受到:自己的孩子能与这样善良忠厚的大娘生活在一个村子里,他们感到放心。多年之后,我看到一位知青写的一篇追忆插队的文章,文中讲述自己在延安插队期间,父母在干校接受劳动改造。"文革"结束后,这位知青的父母又重新走上工作岗位,没过几年,这位知青也回到了父母身边。有一次,知青的父母给孩子曾插过队的生产队写了一封信,信中有一句十分令人感动也耐人寻味的话:"当年,我们的孩子到你们那里插队,作为孩子的家长,我们最大的期盼就是孩子能平平安安地回到我们身边。现在,孩子回来了,而且回到我们身边的这个孩子,已不是当年那个稚气未脱、一口学生腔的毛头小子,而变成了一个体魄健壮、成熟沉稳的男子汉。因此,我们要感谢你们。"母亲萌发探望知青父母的念头,并不是一时之念,她老人家是经过考虑的。你想一想:一个质朴的陕北农村大娘,千里迢迢,来到知青家中,当面向知青的父母讲述他们孩子的劳动和生活情况,难道还有比这更真实、更让人信服的事情吗?我想:当年知青的家长在与我母亲交谈中,也可以算得上是与自己孩子的一次见面和交谈。

我在离北京不远的地方当兵,知青们在我的家乡插队。我和家人与知青的联系越来越紧密。从信中得知,在公社的号召和知青们的带动下，村上修梯田、栽果树，向传统的耕作方式进行挑战。在"以粮为纲"的时代背景下，我们那个偏僻的小村庄能有这样的举动，让我这个远在千里之外服役的游子倍感欣慰。母亲虽然目不识丁，但她对生活有体验、有见识。每次从家中给我的来信中，我能看出母亲对知青们在村上推行科学种田、发展种植业打心眼里高兴。事实证明，知青们能在那样一个封闭的年代，有这种远见，这是麻子梁群众的福气。45年后的今天，再来看一看临镇，这个僻远的南部塬区，已经成为宝塔区的果业大镇。与我们义家塬不远的任家塬，仅苹果一项，农民人均年收入达到两万元以上。当初，谁也不会想到延安偏僻的小山沟竟能形成这样大的产业。

　　人常说青春是美好的，但青春又是短暂的。我复员之后，又回到了延安。在我们村插队的知青也都相继离开了麻子梁，他们在不同的工作岗位上演绎出各自的精彩人生。但令我万万没想到的是，这些知青在我们村上插了几年队，却与我的母亲结下了一辈子的情。最让我们全家人感念的是彭嘉英，他招工到桥北林业局之后，一有空，就回到麻子梁看望我母亲。嘉英与安桂祥插队之前是同班同学，后来插队又分到一个生产大队，之后招工又走到一个单位，并结成伉俪。每次，嘉英夫妇回到村里，给母亲总要带许多礼物，我母亲也到桥北林业局看望他们。俗话说：亲戚越走越亲。一来二往，我们全家人都将嘉英夫妇视为是自己的亲人。我记得，彭嘉英人高马大，为人直爽，仗义执言，颇有文采。上一个世纪90年代初，他们夫妇调回北京后，每到春节，总要给我母亲寄钱。我多次告诉他们，现在生活好了，再不要给我母亲寄钱了，但他们似乎将此当成一种礼数,还再三给我讲:一饭尚铭恩。我们在插队期间得到了老人的关爱。寄的钱没多少,但想表达的意思是:我们无论走到哪里,都不会忘记老人家。语出肺腑,我听了之后十分感动。

　　慈母有情,知青有爱。一场上山下乡运动,让陕北偏远村庄里的一位老人与知青结下了一辈子的亲缘。嘉英夫妇,以及许成兄弟、小英姐妹、坤维、北红、葛力,包括我自己在内,都已经是六十开外的人了。愿我们善自珍重,互相惦念,把身体搞好。在夕阳晚照中,看着我们的"中国梦"在一天天地变为现实。

不忘野菜香　永做浑朴人

付和平

作为一名在延安插过队的北京知青，我虽然在北京出生并长大，但对乡间的野菜却不陌生，对其名目繁多的品种不但亲口吃过，而且还熟悉野菜的品性和在人体中的妙用，这大概与我出生的那个年代有关吧？

我对野菜有一种异乎寻常的情结，这种情结发端于童稚时期，植根于上一个世纪60年代初的困难年月。在之后的插队期间和在知青林工作的日子里，我一直未与野菜绝缘。可以这样说，野菜的清香伴随了我大半生，它不但成为我情有独钟的佳肴，而且寄托着我的一种情思。我每次吃野菜时，就会情不自禁地想起那难忘的岁月。

记得小时候，每到早春二月，大地刚刚泛绿的时候，我就随着家长和邻居们，到京郊的山野间去挖野菜，确切地说，是挖一种名叫苦曲的野菜。据大人们说，苦曲菜性凉，有清热败火的功效，春季多吃苦曲菜，能保证夏天不上火。因此，那时吃苦曲菜，看重的是它的药效功能。

北京市民吃苦曲菜很奇特，将其采来，拣净洗好沥干之后，沾着甜面酱吃。刚开始吃时，感到苦涩难咽。大人们说：凡味苦之物，皆有解毒清热之效。黄连苦口，才利于病。于是，我也就慢慢适应苦曲菜的这种苦味了。

在三年困难时期，当北京的市民们熬过一个个严冬后，每到春季，都成群结队地到郊外去挖野菜。那时人们挖野菜，不是看重野菜的药效功能，也不是为了尝鲜，而是为了果腹。吃不饱饭，是国人在共和国三年大饥馑时期的共同感受，就连首都北京，有许多市民粮食不够吃，便将目光投向京郊外的山野。他们到郊外挖野菜，是迫于无奈，但当时还美其名曰"瓜菜代"。说真的，以菜代粮，以野菜充饥，在一定程度上解决了口粮不足的问题。

出于这样一个现实目的，那时，北京的许多市民在挖野菜时，就不以苦曲菜为限了，凡能入口的各种野菜，诸如柳树芽、榆树荚、槐树花，以及龙须菜、马齿苋、扫帚苗等，均在采集之列。

那时候，我也只是一个十岁左右的孩子，每次与大人在京郊采得野菜后，那个高兴劲就甭提了。当人们将野菜带回家后，将这些野菜做成薄皮大馅的包子、团子，或做成菜多面少的糊糊、擦擦。这种做法，既节约粮食，吃起来还顺口。

来到延安插队之后，粮食也不富余，菜类尤其单调。知青们要调剂生活，变换口味，乃至增加营养，也要和当地群众一样，到处去挖野菜。

陕北当地的野菜种类繁多，凡是北京有的，陕北都有，其形状、口感也基本相似。一开始，我们自恃对野菜有识别能力，不用向当地人请教，就能十分熟练地采集到各种野菜。这时，老乡们也才知道，我们这些北京娃在困难时期也吃过苦菜，这一下子就拉近了我们之间的距离。不久后我们发现，当地还有许多我们不知道的野菜种类，我们远未领略到农村天地的广阔。有一次，村民请我吃饭，托盘上放有一碟小菜，吃起来特别爽口。后经打问，才知道那是野生小蒜。这种野生小蒜的根苗很细，长出来的叶子细长，绿绿的，用小镢头一挖，就能挖出来一咕嘟、一咕嘟像蒜一样的东西。将它洗净，切碎，放上少许食盐，吃起来真香。

我参加工作后，所在单位的福利待遇很好，无论是自己起灶，还是到职工食堂就餐，常常能吃到各种美味佳肴。即就是这样优越的生活条件，也未曾淡化了我与野菜的情结。每当春季，我常常会从农贸市场买回一些新鲜的野菜，并变换着花样做给家人吃。我还通过讲述自己遍吃野菜的经历，让孩子们来了解我们这一代人的坎坷艰辛，从而使他们更加珍惜今天的幸福生活。

我自2003年到知青林后，与野菜的情缘就更深了。知青林所在的南泥湾桃宝峪，美如传说中的"世外桃源"。这里既有平阔的川道，又有纵横的沟渠；既有肥沃的良田，又有满山的森林。各种野果应有尽有，各种野菜遍地都是，更难得的是，这里还能采到木耳、蘑菇、黄花等口味极好的山珍。

还是单说野菜吧！我认为：南泥湾堪称是一个野菜种类齐全的植物园，也可以说是知青林的天然菜园。这些年，我在那儿吃过的野菜不下十几种。

黄土蕴情——我的精神家园

每年一开春,山野泛绿,地里就生出荠菜的嫩芽,不几天就可以采摘。那是最可口的野菜,鲜嫩碧绿、清香爽口,几乎无人不爱。接着,香椿也冒出了新芽,榆荚也挂满了枝头。无论是用椿叶做的"香椿鱼",还是用榆荚做的"擦擦",都能使大家吃得无比欢欣。几场春雨过后,苦曲菜、嫩苜蓿也长了起来,这是野菜中的"大路货",可以用筐子成筐成筐地往回采。我们每年都组织许多人来挖野菜,吃不了就加以冷藏,以备不时之需。

我对野菜情有独钟,来我们知青林造访的客人也把野菜视为珍品。在知青林我发现,越是从大城市来的客人,对野菜就越感到稀罕。

然而,最能领略野菜风味的还是那些曾在延安插过队的北京知青。他们看到野菜,就悠然想起自己插队的岁月。

我能体会到老知青的这种情思,所以,不但在招待他们的餐桌上少不了野菜,而且还将冷藏的野菜作为礼品,送给老知青。这是真正的"礼轻情义重"。送者诚心,受者欢欣,因为大家对野菜有一个共同情结。

野菜质朴无华,它没有大田蔬菜的齐整,也没有大棚菜的娇嫩。论模样,它难以与那些正宗的蔬菜争宠,但它既不需要化肥的催生,也不需要农药的呵护,还不需要人工的培植,甚至不需要浇灌,只靠大自然的殷切抚育,保持了"质本洁来还洁去"的质朴本色,才使人们对它有着格外的青睐。

我喜爱野菜,不独喜爱它的风味,更喜爱它的品格。而它的品格又该怎样来概括呢?我想:它的品格就是不有求于人,却有惠于人。每想到此,我的心就为之一动,进而浮想

❖ 不忘野菜香 永做浑朴人

联翩。我在延安奋斗了大半生,目前还在知青林辛勤耕耘,这是否就是我所体会的野菜风格呢?古人云:"万物相感以诚",我们长期与野菜为伴,自然就会受到它纯朴风格的濡染。

◈ 黄土蕴情——我的精神家园

一世亲情

田服敏

放寒假期间,在西安上大学的女儿和云霞为我带来几百斤洛川苹果。女儿和云霞也太实诚了,带回来这么多苹果,我又没地方贮存,便只好将这些可口美味的洛川苹果拿出来让在北京的亲朋好友来品尝。当我们全家和北京的亲朋好友分享这千里之外带来的美味时,朋友们总要问我:"这是谁送给你这么多的苹果?那个叫云霞的姑娘是谁?"这时,女儿便替我回答:"苹果是在洛川的舅舅送的;小姑娘自然是——"小云霞不等我女儿把话说完,指着我道:"她是我干妈,我是她干闺女。"

什么舅舅、干闺女的?客人越听越糊涂。而我对这样的称谓却十分清楚。每当提起洛川,见到云霞,我就陷入了深深的回忆。

1969年年初,我来到延安南部的洛川县插队。陕北人将洛川都叫做洛川塬,那是黄土高原的塬面保留得最完整的一个县。那里高天空旷,土塬平展,在陕北来讲,算得上是一个好地方。

我插队在洛川南塬的槐柏公社杨柳大队。俗话说：百里乡俗不相同，何况我们从古幽燕之地来到陕北，其民风乡俗差异更大。我说过，洛川在陕北算是一个好地方，产麦、出油菜。但这里的风俗既与陕北北部不同，又有别于陕南和关中。我们刚到村上时，说话交流就成了一个问题。我们说的话村民们听不懂，村民们说的话我们也听不明白，起初，因为语言交流上的障碍，还闹过许多笑话。好在我们十几个知青相互照应，过了一段时间，渐渐学会了与村民交流，对这里的风尚习俗也慢慢有了了解，接下来的日子就好过多了。

　　插队的第一个秋天，粮食归仓后，冬闲没事干，许多知青都回家过年去了。我因母亲亡故，父亲又长期在外出差，便觉得无亲可探，就独自留了下来。在洛川旱塬上，吃水非常困难，一个村子，一般只有一口水井，井深几十丈，辘轳搅到一半就搅不动了。百十来斤的一担水压在肩上，压得人腿打战。除了吃水困难之外，烧火缺柴。买来的杠木柴像老牛筋，怎么也劈不开。再说推碾子吧，碾不完一斗米就转得人头昏眼花；拉磨吧，牲口听不懂我说的北京话……于是，我每天只啃几口干馍，喝几口凉水。没想到，这样过了几天，本来胃就有病的我觉得胃越来越难受，最后连上工也上不成了。隆冬到了，我每天往炕洞里填一点玉米秆烧着来取暖，饿了就啃枕边的干馍馍。一天到晚，天天如此。有时，胃又疼了起来，难受得人真想哭。

　　我躺在窑里，好几天没露面，大队长和老支书来到我的住处，一看到这冰锅冷炕和病恹恹的我，决定把我固定在一家吃派饭。可是，派在谁家呢？全村20来户人家，生活最好的要数在外教书的王先生家（当地都称老师为先生），可王先生有个大儿子，我嫌不方便。队长说："我家生活不咋强，但派到我家我放心，就这么定了。"最后决定：由队保管员每月从库房在我的名下取粮交到队长家，我只管出工挣分，回来吃饭就是了。

自从到队长家吃饭之后，队长的老婆对我这个从小就没娘的小女子关心备至，让我感受到母爱的温暖。我把队长的老婆叫婶子。婶子生得一副好脸盘，柳眉杏眼，樱桃小口，身材高挑，就是有点罗圈腿，但这不算毛病，是陕北人自幼盘腿坐炕坐成的。她心灵手巧，能说会道，精明能干。我病重时，她到十几里外请来医生，给我端水煎药；我烦闷时，她给我讲笑话；我想家时，她教我方言土语：我们这里说"大"就是"拓"；"小"说"碎"；"长"说"吊"；"短"念"屈"；"快"可以说成"即赶"或者"克里马擦"；她还说：你要是想你爸爸想得很厉害，就给他写封信，告诉他：爸爸呀，我想你想得太太。我像记外语单词一样，记下了这些方言，不久就胜任了队上会议记录员的工作。除此而外，婶子还教我做油糕、点豆腐、拱凉粉、裁衣服、剪窗花、绣枕头。名师出高徒，我很快就成了村里的姑娘和媳妇里的大能人。尤其令我感念的是，婶子为教我纺线织布，浪费了不少棉花，出了不少次布，但当她看到我终于学会了纺线织布，便逢人夸赞我心灵手巧。

婶子最发愁的是我的吃饭问题。我脾胃虚弱没有食欲，每次吃饭只吃几口，可刚吃过，没过多久又饿了，一饿胃就疼，一疼就要吃。这样，白天夜间总离不开开水泡馍。有一次，我

一世亲情

看到婶子端着饭碗吧嗒吧嗒直掉眼泪,我惊奇地问她哭什么?她生气地把饭碗往桌上一摔说:"我辛辛苦苦做了半天,你不吃,我也不吃了。"婶子几次罢饭抗议,这一着可触及了我的灵魂,我认真地对待了吃饭问题。每当我像吃药一样吃干净一碗饭时,她便笑了。经过她几个月的精心调理,我的胃病终于有了好转,还能下地干活了。重新回到田间,我那个开心就甭提啦。在劳动休息时,我教社员唱歌、识字,讲北京的风土人情,深受村民们的欢迎。那一年,我还被评为"延安地区活学活用毛主席著作积极分子"。

婶子是五个孩子的妈妈,家里又是鸡又是狗,还得种自家的菜地。婶子常常起鸡叫、睡半夜,帮助队长出圈粪,垫新土;在夜里脱玉米,磨米面。时间和精力对她来说太缺乏了,可她把这么宝贵的时间和精力都给予了我,比医院派的特护还周到。婶子常说:"有了队上的活儿就够你受的了,累坏了身子我可没工夫伺候你。"每次听到婶子这样说,我便怨恨自己除了一个瘦弱之躯外,两手空空,无所作为。

春节快到了,家家户户赶做年茶饭,扫房子、贴窗花,忙忙碌碌。但村民们还有一件重要的事,这就是买红纸,贴春联。他们把各种门楣贴在门上,柜子上,炕墙上,牲口圈……为的是红红火火,大吉大利。这时,只见家家都派一个办事牢靠的人夹着红纸,端着年茶饭到处求人写春联。有的跑了几十里的路从外村请回先生,让他来写春联。每次看到这种场景,我便感到有一种责任在肩。自己作为一名知青,知识在哪儿?本领在哪儿?我帮婶子求回来几副春联后对她说:"明年过年,全村的春联我全包啦!"婶子高兴地说:"这个活儿你算找对啦！明天就让你弟弟去街里买笔墨纸砚。"我又托人买回字帖和《春联集锦》。要练字先得练盘腿坐炕。不盘腿，身子摆不正，靠不近桌子。于是，我每天坚持盘腿写字，这样，冬练三九、夏练三伏。到了第二年春节，我真的为全村人书写了春联。看着村民们拿到春联后高兴的样子，我似乎有了一种成就感。

在贫穷落后的山沟里，一个弱女子能写一手好字成了一大新闻。十里八村的乡亲们都来请我写春联，求春联的人越来越多。后来，我把来求春联的人造册登记，写清谁家几个大门、几个屋门、几个柜子、几副灶台，都登记得清清楚楚，一家家提前写好，打上名字，来人一发了事。没想到，这春联一写就是20年。从村里写到公社，从公社写到县城。我的书法水平因此提高很快，作品多次在县上、地区和省上展览并获奖，我还被吸收为书法协会会员。

因为写得一手好字，使我成了县上的大忙人。办各种展览少不了抽调我；每年召开的"三级干部会"，县委颁发的锦旗题字也成了我的专利。有一次，县教育局要给外地的一个单位送一面锦旗，锦旗做好后，请主管副县长过目，副县长说："怎么不用那个北京学生的字？重做！"一段时期，我的书法流传很广，就连洛川城的高墙上、建筑物上都留下了我的笔迹。

插队时经过锻炼的人，面对各种工作，都能拿得起、放得下。1982年，洛川组建了司法局，因缺乏能写会画的人才，把我调了过去。在法制宣传工作的岗位上，我努力工作，取得了一些成绩，陕西电台、《法制周报》、《工人报》、《家庭报》、《陕西日报》等多家媒体对我进行了报道。1984年，我出席了延安地区"女能人表彰大会",1985年被评为"全国司法系统先进个人",受到中央领导的接见;1987年获陕西省"劳动模范"称号。

我不满20岁就来洛川插队,我在那里度过了大好的青春年华,我深深地爱上了这片土地,也爱上了生活在那片土地上的人。经过乡亲们的介绍,我看中了邻村的一个返乡青年。千里姻缘一线牵。北京知青愿意在陕北扎根一辈子。这可乐坏了我们杨柳渠的人,大家都说这是大好事儿,没想到,这门亲事竟然经历了一波三折。

我看上的那个小伙子,身体健壮,心地善良。怎样来形容他呢,举个例子吧:1991年,我刚调回北京工作时,许多人都不知道我爱人的名字。当时,电视上正在热播电视连续剧《渴望》,于是,我爱人分管的住院部,在那里住院的病人都亲切地叫他"宋大成"。其实,我爱人的名字叫王长活。报考小学时,老师说,这名字太俗,便给他改成了王长合。王长合小时候由父亲包办,给他订了一门亲。订亲后,女方在外求学,长合在家务农,两人很少见面。再后来,长合返乡当了农民,女方进城当了工人。王长合认为,这门亲事既无感情基础,而且职业上也不相配,就背着父亲退了婚。这一退婚,不仅白贴了彩礼,也把长合的年龄拖大了,为此,他父亲非常生气。后来,长合父亲又准备了500元彩礼,并汲取教训,向儿子勤请示、多汇报,一门心思想给他找个称心媳妇。长合自从跟我好上之后,就没心事再看别的姑娘。他父亲知道此事后,暴跳如雷。爷俩每天唇枪舌剑,争吵不休,到后来,老人竟在儿子面前哭着说:"好娃哩,你年轻,不晓得世事。人老几辈,都有订婚的规程，一是得见亲家说话；二是得收彩礼为凭。那女知青是外路人，心地野，要是跑了，咱连寻找的地方都没有；你敢和她订婚，我就死在你面前。"一时间，父子关系搞得十分紧张，不管谁来调解此事，长合的父亲就逼着人家要作出"保证不跑"的保证。我对长合父亲说了多少遍"保证不跑"，可他始终不信。就这样，僵持了好长时间，说和的人渐渐多了起来，长合的父亲才让了步，但有个先决条件是：先登记，后订婚。我想，反正也是这么一回事了，登记就登记，息事宁人嘛。于是，我们手持大队介绍信到了公社。没想到，这事又难坏了公社管婚姻登记的人。他们说："也不晓得毛主席老人家对这些北京娃是咋安顿的。咱给登记了，就把人家拴住了，日后有人说这是违反知青政策，咱可担当不起。"因此，公社不予登记。最后，公社干部思来想去，终于想出了个主意：让女方的家长表个态，立个字据，以免大家犯错误。为此，我不得不把自己本应保密的初恋告诉给远方的爸爸。爸爸给了我有力的支持，他直接给公社拍来电报："我女儿在洛川插队落户。我同意女儿的婚事。"公社将电报存了档，这才开具了结婚证书。至此，消息不胫而走，我又成了新闻人物。每次我去赶集，总会招来很多目光，尤其是爱扎堆的妇女们，每当看见我，总要交头接耳嘀咕一阵："你看，那就是驹儿（长合爸的小名）家新订下的媳子，是个北京知青，一分钱的彩礼也没收。"槐柏街有个叫宋国栋的知青，他拜了当地的木匠为师，走乡串户做木活。一次，他们师徒二人到页沟畔去做门窗，师傅一见长合爸就翘起大拇指说："长合他爸，你前世积了德，积了个北京女娃做媳妇。"长合他爸一听，拧着脖子、瞪着眼睛说:"我都积了几辈子德才积来这么个好媳妇。"

结婚的吉日择定后,婶子也一反常态。她有时和我说这说那,有时一个人在悄悄流泪。成亲那天,她家像出嫁自己的亲生女儿一样,按当地习俗,请执事、雇厨师,垒了锅灶,搭了宴棚,通知了亲朋好友及全村人喝喜酒。生产队也像过年一样,在果园里开了一个欢送会,又发喜糖又放鞭炮,敲锣打鼓为我装了三驴车嫁妆,一车是我的铺盖、箱子和爸爸陪送的缝纫机;一车是队上给我分的口粮;一车是我的劳动工具和生产队给我分的几十根苇子。临走前,队长讲了话,并郑重地捧给我一尊毛主席塑像和一个红包,红包里装80元钱,这是会计为我提前结算的全年劳动所得。欢送会结束后,我流着泪,换了鞋(娘家的土不能带到婆家去),坐在驴车上。送亲的队伍上路了,这时,我忽然觉得一个人坐在车上有些别扭,还是和送亲的队伍一起走自在,于是,不容劝阻,我跳下来和我的同学手挽手,肩并肩,有说有笑地走到页沟畔。那里的乡亲早已等候在村头,只听得一声令下,鞭炮齐鸣。新郎官身披红被面迎了出来。进了院,拜天地、拜高堂、夫妻互拜。该进洞房了,我的女同学全被拦在门外,说是未婚女子进洞房会冲了喜。我哪里相信这一套?我把她们一个个拉了进来。柜子、窗台、炕上坐满了人。以后的两天,又有许多"插友"前来道喜,我执意把女生留在我身边。从新婚之夜开始,我就把新郎官赶到饲养室里去住,一住就是三天。我爱人倒还能沉住气,可把我的老公公气得在院里转了三天,还大声埋怨我们这些知青不懂规矩。而我却不这么认为。我觉得,我结了婚好像有点对不起他们的意思。而同学们却安慰我说:"你身体不好,早早垒个安乐窝,我们也就放心了。"他们还摆开架式告诫长合说:"不久之后,我们都招工走了,把小田留给了你,你要是欺负了她,我们这些娘家人可不是好惹的!"在一旁的公公赶紧上前解释:"不敢、不敢,毛主席老人家送来的人谁敢欺负!"其实,我这个婆家比杨柳渠那个娘家还要好。婆家这边人口多,妯娌之间和睦相处,直到我调进县城才算分了家。为了照顾我的身体,婆婆丢下老伴随我进了城;为了支持我的工作,她迈着三寸金莲,承担了全部家务。她常提醒我:"吃了公家的饭,就得跟上公家转。"在20年的共同生活中,她对我的恩情三天三夜也说不完。

我生了孩子后,按当地的习俗,要回"娘家"居住一段日子。之后,我和孩子在姥姥家连过三个春节。在姥姥家过年时,我女儿还穿上姥姥做的老虎鞋,围上姥姥给的裹肚,完全成了一个陕北娃。

我插队的时候,还教过书。婶子的儿子是我的学生。我们既是师生,又是姐弟,我像对待亲兄弟那样爱他。后来,他长大了,也结婚成家了。令我不安的是,他媳妇习惯性流产,连着失去了四个早产儿。为了解除他和婶子全家的苦恼,我和爱人想方设法提前做准备,请有经验的医生对我兄弟媳妇进行特护,没过多久,我们终于迎来了兄弟媳妇的第五个早产儿——云霞。她怀了七个月就出生。我像妈妈那样精心照料她们母女。孩子天生体弱,每次感冒发烧,我都十分揪心。云霞长到八岁时,她开始不叫我"姑姑"而称我为"干妈",好像只有这样才能表达她对我的感激之情。1991年,我调回北京后,最想念的就是云霞,所以,1992年,我接云霞来京过年。我的女儿也时常想念非亲非故的"姥姥"、"舅舅"和"妹妹"。不到两年工夫,她先后回了5次洛川。我和爱人商量,与其这样来回跑,还不如回到洛川,置上两孔窑洞,退了休回去。因为那里有我的"队长爸爸"、"婶子妈妈"、"干女儿云霞";那里有我的婆婆和妯娌们,还有纯朴善良的乡亲。

1969年,我从首都北京来到偏远的洛川插队,其间历尽了各种磨难;20多年后,我返回北京时仍然困难重重。

先说我回京已经多时,但还是报不上户口。凭市、区两级批好的户籍要落脚北京很难。我向年轻的户籍警说明原委,可十回八回无济于事,不给上户口。

再说生火。我烧惯了陕北的烟煤,还真弄不转这蜂窝煤。每天早起一看:炉子不是着过了,就是捂灭了。有一天晚上刮大风,半夜我起床方便,脚刚踩在地上,人一下子就昏倒了。这一跤跌得惊醒了我爱人,他赶紧叫两个女儿来帮忙,准备抬我上床。叫醒了老大,老大又是抽搐又是呕吐;叫醒了老二,老二也是抽搐呕吐。爱人以为是食物中毒,急忙冲向院里请房东帮忙。没想到,他刚喊了一声,人就摔在门框上。房东听到声响,趴在门上一看,只见一个满脸是血的人躺在门下,吓得连忙叫起媳妇和儿子。出来一看,哎,原来是王大夫。机警的房东马上意识到这是煤气中毒。他们赶快进来,帮我们把炉子搬出去,打开了门窗。还给我们挨个灌醋,折腾了半宿,我们才一个接一个地苏醒过来。

房东大娘说:多亏半夜起来,要不然闷到天亮就全完啦!房东大娘看到我们四个人挤在一起,满床狼藉,心疼地说:这点儿地方连一张行军床都支不下。从明儿起,让我的女儿跟她闺女睡一个床上,这番真情,令我感动。

家里出了这事后,单位的同志们前来看我,送来慰问品和补助金。局长说:"都怪我们对你安全教育做得不够。回到北京先得从升火学起呀!"我想,局长说得对。差一点从我这里爆出新闻:老知青返京全家遇难。想起此事,我真有些后怕。

一句话,20年,我所有的一切全都扔到陕北。回到北京,一切从头开始。房子没有,积蓄没有,"挨挤"的现象时有发生,免不了一时心情不畅,思想不通。万事开头难,可是再艰难有插队那年头艰难吗?黄土地上摔打过来的人怎会在乎这点儿艰难?当务之急是努力开创新局面。

1991年,也是我刚调京的第一年。北京市各区县司法局纷纷开展建局十周年纪念活动。我作为建局展览的总设计随创作组成员到海淀局参观学习。那里的廖局长风趣地说:"我们组织十几个人,没歇礼拜天干了三个半月。你们现在才动手,怕是赶不上趟了。"为了如期完成任务,我夜里在家搞设计,白天在单位搞制作。题头,尾花,示意图,照片组贴在最短的时间内突击完成后,再由我一人完成全部书写工序。我带领大家夜以继日地完成了题为《奋斗的十年》四十块展板的局庆展览。在庆祝会上,受到市局领导的高度赞扬。

1992年,北京市举办首届"法制宣传橱窗大奖赛"。我身为主管科长兼总工,一边向全区做动员,做区级初评的组织工作;一边下基层对重点单位进行指导,在领导和同志们的支持下,夺回了一个二等奖和350元奖金。

回京两年多来,我已获得六本荣誉证书。除了全市橱窗大奖外,还获得丰台区书画展览优秀作品奖;丰台区司法局先进工作者奖；丰台区精神文明先进个人奖；丰台区优秀党员奖；首都社会治安综合治理先进个人奖。在新的工作岗位上，我的工作得到了群众和组织的认可。

陕北的洛川塬，黄土丰厚。我在那里当农民，当教师、当工人、当干部，当局长，为那块土地奉献了宝贵的青春。奉献不意味着失去，我得到的更多。1988年，北京市给了老知青一个优惠政策：一户知青允许一个子女进京入户。我和两个女儿商量：这个指标给谁？姐妹俩互相谦让，都想把机会留给对方。最后，还是姐姐说服了妹妹："咱俩比学习。我的学习好，我要考上大学，自己闯出一条路。"1989年，我的大女儿王宁，以优异的成绩录入中央财经学院金融系。县里的老知青跑来祝贺说："你的女儿为咱老知青争了气。"

今天，我吃着洛川的苹果，搂着陕北的女娃，怎能不勾起我对那片土地的思恋！我在无意中认下的娘家，斗争中找到的婆家，还有眼前这个死乞白赖叫我"干妈"的云霞。这情，这爱，如天高，似海深；这情，这爱，给过我无穷的力量。我感激这份情和爱，我也无愧于这份情和爱。为了这份情和爱，我要自强不息，在人生的晚年谱写出青山夕照的五彩华章。

◈ 黄土蕴情——我的精神家园

未了情

孙改琴

我是宝塔区蟠龙镇孙家崖村人。自从退休之后，时感寂寞。有时，一个人枯坐萧斋，在静心梳理大半生的人生经历，思前想后，总觉得自己这大半辈子过得平凡而又平淡，能留下深刻印象的东西不是太多。忽一日，忆及少小时，与来我们村插队的北京知青的一段交往，不仅记忆深刻，而且还牵动着我的无限情思。

1969年年初，革命圣地延安接纳了两万多名北京知青来这里插队，我们孙家崖村也分来20多名。自此，这个原本偏僻的小山村一下子变得红火起来。这些知青，年龄相差不多，一般为十六七岁，个别大些的也超不过20岁。他们富有朝气，气质不凡，给我们这个荒僻小村平添了许多靓丽。

那时，冬天很冷，知青们穿着紧身棉袄，外面还裹着棉大衣；男的戴着栽绒帽，女的围着线围脖。他们这样的衣着，在北京或许很平常，但在我们眼中，觉得很洋气、很时髦，让当年只有12岁的我，对他们充满了艳羡与好奇。

❖ 未了情

孙家崖村，在蟠龙镇来说，条件不算太差，但仍处于贫困状态，尤其是村民的住房十分简陋，就是给知青们安排的住处也不过是两孔相对较好的土窑洞。但他们却毫不挑剔，与当地群众一样，住的是土窑洞，睡的是土炕，烧的是柴灶，吃的是五谷杂粮，因陋就简、随遇而安，努力适应着与城市迥然不同的农村生活。我后来才得知，他们在插队之前，就做好了吃苦的思想准备。

有一天，我到知青窑里去串门，正赶上他们做饭。可能是风向不对，也许是烟道不通，只见灶火口里的火不向里抽却向外倒，弄得满窑都是烟，呛得知青们直流眼泪。我一看这个情况，就让他们将烟囱捅一下。我找来一根长绳，一头绑住半块砖，手抓住另一头在烟囱内反复抽动，这一手还真管用，果然，疏通过后，情况大为好转，灶火忽忽的舔动着锅底，烟也不再向外倒了，不一会，锅里的水就冒上了水花。不一会，饭就做好了。我给他们帮了这么一点小忙，他们却夸我年纪虽小，还挺有生活经验。从此之后，我们的关系更亲近了。

俗话说：穷人的孩子早当家。我积累的那点生活经验一半是跟父母学的，一半是被生活逼出来的。我家兄弟姐妹七人，我排行老二。父母身体不好，长期卧病在床，里里外外全靠我和姐姐操持；而我们还要上学，还要下地劳动，其中的艰辛，不是常人所能体会。

我家的窘境，得到了知青们的同情与关怀。他们常来我家串门，主动与病中的父母拉话，宽慰他们说："有苗不愁长。等孩子们都长大了，日子就好过了。"他们还经常帮我家劈柴、担水、扫院子，还嘱咐我们要孝敬老人，要听父母的话。他们的关怀，使我父母获得了宽慰，我们也得到了温暖。

1970年，我父母先后去世。我们兄妹七个顿时成了惶然无着的孤儿。但那时的农村人都很善良，村里的乡亲们给了我们许多关爱。尤其是知青们在精神上给我们的鼓励更是让人难以忘怀。

有位知青叫邵新，他为人热情，颇通医道，有空就背着药箱走门串户为人治病。他对我家尤为关心。我有个弟弟体质羸弱，经常感冒，一感冒就发高烧，常弄得我们手足无措。每次弟弟生了病，我第一个想到的就是邵新，而他也总是一请即到。每经他精心诊治后，我弟弟的病情便有好转。最使我感动的是，他每次给我弟弟打针用药后，还要长久地观察，直到彻底痊愈，他才放下心来。现在回想起来，邵新真是我家的大恩人，若没有他的精心医护，在当时缺医少药的条件下，我弟弟很难健康成长。

上一个世纪70年代，陕北农村的文化十分落后。就拿我们孙家崖来说，村民多为文盲或半文盲，全村连个称职的会计都选不出来。每年过春节，村民贴对联，还得从外村请人来写，这既使人难堪，又很不方便。一位名叫黄金凤的女知青，看到这种情况后，即刻写信托家里寄来一包裹春联，给每家都赠送了一份，贴上后，村子里顿时显得喜气盈盈，有了春节的气氛。这虽然说是小事，却说明她心里装着全体村民。知青们为改变村里文化落后的状况，还办起了文化夜校，开展了扫盲活动。他们在普及文化的同时，还普及科学知识，不仅开阔了村民们的眼界，还增强了村民的现代文明意识。

在那个困苦的年月，农村人的生活都很苦，知青也不例外。那时，不要说细粮难得一见，就是粗粮也不够吃，尤其在青黄不接时，吃了上顿没下顿。我们吃惯了苦倒还好说，而知青们却要适应城市与农村两种生活的巨大落差，从这一点来说，知青对农村艰苦生活的体味比我们更深。在当时那种境况下，村民们虽然也想帮衬知青，但心有余而力不足，只能逢年过节，请他们到家中吃一顿饭，平时，隔三岔五地给他们送碗酸菜。而知青们却能从这些微小的关怀中，看到陕北人的纯朴与善良。

在人民公社的那个时代，广大农村除正常劳动外，还要完成一个接一个的"中心"任务，如打坝、修梯田、出民工等等，一年四季几乎没有闲暇。而知青们无论让他们干什么，他们都一马当先，真正发挥了生力军作用。由于长期在野外劳动，知青们个个变得肤色黝黑，再配以陕北人的装束，与当地的姑娘和小伙子一般无二。知青与村民们在一起生活中出现了一种十分有趣的现象：知青们爱学本地话，而本地青年爱学北京话。大家一开始还学得不甚像，但很快就入了门，有的学得十分逼真。后来，普通话在当地普及较快，这与知青的影响有关。在知青的影响下，我们村的年轻人在衣着、说话、卫生习惯等方面也逐渐向他们看齐，并以自己的语言方式和行为方式影响着家人，从而提高了全村的文明水平。

我与知青相处的时间虽然不太长，却深刻地受到了他们的影响，尤其是在自己身处逆境的时候，是他们温暖了我的心，鼓起了我面对生活的勇气和信心。

随着国家知青政策的变化，许多知青离开了孙家崖村，开始在新的舞台上演绎自己精彩的人生。他们虽然离乡返城了，

◆ 黄土蕴情——我的精神家园

却在我们村里留下了好口碑。他们插队时的情景，至今还被上了年纪的人津津乐道。我在与他们相处的几年中，将他们看成是自己家里的人。我时常回忆起与他们交往时的点点滴滴，想起他们的音容笑貌，渴望能与他们再度相聚。

2009年4月间，有5位知青回访，并约我在村中相见。当时，我既惊喜又感动，他们竟然还记得我。后来我才知道，他们不仅记得我，而且始终关心着我们一家人的命运。当年，我们分别时，我姐姐已远嫁他乡，整个家庭的重担全落在我的肩上，这怎能不让这些与我朝夕相处的知青们牵肠挂肚呢？我与他们见面后，他们却认不出我来了，因为在他们的记忆中，我的形象早已定格，永远是那样一个十几岁的农村少女。一位名叫孙韶文的女知青，插队时曾关照过我们，临别时，她还给我送过衣物，她对我的印象很深。我们一见面，她握住我的手说："见到你是这样，我就放心了！"她的一句话说得我热泪盈眶。试想，我们之间没有任何亲缘关系，而她却一直关心着我的命运。这种不是亲人胜似亲人的关切不就是人间的一种大爱吗？我怎能不由衷地感动呢？她还给我讲道：我的母亲在弥留之际，她一直守候在身边，不停地抚慰着我们这些行将失去母亲的兄弟姐妹。听到这里，我又禁不住潸然泪下。她虽然不是我们的亲人，却尽到了许多亲人都没有尽到的孝心和爱心，而这种情分，又岂是一个"谢"字就能了得，我唯有紧握住她的手，报以无言的感激。

这时，其他几位知青也围在我身边说，每当他们聚会时，总要提起我，惦记着我一家人现在不知怎样，表现出由衷的关切。我感动地看着他们，看到这些昔日风华正茂的知青，已明

❖ 未了情

显变老，禁不住悲从中来。这是一次多么难得的聚会啊，难得的是，在我的故地，他们的第二故乡，彼此熟悉的人还依然康健；更难得的是，大家又相聚在我们曾期盼的好日子里。这些老知青们特别惦记村里的老人，不但给他们带来了礼物，还给他们每人几百元钱。最后，大家欢聚一堂，共忆往昔，合影留念。临别的时候，乡亲们握着知青们的手，问他们几时再来？知青们说，他们还会再来，而且来的人会更多，因为那时大家都退休了，来了一定多住一些日子，和乡亲们好好聊上几天。

　　知青们重回孙家崖时，我一直陪同在侧，总也舍不得与他们离开，直到将他们送上返京的列车。他们走了，我的心却再也平静不下来，总想以一种什么样的方式来回报他们。我思忖再三，决定在杨家岭后沟的自家宅院里，办一个北京知青回访接待站。届时，对回访的知青免费接待。

❖ 黄土蕴情——我的精神家园

"只要有我在,你就别害怕"

张佑文

2011年3月的一天,我和刘瑞在一起喝茶聊天。我们聊起当年在陕北农村插队生活时,都感叹岁月的流逝和人世的沧桑,并无端地生发出青春难再、人生易老的感慨。

说起刘瑞,他可是一个传奇式的人物。当年,他在富县插队时,与其他知青一样,在日复一日的艰苦劳作中,苦心志、劳筋骨,很快就与当地村民打成一片,成为一个能吃苦、会干各种庄稼活的好手。刘瑞给我讲述了插队时的许多轶闻趣事,听来有趣而感人。最让我感动的一件事是他知恩图报,从这个故事中,让我看到了他的豪爽与仗义。

事情是这样的:1990年快过年的时候,刘瑞回到他插队的村里。他想要寻找一位对他恩重如山的老"干妈",可"干妈"回山东去了。在离村将要返回时,村里的老乡托他带上邻村一个失去双亲的小女孩,并说:你救救这个孩子吧。她哥哥在外打工去了,至今没有音信,家里就剩下这个小女孩没人照料。刘瑞看着这个满头蓬垢、浑身脏兮兮的小姑娘,二话没说，便把她带回了北京。那年，小姑娘才12岁。

这个姑娘的小名叫大芳，她在刘瑞家一待就是10年。有一天，大芳接到哥哥的一封来信，看过信后，大芳痛哭不已。她向刘瑞说："她马上要回富县去。她哥哥要出事了。"从信中得知，大芳父母在世时，欠下一屁股债。她哥哥还不起这些债，出外在煤窑打工，可又没挣下钱，还受人欺负。过年时，她哥哥回到村里，还让与他要债的人搜了身。哥哥受了侮辱，遭了罪，想一死了之。

好心的刘瑞一边安慰着大芳，一边与家人商量这事该怎么办。思来想去，刘瑞决定再回一趟富县，把事情了解清楚再说。临走时，他对大芳说："孩子，你放心，叔叔回去把你哥哥的事情一定安排好。"

第二天，刘瑞买了车票，火速去了富县。

回到富县之后，刘瑞见到在税务局工作的朋友。朋友听过事情的原委后，便与刘瑞一起去了村里。进了大芳家，刘瑞一看，这哪里像个家。一孔破窑洞，里面黑糊糊的，啥都没有，冰锅冷灶，一看，就知道好长时间已经没人住了。看到这一切，刘瑞的眼睛湿润了。当天，他就住在这孔破窑洞里，晚上睡觉盖的被子是大芳哥哥从邻居家借来的。晚上，大芳的哥哥走进窑里，他看到刘瑞，感到无话可说，只是眼睛直勾勾地盯着刘瑞，盯了半天，他突然跪在地上给刘瑞磕了个头，然后转身就走了。第二天天刚亮，刘瑞被外面的动静吵醒了。开门一看，原来，大芳的哥哥一夜没睡，给刘瑞套野兔去了。他想用野味招待北京来的叔叔。刘瑞看着地上放着套来的野兔，心里很是感动。他对大芳的哥哥说："孩子，只要有我在，你就别害怕。你去把咱家欠人家钱的乡亲们都找来，咱把钱还给人家。"此事一传出，村里轰动了：当年的北京知青回村里替大芳家还账来了。乡亲们一个接一个地来了，于是，老刘便把钱挨个还给乡亲们。这些欠账都是十块八块的。当年，村里人也没钱啊。刘瑞拿着百元钞到供销社把钱兑换开。大芳父母在世时，在东家借十块，西家借五块。当时，两位老人还经常有病，看病看得村里的卫生站都不给赊账了。这一天，收了欠账的老乡走了，刘瑞和他的朋友带着大芳哥哥又去卫生站去还钱。卫生站的医生把欠条拿了出来，足足有两寸厚。刘瑞看见这些欠条，像是自己欠了人家的钱一样，他真诚地对卫生站的医生说："大芳父母在世时，给您添麻烦了。你给他们看了病，他们欠下的药钱几年还不上，让您费心了。"说完，刘瑞和卫生站的医生把欠条一算，立马就把账给结清了。卫生站的医生感动地握住刘瑞的手说："好人啊。不沾亲、不带故，给这么一家穷苦人还钱，真是好人啊。"

刘瑞在村里转了一大圈，把所有的欠账都还清了，剩下最后一笔欠账是大芳家欠信用社的化肥贷款。本来，信用社准备放弃这笔欠款，但刘瑞坚持要还。他说："不能给孩子留遗憾，要让他直起腰板做人。今后好好过日子。"村长听了刘瑞的这句话后感动地说：刘瑞是咱富县北京知青里的这个。说着，他竖起了大拇指。

刘瑞要走了，他把米面和食油给大芳的哥哥买好，还留了些钱，又把村里的干部请到一起吃了一顿饭。第二天，刘瑞刚走到村口，没想到，全村人一起出动，都来为刘瑞送行。一位老奶奶双腿有病，不能行走，她让人抬着，非要见见刘瑞。老

❖ "只要有我在,你就别害怕"

奶奶拉着刘瑞的手说:"我见到你了,你可真是个大好人。替人还账,是积大德的事呀!"大芳的哥哥感动得又要给刘瑞磕头,刘瑞赶忙着把他扶起来,并说:"孩子,好好生活。以后有什么困难找我。"乡亲们依依不舍地看着刘瑞走了。他们心中除了感激之外,也觉得大芳兄妹遇上了一个大好人。

◆ 黄土蕴情——我的精神家园

故乡·家园

姜 东

"千声万声呼唤你，

母亲延安就在这里……"

1994年7月20日，离开延安24年的刘永祥，随同曾在宝塔区插过队的110名北京知青又回到延安。当他们看到巍巍宝塔山，看到东去的延河水，看到涌动着现代潮的繁华街市，心里顿生无限感慨。作为刘永祥来说，在回京的这20多年间，他经常梦见延安，梦见史家沟的山山水水，梦见那些曾与他朝夕相处的父老乡亲。

"终于到家了！"当刘永祥走进史家沟时，心中感到有一股热流在激荡。1969年年初，年仅18岁的他和另外11名知青，从延安下了车之后，坐着毛驴车来到蟠龙镇史家沟。那时的蟠龙镇，名气很大，在延安算得上是一个贯通南北的交通大镇。但是，名气再大，在那样一个生产力低下、物质匮乏的年代，即便是一个县城，呈现出的也是一幅凋敝的景象，何况离延安还有近百里的蟠龙镇。

史家沟离蟠龙镇不太远，但因为处在一个拐沟里，交通不便，生产条件差，村民们的生活十分困苦。刘永祥同其他知青一道，每天跟着乡亲们打坝、耕地，春种夏锄，手上打起了血泡，虎口震开了口子，镢把上留下一道道血印。但他们硬是凭着一种信念，把这种苦日子熬了过来。

插队的时候，刘永祥吃过糠窝窝，喝过高粱米粥，忍受过饥饿，体会到劳动的艰辛。可让他们感到欣慰和温暖的是，善良的史家沟人，把知青当做自己的亲人，给了他们无限的关爱。最让刘永祥感念的是，他的房东马普昌老两口，对他的关怀和照顾更是无微不至。他生病时，房东大娘给他把炕烧得热热的，把香喷喷的杂面端到他跟前；每到逢年过节，大娘总要叫他到家里去吃饭。对于这种关爱，刘永祥铭记在心。他常说："房东大叔和大婶对我的恩情，我永世也还不完。"

在史家沟插队的日子里，刘永祥深切地感受到乡亲们与知青之间的那种感情。离开史家沟24年后，他再次回到史家沟，有一种游子回归故里的感觉。当他刚进村，"永祥回来了"，一声呼喊让他心头一热。没想到离开这里已经24年，乡亲们还能清楚地记得他，还能一口叫出他的名字。这时，村上的乡亲们纷纷赶来。永祥一边给大伙散烟、发糖，一边辨认着乡亲们。好客的史家沟人将他迎进窑里，把西瓜、凉粉和酒宴摆了上来。面对此情此景，刘永祥哽咽着说："乡亲们的生活并不宽裕，可还像过去那样对待我。我这辈子都怕还不完欠下乡亲们的这份情。"

当天，刘永祥与乡亲们坐在一起忆当年，谈变化。攒了24年的话好像几天几夜也说不完。当他在乡亲们的陪同下又来到当年住过的那孔窑洞前时,他仿佛又回到了自己的青春时代。他拿出相机,为史家沟的老老少少都拍了照,并把知青们当年住过的窑洞、打下的土坝和村里的全貌给拍了下来。他要把这些照片带回去,让知青们看看村里的变化。

刘永祥在离开史家沟之后,心中始终有一个情结,这就是:要用自己的人脉资源来为史家沟尽一份力。他和乡亲们在一起谈话时说:要利用陕北地广人稀的优势,大搞退耕还林还草,发展畜牧业。他回去之后,要给史家沟提供小尾绵羊的种羊。通过羊种改良,将畜牧业作为史家沟的一项主导产业。同时,他还决定带上村里的20名年轻人去北京打工,让他们在外面开阔视野,转变观念。

刘永祥这次回来还有一个心愿,他要感谢被他称为"干大"、"干妈"的房东老两口。当年,两位老人对他格外关照。从生产劳动到饮食饭菜,两位老人对他的那种关照让他永生难忘。按照当地的乡俗,永祥将两位老人称做"干大"、"干妈"。他当兵之后,曾给两位老人写过一封信,寄过一张照片,但一直没有收到他们的回音。这次回来,听说二老都去世了,他心里很难过。想起老人当年对他的关爱,永祥难过地哭了。他想到两位老人的坟前烧一张纸,可是,二老的坟地不在史家沟,他只好带着遗憾,站在碥畔上瞭望,用心祭的方式,来表达自己的思念之情。

7月24日上午,刘永祥要走了。他多么想和史家沟的乡亲们多待些日子,和他们一起谋划史家沟未来的发展,一起共建新农村。可时间有限,他不能多待。他走的那一天,乡亲们站在碥畔上为他送行,有十几位乡亲一直将他送在大路上才挥泪告别。

"身长翅膀脚生云,再回延安看母亲……"刘永祥说,他还会再回来,他要为史家沟做更多的事。他觉得自己生命的根已经扎在了史家沟。

❖ 黄土蕴情——我的精神家园

黄土情

张惠兰

　　黄河沿岸是一个贫困地带，靠黄河边的地方是土石山区。当年，我们11个知青就插队在黄河沿岸的宜川县云岩公社，所在的村子名字听起来很古怪——"二里半"。当时，我们不知道这个村名为啥叫"二里半"。村子离县城很远，离云岩公社还有30里路。后来，我们才知道，离村子二里半的地方，有一座九天圣母庙。这座庙在宜川名气很大。村名的来历与村子到一座庙宇的距离有关，这让人觉得有些奇怪。

　　我们到达云岩公社的当天，已经是半后晌。"二里半"村来接我们的是一个小伙子。他把我们带来的行李放在一个毛驴车上，我们一行人紧随其后，走着走着，天就黑了下来。

　　领路的小伙子手里提着一盏玻璃罩油灯为我们照路，我们问他这叫什么灯，他说叫"马灯"。"马灯"微弱的光亮将路面照不清楚，我们便纷纷打开自带的手电筒，相互照应着走了半宿。夜色中，前方出现忽明忽暗的灯光，领路的小伙子手往前一指说："看，快到了。"我们正走得人困腿乏，听见这句

❖ 黄土情

话，立马来了精神，纷纷加快了脚步。走到跟前一看，大家才弄明白，原来，这是一群手提马灯，在寒风中等候我们的乡亲。顿时，一股暖流涌上我们的心头。我们被老乡们簇拥着，沿着又窄又陡的山坡走进了一孔窑洞。窑洞里黑糊糊的，一盏油灯半明半暗，看不清乡亲们的脸。我们被请到炕上先坐下，不一会，几个老乡就把一碗碗热乎乎、香喷喷的羊肉臊子荞面饸饹递到我们手里。吃饭时，听见两个老乡在悄悄议论："满都是些娃娃嘛，到咱这穷山沟沟里来，怪可怜的。"虽然我还听不大懂他们的话，但我明白，他们是在心疼我们。

吃过饭，已是后半夜，我们几个女生被老乡领着去另外一个地方休息。快到住地时，前面引路的老乡突然说道："小心，脚前有窟窿。"当时，我正和走在身后的同学说话，又不知道老乡在说些什么，在毫无防备的情况下，一脚踩空，掉进窟窿里。好在当时我的手里提着一个小提琴的琴盒，而琴盒刚好横在窟窿口上。我用手紧紧抓住琴盒不放，后面的几个男同学赶紧跑过来把我拽了上来。天哪，刚来"二里半"，老天爷就给我来了一个"下马威"。

到农村插队，首先要过"吃、住、行"三道关口。到"二里半"插队的知青，平均年龄不到17岁，很多人在家里从来没有做过饭。做饭要生火，生火就要烧柴。我们不会砍柴，队长就动员村民帮我们去砍。谁给知青灶上交一捆柴，队上给谁记10分工。没过几天，我们住的窑洞硷畔上就堆满了柴。一次下雨，雷电劈倒一棵老槐树，队上把这棵树送给我们当柴烧，这下，我们一年烧的柴就不用愁了。不过，有了柴烧还会遇到麻烦，比如赶上连阴雨，堆在窑畔上的柴都湿了，根本点不着。遇到这种情况，队长就找来放在仓库里的废旧农具和木墩，劈开让我们烧。从做第一顿饭开始，李大宝队长就带着几个老乡来帮灶、烧火、和面、熬粥、蒸馍，手把手地教我们。怕我们吃不好，其他乡亲还经常给我们送些酸菜、豆芽、萝卜之类的蔬菜，让我们换换花样，而且不管谁家做了好吃的，也总忘不了给知青灶上送一份。渐渐地，在队长和乡亲们的关心和帮助下，我们终于学会了做饭。两人一组，轮流下厨。

我们初来乍到，干农活都是生手，但队里还是给男知青每天记10分工，给女知青记8分工。这是明显地在照顾我们。虽然生活苦，条件差，但有了乡亲们给我们这种特殊照顾，大家心里也就不觉得怎么苦了。

有一年，队里的一头牛在耕地时掉到山崖下摔死了，村民们非常难过。在当时的生产条件下，牛是举足轻重的重要"劳力"。牛既然跌死了，村上只好把牛就地分割，给每家每户分了一点牛肉。我们表面上与老乡们一起为牛悲痛，但心中却窃喜：终于能打一回牙祭、解解馋了。

在那个困苦年代，年轻人馋肉无可厚非。可是，馋归馋，一是无肉可吃，二是不能吃的肉也绝对不敢吃。有一次，我与徐少峰修补破了的粮食囤，囤里的玉米粒掉在地上，房东家的一群鸡看见了，蜂拥而上。我们的粮食本来就不够吃，岂容这些鸡来占便宜。徐少峰抄起扫帚，哄赶着鸡群，哄走一群，又来了一拨。听着人吼鸡叫的"交响乐"，我笑得肚子疼。徐少峰急眼了，飞起一脚，踢中一只领头的大公鸡，鸡倒地扑腾了几下，不动了。我赶紧跑过去摸了摸大公鸡，对少峰说："坏了，死了！"我俩顿时都傻了眼。把老乡家的鸡踢死了，这不

◈ 黄土情

是犯了纪律吗？这该怎么办啊？拿回灶上，偷偷煮一锅鸡汤给大家改善生活，可是，要让房东发现了，误会我们偷她的鸡吃，影响多不好。琢磨了半天，我俩觉得最好的办法还是神不知鬼不觉地把鸡埋掉。之后的几天，我俩心里总是忐忑不安，唯恐房东发现少了一只鸡来询问我们。还好，房东没过问。原来，她根本不知道她养了多少只鸡。

除了"吃"之外，"住"更是一件需要我们长时间来适应的事情。因水土不服，再加上我们住的窑洞潮湿，土炕又凉，几位女知青身上都起了疥疮、湿疹，奇痒无比。白天还好，到了晚上躺下后，抓痒抓得鲜血直流。看到这种情况，男知青主动让出他们烧火做饭的热窑。然而，睡在过热的火炕上也不是滋味。我们11个人吃饭、烧水，所烧的柴草散发出的热量全从一个炕洞里经过，人在这种炕上睡的时间长了，鼻眼冒火，口干舌燥。然而，最要命的是缺水。人在塬上住，水在沟里流。我们吃水要赶上毛驴走几里山路到沟里去驮。遇到雨雪天，山路滑，毛驴无法下山，我们就只能吃雪水和雨水了。雪水融化后还不算难喝，雨水却带着涩味，让人实在难以下咽。如果连着下十天半个月的连阴雨，没有干净水吃，几个男知青就轮着下山背水。背水的木桶很大，一桶有百十来斤。背水时，女知青用小镢头在前面为男知青开路，挖一个小坑站一只脚，一步一滑地往山上挪。背一桶水来回得几个小时。一次，徐少峰背一桶水好不容易快到山上，脚下一滑，头碰到崖畔的石头上，顿时，血流不止。可他却双手紧抓着水桶不放。"宁舍性命不舍水"。时间长了，知青们对水的渴望已到了极点。由于常年没有洗漱用的水，再加上卫生条件又太差，我们每个人的身上都长了虱子。

除了"吃"和"住"的种种艰难,"行"在"二里半"这个偏僻的小山村也是个大问题。要想买点日用品,看个病,都要跑到三十里外的云岩镇,而且只能是步行或坐驴拉车。刚来不久,孙怡茹得了急性肠炎,几个男知青和年龄大一点的女知青王学连夜拉架子车送她去云岩镇看病。因山路不好走,王学路上摔了一跤,把膝盖摔伤了。去的时候,几个人拉着一个病人,回来时,又多了一个伤员。为了尽快适应艰苦的生活,我们必须先练好脚力。于是,在徐少峰的号召下,我们练习爬山,专拣羊都不走的地儿练习攀爬。老乡在对面的崖畔上看到我们,一开始没明白是怎么回事,后来弄明白了之后,便急得大声喊:"快下来,娃娃们,那里危险!"原来,在那种地理环境下,穿塑料底鞋爬坡十分危险。后来的日子,我们基本不敢穿塑料底鞋出门了。在当地,看到老乡自己做的布底鞋,走路、干活又舒服又安全,我们几个女知青用从小握笔杆、拨琴弦的手,在这个时候也拿起了针线,跟村里的婆姨学着纳鞋底,开始学着给自己做鞋了。

在塬上干农活,架子车是主要运输工具。拉架子车上坡是个苦差事,一人在前拉,一人或两人在后面使劲推。下坡时,要在架子车后面多堆些东西,或者干脆蹲上一个人来增加重量,使车把翘起,借下坡的惯性冲下坡去。不过,这可是个技术活,要想"玩"得安全,得经过一段时间锻炼才行,不然的话,架子车不听使唤,会飞到沟里去。

正是这种苦中作乐的心态,支撑着我们在"二里半"过了一年又一年,经历了一个又一个挫折和困难。在这种磨炼中,我们磨掉了城市娃娃的娇气，逐渐地适应了这里的生活，并学会了坚强。

那时，物质条件虽然艰苦，但我们的精神生活还是挺丰富的。"二里半"这个小山村不知沉寂了多少年，可自我们来了之后，村子里一天天热闹了起来。每天晚饭后，知青住的窑院里常常是人满为患。我们白天干完活，晚上就开始吹拉弹唱，各显其能。老乡们把平时舍不得用的油灯装在马灯里，提到知青院中，挂在门栏上、树干上，为排演节目的知青照明。《红灯记》、《沙家浜》、《白毛女》、《兄妹开荒》等不断变换的节目令老乡们大饱眼福。老乡们过去不知道什么是"京剧"，什么是"舞蹈"。当他们看到这一切之后，显得既好奇又兴奋。与此同时，我们也得到了这片土地上的古老文化的滋养。陕北民歌是民族音乐的瑰宝。我们向会唱民歌的老乡学唱原生态的陕北民歌和信天游。每天，知青小院里的欢歌笑语不断。

当时，不仅文艺活动受老乡们的欢迎，在田间地头，因陋就简的体育活动也令老乡们开了眼界。"摔跤"是老乡们尤其是村上的年轻人喜爱的一项体育活动。有一次在劳动休息时，几个年轻后生在地里比划着。生产队长的弟弟二宝，近一米八的个头，膀大腰圆，是村里的大力士，又是公认的摔跤能手。那天，只见他左扳右扛，手脚并用，在连住摔倒几个村里的后生之后，依然锐气未减，站在那儿虎视眈眈地叫道："看看谁还敢上？"问了三回，没有吭声。这时，刚从别的知青点合并到我们这里来的李连生搭腔了。他平时不太爱说话，这时，他却慢悠悠地说："我试试看！"大伙立刻把眼光投向了他。李连生的个头还不到一米七，又瘦又小，脸色灰黄。这样的身板怎敢和二宝摔跤？大家都忍不住替他捏了一把汗。二宝斜眼看着他，鼻子哼了一声。在众人疑虑的目光中，李连生径直走到二宝跟前，微微地弯下身子，拉开了摔跤的架势，就像老北京"跤王"甄三儿那样，围着二宝转圈。二宝哪里见过这架势，不知道李连生要干什么，只好伸开两只手，准备像抓小鸡一样，抓住李连生一把将他扔在地上。突然，一大一小两个身体碰在了一起，还没等大家反应过来，只见二宝被重重地摔在了地上。恼羞成怒的二宝立刻蹦起来，一个饿虎扑食又冲向李连生，还没等他站稳，李连生脚下一使绊，二宝又摔了个大马趴。几个回合下来，二宝没占到一点便宜.反而累得气喘吁吁，而李连生则呼吸平稳，双手抱肩，微笑地看着他。见此状，众人立刻给李连生鼓掌，二宝也从地上爬起来，无奈地说："服了！服了！你是用什么法子把我摔倒的？"李连生得意地说："这是技巧，使蛮劲不行。"

知青们不光给这个封闭落后的小山村带来了欢乐，还传播了文化知识。当时，村上那些正在读书的孩子，从小就受到知青的影响，爱读书、爱学习。以至在十几年之后，这个只有30多户人家的"二里半"村，竟出了十几个大学生和研究生，有一家人四个孩子中有三个是大学生。当年的这些孩子，有的后来当了教师和小学校长，有的在乡上、县上和市上担任了领导职务。

"二里半"村有一个叫赵爱珍的小女孩，小名叫爱子，退休前是延安姚店小学的校长。我们回村探访时，她面对记者的采访，泣不成声地说："北京知青到陕北来，影响了我的一生，改变了我的命运。没有他们，就没有我的今天，没有他们，我

◈ 黄土情

可能就是个没文化的普通农妇。"

　　知青来陕北插队，给这块土地带来了文明，传播了文化。而陕北的乡亲们，也用他们的淳朴善良，给了知青无限的关爱和温暖。40年弹指一挥间，当年风华正茂的知青也都进入花甲之年。但我们仍忘不了黄土地，因为在那里，我们度过了人生中最宝贵的青春年华。那片土地，那里的乡亲，总是在我们的梦中萦绕。在筹备了多日后，我们终于在2012年6月的一天，踏上了去延安的列车，去寻找我们青春的足迹。

　　经过9个多小时的行程，我们一行人早上5点多钟到了延安。火车刚停下，我就趴在火车窗口上，紧盯着外面，想看看延安是怎么一个模样。天朦胧着，还看不清外面的景物，但我们心中抑制不住激动。不知谁喊了一声："延安，我们回来了！"一出车门，首先映入眼帘的是高大漂亮的延安火车站。出了站，坐上前来接我们回村的汽车，沿途所看到的景象更是令人兴奋不已。延安已成为一个繁华、漂亮，涌动着现代潮的城市；记忆中的延安没有了，唯有耸立在嘉岭山上的宝塔在告诉人们，这里是革命的圣地，这里是延安。

　　前来接我们的曾经是我们身后的"跟屁虫"，如今是延安供电公司的副总——石娃子。本来，石娃子接待我们纯属个人行为，但公司的领导听说是当年的北京知青回乡探访，便主动地承担了我们的整个行程和接待。这份情，这份爱，使我们一行人倍感温暖。在当天的晚宴上，公司张总热情洋溢的祝酒词，句句饱含着陕北人民对北京知青的深情厚谊。我们这一行人已经退休，既无权、又无钱，但陕北人民还是这样热情地招待我们，真令人感动万分。

❖ 黄土蕴情——我的精神家园

在延安逗留的两天里，公司的领导不仅安排好了我们的食宿，还派人派车带我们到延安革命纪念馆、宝塔山、枣园、杨家岭、南泥湾等革命旧址参观，所到之处，再一次勾起我们对那个年代的回忆。

第二天，我们去黄河壶口瀑布。未到瀑布前，已经听到隆隆的水声。当时正好是夏季，水流很大。壶口的水浪似万马奔腾，只见汹涌的波涛从峭壁上飞奔而下，激起漫天的水雾，气势磅礴，震耳欲聋。望着望着，我忽然惊奇地发现，黄河水怎么不黄了？升腾的水雾也变得透亮，在阳光的照射下，形成绚丽的彩虹。这情景，使我禁不住想起了40年前，我随宜川县文工团到壶口为守卫部队的战士演出，趁演员化妆时，我独自来到了壶口边，对着滚滚而下的黄河水，我抑制不住青春的激情，放声唱着黄河大合唱中的歌曲："风在吼、马在叫，黄河在咆哮，黄河在咆哮……"歌唱完了，低头一看，雪白的演出服已被黄河溅起的水雾喷成了淡黄色，还附带着许多污水点。如今，黄河还在咆哮，还在奔腾，但自退耕还林以来，陕北的生态环境有了很大的改善，混浊的黄河水也开始变清了。

途经宜川县城时，我们又受到县上领导和有关部门的热情接待。河娃子——又一个"二里半"的娃娃，也是我们当年的小"跟屁虫"，现任宜川县某部门的领导，他跑前跑后关照着我们。在宜川县城一下车，我们就分不清东南西北。原来，贯穿全城的一条石子路早已不知去向，只见高楼林立，商铺齐整，一派现代潮涌动的繁荣景象。据县上领导介绍，宜川仅苹果，年产值就达13个亿，农民群众开始奔小康了。

当年，我曾在宜川县文工团工作了三年，本着文艺为工农

❖ 黄土情

兵服务的宗旨，我随文工团走遍了全县的沟沟坎坎，看到过这片土地上最贫瘠的地方，也见过群众困苦的生活。离开这里时，我是带着不舍和遗憾走的。这一次回乡探访，我们还抽时间拜访了原县文工团的几位老同事和老领导。他们退休之后，都生活得非常好，退休金有保障，住房宽敞，还发挥自己的所长，参与县里组织的文艺活动，享受着晚年的幸福，看到这些，我们由衷地为他们感到高兴。

前行的下一站，就是我们朝思暮想、多次在梦中出现的"二里半"村了。沿途，我们看到山坡上郁郁葱葱，植被茂盛，整个高原仿佛被紧紧地裹在一件翠绿的外衣中。高原上已不见农作物的踪影，取而代之的是成片的果林。这个季节，正是苹果开始挂果的时候，每只苹果都被套上了一个黄色的纸袋。上千亩的绿色果园，数以万计的黄色纸袋，形成了一道亮丽的风景线。据一直与我们随行的电视台记者介绍：陕北高原日光充足，气候环境和土壤条件都适合种植苹果。这里的苹果个头大，果肉又脆又甜，非常受市场欢迎。云岩镇所有的村庄现在已经全部种上了果树。苹果成熟时，果商到果园里来收苹果，三块钱一斤，有多少要多少，果农每年的收入是很可观的。

车子来到"二里半"村口，眼前的景象让我们感到既熟悉又陌生。这还是"二里半"村吗？那熟悉的窑洞呢？那口涝池呢？眼前是一排排高大的砖瓦房和阔气排场的门楼。大家正在疑惑中，忽然听见围过来的老乡呼唤着我们的名字。啊！这正是我们日思夜想的父老乡亲啊！

亲人相见，热泪盈眶，紧握着手，紧搂着肩，叫着彼此的名字，望着对方的泪眼。还有比这更加感人的场面吗？正在果

❖ 黄土蕴情——我的精神家园

园里忙活的乡亲们听说我们回来了，也都陆续赶回村里。40年前，我们所认识的乡亲，依然能认出我们，并能准确地叫出我们每个人的名字。很多人甚至还能记得我们每个人的特点和爱好。比如：徐蓉蓉爱哭（这不，从进村的那一刻起，她的眼泪还没断过呢），徐少峰喜欢将馒头捏瓷实了吃，吃起来筋道。老知青与老乡们团团围在一起，拥抱在一起，有说不完的话，叙不完的情。

激动人心的相认之后，老乡们分别把我们领到了他们的院子里。很多人家的院里种着苹果树、柿子树，支着葡萄架。树荫下，一辆辆崭新的摩托车、四轮农用车整齐地摆放着，不少人家院子里架着卫星接收天线，一些人家的车库里还停放着小轿车。牛耕地和驴驮水的年代已成为历史。只有圈里养的猪和院里跑着的鸡，才能让人感到这是一个农家小院。进入他们漂亮的房间，屋内的摆设一应俱全，丝毫不比城里人差，"二里半"村的乡亲们真的富裕了。

随后，原房东的儿子手里拿着镰刀一路斩棘砍草，陪同我们来到了当年我们居住过的窑洞。窑洞被草木遮掩，怪不得我们进村时看不到窑洞了呢。这里曾留下知青的青春足迹。站在老核桃树下，摸一摸我们曾经推过的碾子；在老乡院里，坐一坐我们曾经拉过的架子车。看一看老乡保留下来的老式农具，这样样东西，似乎还留有我们年轻时的气息。

晚上，在村长家的大院子里，乡亲们为我们准备了丰富的晚餐。边吃饭，大家边聊着这些年各自的生活，聊着村里的变化。可惜的是，那些关爱和帮助过我们的人已经逝去了。我们最想念的大宝队长也在前几年走了。令人感到欣慰的是，现任

❖ 黄土情

的村主任正是大宝队长的女婿。看着他为招待我们忙来忙去的身影,仿佛当年的大宝队长又出现在我们眼前。

　　吃过饭,来到院中看望我们的老乡越来越多,聊天的话题自然也多了起来。一聊起苹果,老乡们更是眉飞色舞,还在互相打探着:"你家今年套了多少苹果袋?""11万个。你呢?""23万个。"天哪!我估算了一下:一个纸袋套一个苹果,一个苹果少说半斤重,价值1.5元,23万个苹果该卖多少钱呀!这是以前做梦都梦不到的事啊。改革自有回天力,现在,"二里半"村的乡亲们能过上幸福生活,说到底,是党的政策好。

　　夜深了,乡亲们催促我们去休息。来到住宿地方,房东让我们先洗洗澡,解解乏。我们瞪大了眼睛疑惑地问:"这儿还能洗澡?""是啊,我们都安了太阳能热水器,随时可以洗热水澡。""抽到塬上的水不是很贵吗?""不贵,一车水两块钱,一个月也用不了几十块钱。"他指了指院里用大汽油桶改装的水车。由于科技的发展,生活的富裕,村里修建了两个漂亮的蓄水池,两台水泵不时地将清澈的泉水抽到水池中,供村民们随时饮用。看着这清澈的水源源不断地流到塬上,回想着我们当年对水的渴望,不禁让人感慨万千。

　　临走的前一天晚上,老乡们都来到村长的院里,依依不舍地与我们话别。我们又唱起了陕北民歌,徐蓉蓉、刘华为老乡们跳起了印度舞,而村里的民歌手却唱起了京剧。40年后的欢歌笑语声再次飘荡在小山村。

　　第二天早上,乡亲们都来为我们送行。很多人提来了土特产——苹果、大枣、核桃、小米、花椒、辣椒面、干酸菜。大包小包堆成了山。大家眼里都含着离别的泪水。婆姨们更是一手抱着孩子,一手在揩眼泪。二宝,这个当年的壮汉、"摔跤大王",如今成了一位体弱的老人。他手拄拐杖,蹒跚着走来,难过得泪流满面。他嘴角抽搐着,断断续续地说:"你们这次走了,我恐怕再也见不到你们了。"我们说:"不会的,我们还会来看你。"看着他满脸的泪水,我们的眼泪也在眼圈里打转。该上车了,孙怡茹说了一声:"我们给乡亲们鞠躬了!"这时,我们都深深地弯下腰,再一次衷心地感谢曾经关爱过我们的父老乡亲。此时,我们所有的人再也控制不住眼中的泪水,任它肆意流淌。车上车下泪水涟涟;哭声和嘱咐声连成一片。

"再来呀,苹果熟了的时候再来呀!"乡亲们亲切的告别话语,又一次感动得我们泪流满面。

"知青井"水清又纯
涌泉为报滴水恩

抚碑思既往
心田洒甘霖

羔羊跪乳非膝软
水有源头树有根

石碑没有口碑耐
一掬井水万般情

回首黄土地 难忘知青情

李连元

有许多事情，只有亲身经历之后，才能识得其中的真味；有许多诗句，只有用心体会，才能读懂其中的意蕴。就拿贺敬之的《回延安》来说吧，我在上中学时就会诵读其中的一些典句，但现在读来，就别有一种感触。而在体味这种感触时，不禁使我想起了延安，想起我曾插过队的那个小村庄，想起那高天空旷、黄土连绵的陕北高原。我想，这是一种情，这是一种意。这种情意时时在我心中萦绕，我将这种萦绕在心头的思绪转化成文字，曾写过一些追忆插队生活的纪实散文和随笔。作为北京知青与延安联谊会的会长，在我和其他几位知青的主导下，曾举办过两次联谊活动，其中的一些场景和情节感人至深。在北京知青赴延安插队45周年的时候，我不妨将这两次活动的缘起及过程记录下来，也算作是一位老知青，对北京与延安所结下的这份割舍不断的情意的一种真情表达吧。

1999年1月初，原在宜川插队的知青李华松和另外几位"插友"找到我，谈及原在东北、内蒙古、山西插队的北京知青，近期都搞了一些活动，而在延安插队的知青因为缺少一个组织者，什么活动也没搞，他们希望我出面组织搞一次北京知青在延安插队30周年的纪念活动。我一听，觉得这个活动应该搞。一是通过搞这个活动，可以重温插队岁月；二是可以借此机会促进知青与延安人民的联系，为老区建设出把力。第二天，我们就开了一个会，商量这个活动该怎么搞。参加会议的有李华松、王晓建、田援朝、李佐贤、蔡玉珠、彭建、任建华等十几个老知青，他们都分别在延安市的宜川、富县、延川、安塞等地插队。会议经过讨论，决定将活动称为北京知青赴延安插队30周年联谊会，同时推选我为联谊会会长，李佐贤、王晓建为副会长，李华松为秘书长。当时，为了搞活动临时组建了这么一个组织，没想到，这个联谊会一直保留到今天，而且成为知青与延安联系的桥梁。我们在成立联谊会时，定了几条原则：一是参加联谊会完全出自自愿；二是不接受任何商业赞助；三是为知青服务，不谋私利。这些原则至今为联谊会所沿用。

这次活动的时间定在1999年1月23日上午10时，地点就在我们公司下属的一家餐厅，规模不超过500人。

为了搞好这次活动，我们还成立了一个筹备组。之后，筹备组又连续召开了几次会。会上确定让我与延安方面联系，寻求他们的支持。筹备组还进行了分工，确定了每个县的联络员，由他们分头通知参会人员。为了稳妥起见，要求各县要提前上报参会人员名单，并制作胸卡等。

受筹备组的委托，我通过电话将纪念活动的筹备情况向延安作了汇报，在汇报的同时，还提出几点希望：一是希望延安能派一个代表团参加纪念活动；二是选派延安歌舞团的几名演员来表演节目，为活动助兴；三是印制"北京知青赴延安插队30周年"邮政纪念封。这些建议得到延安方面的大力支持。延安派出一个阵容可观的代表团，挑选了延安歌舞团5位演员随团演出，并印制了500个以延安市委、市政府落款的"北京知青赴延安插队30周年"邮政纪念封。

1月22日，延安代表团抵达，我们向代表团汇报了活动的筹备情况，延安方面完全同意。当天晚上，筹备人员赶忙布置会场。会场正中，悬挂了"北京知青赴延安插队30周年联谊会"的横幅，两边挂了一副对联，会场内外，布置得简洁而又不失喜庆。

1月23日早晨8点，我赶到会场，刚下车，就看见广场已经停放了不少汽车。我一打听才知道，这是当时在郑州、石家庄、保定等地工作的、曾在延安插过队的北京知青。由于参会知青开来的车辆太多，周边道路已造成拥堵。正当我为这件事担心时，又有人说北京朝阳交警大队队长陈铎也是在延安插过队的知青，他得知这一情况后，紧急调派了十几名交警，对附近的道路实行交通管制，只有参会知青的车辆可以进入，其他车辆一律绕行。陈铎为联谊会的召开帮了大忙。

上午9时，李华松对我说，来的知青太多，二楼会场根本装不下。我到楼下一看，大厅和广场前全是知青，少说也有上千人。这时，我赶紧召集王晓建、李佐贤、李华松开会，当机立断，决定将联谊会分成两场举行，第一场在上午10时开始，第二场在中午12时开始，并马上贴出告示告知大家。这时，蔡玉珠又向我报告，说事先准备的快餐、纪念封和大会材料已经发完。我们正在想办法时，又有人说，会场附近"麦当劳"餐厅知道这里召开知青联谊会，专门开来一个卖快餐的餐车，这下就解决了快餐准备不足的问题。

由于参加活动的人太多，加之地处北京繁华地带，这些活动也惊动了当地公安派出所，所长带人过来了解过情况之后，也积极为会议的召开想办法，他迅速派来4位民警协助维持秩序。

上午10时，第一场活动准时开始，李佐贤主持大会，我代表联谊会讲话，延安市委副书记忽培元在会上发表了热情洋溢的讲话。之后，延安歌舞团的几位演员演出了精彩的节目。虽然会场略显拥挤，但气氛十分热烈。在第一场活动结束、第二场活动未开始之前，我到楼下转了一圈，发现过去在一个村子插队的知青自离开农村之后，还是第一次相见。大家隔了这么长时间又一次相见，便互相拥抱，问长问短，场面十分感人。此时此刻，大家不管从事什么职业，好像一下子又回到30年前。看到当时那种场景，我感到搞这次活动的意义，远远超过了我们的预期。事实也证明，自这次活动之后，知青与知青之间，知青与插过队的村子之间，又都建立了联系，有的还定期聚会。有些县区，乃至乡镇，也成立了知青联谊会。之后，我们还编写了一个超过千人的知青名录，为大家今后的联系提供了便利。第二场纪念活动从中午12点准时开始，大会程序与第一场一样，场面依然火爆，直至下午2时多，活动才结束。

之后，我设宴感谢延安代表团和筹备组的同志。大家兴致依然很高。席间，延安歌舞团的几位演员还放声高歌陕北信天游。在歌声中，大家频频举杯，共祝延安的未来更加美好。在我们吃饭过程中，还不时有迟来的知青推门进来，询问参加纪念活动的事。

　　这次活动之后，联谊会这个组织依然保留着，而且活动越来越多，先后参加了"延安精神永放光芒"大型展览。这个展览，专门有一个板块介绍北京知青插队的图片，中央电视台对我还进行了采访，并在当晚新闻联播中播出。许多党和国家领导人也参观了这个展览，我代表知青联谊会还在这个展览的座谈会上发了言；参加了刘志丹诞辰纪念活动，会后，国务院副总理邹家华还专门同知青代表合影；参加了延安精神研究会组织的大型活动，多次受到研究会领导的接见；参加了延安市在北京举办的农产品推介活动，并对推介活动提供了帮助。同时，知青联谊会还组织过九场有延安市领导参加的座谈会，还专门派代表团赴延安参加知青林建设，加强了延安与知青的联系沟通，为延安的招商引资、兴教办学作出了贡献。

　　2008年北京奥运会后，我就开始考虑北京知青赴延安插队40周年的纪念活动。因为30周年纪念活动搞得相当成功，40周年的活动怎样才能办得更好呢？我当时想了三条：一是能参加的知青越多越好；二是活动内容越丰富越好；三是最好能留下可作为纪念的东西。本着这三条，我拟定了一个活动方案。这期间，我们遇到最犯难的事情是活动地点的选择。如果要达到三四千人的规模，只能租用一个体育馆，而且按北京市规定，还存在一个审批的问题。为此，我专门去了北京郊区的九华山庄，那里有一个可容纳4000人的会场，租金也比较合适。但存在的问题是，离市区较远，交通不便。正在我们难以决断的时候，刚开业不久的北京延安文化展示中心董事长赵文忠找到我，希望我们把活动放在他那里举办，他表示一定会鼎力支持。但那里会场比较小，最多只能容纳500人。但那里也有不少有利条件：一是有个展览馆，可以办一个知青展览；二是有餐厅，可一次性解决500人的吃饭问题；三是交通条件便利。但是，最关键的是要解决会场太小的问题。这时，我出了一个统一组织领导、各县分头操办的方法。这就是：先搞一个有各县知青代表参加的规格高一点的纪念活动，然后各县分别各搞一场以县为单位的纪念活动。所有与延安方面的联系工作，包括与各县的联系工作，由联谊会统一负责，这样，就解决了会场小的问题。

能办一个知青展览，这是知青们多年来的一个愿望，这恰好也符合北京延安文化展示中心的发展规划，他们已有了一个初步方案，并搜集了不少的照片和实物。在他们提出方案的基础上，我和王晓建经过研究，作了比较大的补充与完善：一是展览内容从以原延安县知青为主，扩展到有插队知青的11个县；二是时间跨度从知青北京启程的1969年初，一直延续到2008年；三是对展览文字进行了重新编写，突出"回首黄土地，不忘延安情"的主题，并将展览名称确定为"北京知青在延安"。为了办好这个展览，我和王晓建会同文化展示中心的同志，连住好几个夜晚在伏案疾书，精心制作。功夫不负有心人，展览大获成功。这个展览共展出照片和实物2000多张（件），内容生动翔实，并在本次纪念活动之后，作为文化展示中心的重要内容将永久展出。近几年，已有数万人参观了展览，其中包括有关方面的领导，大家对这个展览评价很高。这也是当年北京赴外地插队的 30 多万知青中，唯一举办此类题材的永久展览。

赴延安插队 40 周年，是 2 万多名知青值得纪念的事情。既然值得纪念，那么，能不能出个纪念册呢？这是我的一个心愿，也是许多知青的心愿。当时，我正好了解到文化展示中心从延安知青处搜集了有近 2 万人的知青名录。我和王晓建商量，在这个名录的基础上，编辑一本"北京知青赴延安插队 40 周年纪念册"。主要内容有：延安市委、市政府的慰问信；每个县采用一张有代表性的知青照片；延安新风貌照片；知青名录等。这个想法获得延安方面的大力支持，并将此确定为赠送知青的礼品之一。这个想法也获得文化展示中心赵文忠董事长的支持。当时我想，这个纪念册一定要做得有档次，封面采用了浅灰色布面装饰，烫金印字，在封面设计上表现出天安门和宝塔山的图像。经过我和王晓建、赵文忠几次开会讨论最终定稿。第一次印刷 5000 册，之后又加印 5000 册。这本纪念册成为 40 周年纪念活动的一个重要礼物。

在几个人的问题有了眉目后，2008 年 11 月 2 日，知青联谊会召集各县知青代表召开了"北京知青赴延安插队 40 周年联谊会"第一次筹备会议。会议确定，总的联谊纪念会时间是 2009 年 1 月 11 日上午 10 时。各县纪念活动从 2009 年 1 月 17 日开始，会场定在北京延安文化展示中心，每次活动人数控制在 400 人左右。总联谊纪念会邀请的人员为：原在延安插队时期的知青代表；现在各条战线上取得优异成绩的知青代表；各个阶层的知青代表。大会除邀请延安市代表团之外，还邀请了 3 位当年在延安地委、行署担任过主要领导的老同志参加。筹委会还通过了"北京知青在延安"展览和纪念册的制作方案。

这次会议后，我把会议内容向延安方面作了汇报，延安非常重视，立即召开专门会议研究，并要求各县区要配合北京知青联谊会，搞好这次纪念活动。当我把延安方面大力支持的情况向大家传达后，筹委会的同志激动万分、干劲倍增。这次会议确定了参加总联谊纪念会400人的邀请名单，各县区知青代表提出了本县活动的具体时间和活动方案，筹委会还研究讨论了许多具体问题。比如，当时延安方面已告诉我，他们要赠送每个参会人员一本纪念册，两箱土特产，并要宴请大家。这样，我们也要有回赠的礼品。送什么最有意义呢？后来，我提出请我的老朋友、著名书法家罗扬写一幅"回首黄土地，不忘延安情"的书法送给延安代表团，大家一致认为这个很好。另外，赵文忠提出文化展示中心想制作纪念章和纪念邮票，组织秧歌队迎宾，大家也一致同意。最后，大家还排练了一个大合唱，准备在纪念会上演唱。

2009年1月10日上午，延安代表团乘机抵京。1月11日清晨，北京的天气虽然寒冷，但蓝天白云、艳阳高照。上午9时，参会人员陆续赶到，秧歌队扭起陕北大秧歌，舞狮队欢快起舞，迎接各方宾客。会场内外锣鼓喧天，彩旗飞扬，洋溢着欢乐的气氛。大会会场也布置妥当，显示出浓郁的黄土风情，大红横幅上书写着"北京知青赴延安插队40周年联谊会"，背景是延河大桥和宝塔山，两侧是陕北窑洞造型，真有点延安中央大礼堂的味道。上午10时，纪念大会开始，王晓建主持大会，我代表知青联谊会作了发言，延安的领导也发表了热情洋溢的讲话，引起参会同志们强烈的共鸣。讲话结束后，知青联谊会和延安互赠礼品。之后,延安文艺界的演员演了精彩的节目,其中,延安曲艺馆国家一级演员曹伯炎、甄三梅创作的陕北说书《延安来了北京娃》,内容风趣幽默,妙语连珠,大家拍手叫好。延安曲艺馆国家一级演员杨斌唱了一首《毛眼眼》,唱得大家仿佛又回到了陕北。延安歌舞团副团长、国家一级演员王相见的笛子独奏《十里墩》,委婉悠扬,使大家听得如痴如醉。延安歌舞团国家一级演员李海英,曾参加过知青赴延安插队30周年的纪念大会,这次又来慰问,心情自然十分激动,他一展歌喉,唱了一首原汁原味的《东方红》,在会场上掀起了高潮。我们筹委会的同志们也登台表演了大合唱《高楼万丈平地起》。演出结束后,大家走出会场集体合影留念,这张照片很有意义,收录了400多位知青代表的身影。参会同志们还兴致勃勃地参观了"北京知青在延安"的展览。这个展览引起大家浓厚的兴趣,有许多同志在展出的照片中找到了自己,找回了当年插队时的感觉,也勾起了大家的回忆。

　　这次总的纪念活动后,延安各县区知青在同一会场,按照同样的规格,又分别搞了10场联谊活动。由于延安在活动之前,已专门下发文件,要求各县区认真搞好这次活动。所以,各县区领导都比较重视,不仅拨出了专门的经费,而且由县上领导亲自带队参加纪念活动。宝塔区由于知青较多,搞了两场。

　　这次纪念活动共有4000多名知青亲身参与,海内外有十几家新闻单位对活动进行了报道。这次活动弘扬了延安精神,促进了北京知青与延安的联系,增强了知青间的战友情谊,完全达到了我们要搞这次纪念活动的目的,使我们20多位参与活动筹备的同志倍感欣慰。这次活动之所以取得成功，最重要的原因是，延安市委、市政府给予了大力支持，这充分体现了延安人民对北京知青的深厚情谊。在那个特殊年代建立起的这种感情，40年来延续不断，只有陕北老区人民才有这等胸怀！这次活动，也得到了北京延安文化展示中心董事长赵文忠的鼎力相助，提供了各种便利，克服了许多困难，为活动成功举办作出了重要贡献。

　　两次联谊活动已成既往，但活动中的许多场景、许多感人的情节经常浮现在我的眼前。我觉得，为知青与延安的这份历久弥坚的情谊做一些有意义的事，这本身就是对黄土地养育之情的一种回报。同时，对于老知青们来说，也是心灵上的一种慰藉。

一次难忘的返乡之旅

柴 均

2008年10月底,我带领中国国际广播电台——"中外记者陕西行采访团"一行八人,结束了在延安的采访之后,邀请了当年在宜君县五里镇公社崖尧大队插队的知青,一起回到阔别近40年的崖尧村。

我们是经黄陵向崖尧村出发的。从黄陵到崖尧要翻过一座塬,当车子行驶在土桥塬时,公路两旁的风物不断唤醒我们的记忆。塬还是当年的塬,川还是当年的川,但不同的是,以前荒凉的山塬上,如今长满了苹果树、核桃树、花椒树、柿子树。塬那边的崖畔上原来都是土窑洞,现在变成了一排排新砖窑。车沿公路而下,到了川底。这是白河吗?这是我们洒满汗水的玉米地吗?该上塬了,当我们在寻找当年担着担子走了无数遍的山路时,我们的车已驶上了一条柏油路。啊!崖尧村也通柏油路啦!我们不时地喊叫着,眼中的泪水夺眶而出,感染着和我们一起同行的中外记者。

崖尧村到了,到家了!我们一下车,耳边就响起噼噼啪啪的鞭炮声。等候多时的乡亲们一下子就围了过来，他们叫着我们的名字。40年了！他们还记得我们，而我们也努力地从他们每一个人的脸上寻觅他们当年的模样。

"邦劳！"我一边喊着，一边迎了过去。当年老成持重的小伙子，如今已是年近六十的人了。他曾担任了多年村主任，他见到我们后，便分开人群，把来到村里迎候我们的市、县、镇里的领导一一引见。看着这一张张似曾相识的面孔，一时叫不出他们名字。"你是……""我是富贵啊！"噢！想起来啦！这是满堂、水牛。你是芝兰！一位大妈指着烟霞说："这不是那个碎女子吗？"我们相互辨认着、问候着。当年与我们朝夕相处的乡亲们紧紧拉着我们的手！一时间，我们都有些失语，竟不知道说些什么。建国！东红！国防！烟霞！左亭！在相互的呼喊声中，一个50岁的中年汉子来到谭左亭的面前，他恭敬地说了一声："谭老师！我是你当年的学生！"旁边的邦劳对我们说："这是田栓，他现在是村支书。当年谭左亭在村里教书时，田栓还是学生娃呢！"

我抑制着泪水，一边招呼着各位领导，一边招呼着记者团的成员。在人们簇拥下，我们来到一个大院子。只见迎面砖窑的屋檐下，高挂着一条醒目的红色横幅——热烈欢迎国际电台"中外记者采访团"和北京知青返乡。院子里，早已摆好几张大桌子，上面放满了村里产的苹果、核桃。

在欢迎仪式上，县镇两级领导以及崖尧村支书都作了发言。我们回到村里的消息像长了翅膀一样飞遍全村，越来越多的乡亲们来到了会场。我们像久别重逢的亲人一样，互相拥抱、握手，问长问短。那些随行的记者看到这动人的场面，也都为之动容。

这时，一位长者在人们的陪伴下向我们走来，我一看，这就是我们当年的老书记兴顺！

"哎呀，可把你们盼来了，我们一直惦记你们啊。"兴顺高兴地说。

"身体可好，快八十了吧?"我握着老书记的手说。

老书记看着我们，眼睛里溢出了泪水。他虽然老了，但还是那么睿智、沉稳。

这时，一个穿戴整洁、满头白发、戴着眼镜的老人走上前来，他拉着建国的手说："建国！你还能认得我不？"建国拉着他的手，一时竟认不出他是谁。

"我是振荣啊！怎么认不得啦？是我从你手里接的大队会计呀！"

"噢，认得认得。当年的帅小伙而今头发也白了！"

大家围坐了下来，诉说着几十年的离别之情，谈论着村里的发展变化。

乡亲们有坐着的，有站着的，我们愉快地交谈着，仿佛又回到40年前。这场景，将随行的记者们忙坏了。他们跑前跑后地给我们拍照。中国的记者很快就选中了目标，开始挖掘知青与乡亲们之间这40年里的故事。意大利女记者伽布列拉和法国记者吕多都会中文，二人干脆坐到桌子旁，打开录音机，用流利的汉语和老乡们交谈。这些记者似乎对知青上山下乡那段历史并不是太熟，但又从眼前所看到的场景中体会到一种亲情。不懂中文的古巴记者哈罗德在旁边急得团团转，他似乎从中感悟到一些东西，体会到有一种情谊链接了40多年。他吃着乡亲们塞给他的苹果、核桃和红枣。他们在这次随同采访中，也被知青与当地群众所建立起的深情厚谊所打动。

和乡亲们叙过话后，我提议到村里去看看。出了院子，看到村里尽是新修的砖窑。我们在尽力寻觅着当年的旧貌，可已经找不到了。村子里的变化确实是太大了！村主任邦劳一边带路，一边对我们说：从上一个世纪90年代之后，咱们村子都搬上来了，以前的窑洞早就废弃了。

走！去看看我们以前住过的地方。顺坡而下，我们好像还能认出一点过去的老路。到了，这才是当年的崖尧村！那是一排排早已废弃的土窑洞，在沟畔下面的一片平地上，如今已种了蔬菜。20多年前，崖尧人祖祖辈辈就住在这里。我们在的时候，全村没有一孔砖窑或石窑，家家都利用沟边的山崖，自己动手挖窑洞为家。改革开放后，随着农民收入的提高，大家陆续告别了土窑洞，在塬上新箍了一排排既明亮又宽敞的新砖窑。家家户户的院子都很大，还种上蔬菜和果树，出出进进再也不用上坡下坡了。

我们来到插队时住的土窑洞前，我一眼便能指认出哪孔窑洞是女生的宿舍，哪孔是男生的宿舍。看着这些窑洞，当年的种种场景像电影一样，一幕幕闪现在脑海中。回想起插队生活，真让人感慨万千！我们在曾经居住过的窑洞前，纷纷留影纪念。连那些中外记者朋友也不愿错过这难得的机会，加入我们的行列。顺路走去，我们又来到一个稍微平整一点的地方，乡亲们说，这就是当年的学校。看着这荒芜的院落和崖畔塌落的土堆，我们在努力搜寻学校的旧貌。40年前，崖尧村前后三个生产队的几十个孩子，就在这几孔窑洞里开始接受启蒙教育。当时，只有一名教师教着一到六年级的娃娃们。谭左亭来村上插队一年后，受乡亲们的重托，当上了村小学校的老师。"看！那就是谭老师的办公室。"一位乡亲指给我们看当年谭左亭教学办公的窑洞。谭左亭赶了过来，他看着眼前这熟悉的窑洞和院落，眼睛湿润了。

从学校往前，我们看到了一条似曾相识的小路。我问："这是通往川底下的那条山路吗？""是的。"站在一旁的富贵告诉我。

这条连架子车都难以通行的山路，是当年唯一的通往川底的通道。路两边是光秃秃的山坳，还拐了好几个大弯，在弯道上，一说话还有很大的回声，很有戏剧效果。想当年，我们刚刚来到崖尧，村里的孩子们领着我们第一次到川底下玩耍的时候，看见这里奇特的山路，我们兴奋得大声叫喊。那时，我们完全不懂得在这条山路上，我们将要付出多少汗水和艰辛。每年从春天开始，我们就要担粪到川底下去种麦子、种玉米、种糜子，然后，隔三差五地还要扛着锄头到川底下去锄地。当然，最高兴的是收获季节，我们天天经过这里，把一担担苞谷及其他粮食从川底下挑到塬上来。就是这条路，在天旱缺水的季节，村里的水窖没水了，我们和村民们每天都从这条路上走过，走到川底下去担水。如今，这条山路处处布满荆棘和荒草，几乎看不到人走过的脚印。我有些茫然，乡亲们告诉我，现在，这条路已经不用了。

"那庄稼怎么运上来？"

"从公路上用拖拉机一下子就拉上来了。"

邦劳在旁边深有感触地说："现在好了，可是在当年，你们把苦受扎了！"

富贵说："现在春种秋收都是机械化。我家的那十几亩地，收割机来回走几趟，不到两个小时就收割完了。"

乡亲们抢着给我们讲述这些年的变化：现在不用到川底下担水啦，家家都有自己的水窖，镇上说明年就把川下的水给我们引到村里来！那个时候，就和你们城里一样，打开水龙头就能饮水；现在家家都有了沼气，再也不用像以前那样，上山去砍柴了；以前全是驴磨面，牲口不够的时候还要人推，现在全改成机磨了；以前晚上连煤油灯都舍不得点，现在家家都有了电灯、电话、电视机，人人有手机；以前全村连一辆自行车也没有，现在许多人的家里买了汽车……

我们一边看着，一边听着，我们为农村的变化而高兴！为乡亲们摆脱了穷苦生活而欣喜！

看完了旧村，我们又回到塬上。"走，到我家去看看！""也到我家去看看！"乡亲们一个个向我们发出了邀请。我们分头行动，进了东家门，又入西家门，衣服口袋里装满了核桃、大枣；手里捧着红彤彤的苹果。看到那一排排宽敞的砖窑，一座座整洁的院落，一畦畦绿茵茵的瓜菜，特别是家家院子中都有一个十几米见方的玉米床子，上面堆满了黄澄澄的玉米。我们纷纷跑到粮食垛前，捧起玉米拍照。邦劳自豪地说："现在哪一家的粮食产量，也抵得上过去10家人打的粮。"看到家家都有那么多的玉米，意大利记者伽布列拉说："这里的物产太丰富了，这块土地太神奇了！"她拿起两个黄澄澄的玉米棒子，礼貌地问道："可以送给我吗？我想分享你们的快乐！"村民们听了高兴地说："多拿些！多拿些！"面对乡亲们的热情，伽布列拉深受感动，她动情地说："我在中国已经生活了十几年，我到过中国的不少地方。但这次我真正了解了中国农村。在这样偏僻的地方，农民的生活都发生了这么大的变化，我真的感到惊奇。特别是我看到每一个农民脸上都洋溢着幸福的笑容，从他们的笑容里，我体会到他们的幸福与自信。"

来到邦劳家，他家的桌子上居然有一台电脑，这是政府给村里配的电脑，是来为农民提供农业信息服务的。村里的广播站也设在他家。现在，村上有事，打开广播就行了，再也不像过去那样，有点事，队长就站在村头使劲喊。随行的古巴记者哈罗德是古巴电视台的著名主持人，这个时候，他马上在话筒前用西班牙语来了一段即兴报道；更精彩的是谭左亭用陕西话表演了一段当年调侃宜君广播站播的天气预报："今天和明天都是白天……"他的调侃把大家都逗笑了。

来到满堂家，他拿出自己种的老旱烟，递给了建国，"来，尝尝这个，比纸烟劲大多了。"

来到当年的房东水牛家里，他家墙上的镜框里还挂着一张40年前建国在延安宝塔山下照的照片。他拿下来说："我一直保管着这张照片，不让孩子们动，怕弄没了。"

我们又来到当年的另一个房东应考家里，他拿出我们当年担水用的水桶和绳子说："还认得这些东西吗？我一直把它们保留着，是个念想。"

张坤和媳妇，还有女儿女婿一大家人，都在院里等候着我们。"你们来了，连在家里吃顿饭的工夫也没有。我都把饭菜给你们备下了。"张坤热情地说。

我们走进乡亲们的每一家，看到他们把家里收拾得整洁明亮，炕上有整齐的被褥，屋里有大衣柜，电灯、电话，还有茶几沙发。过去家徒四壁，缺吃少穿的穷苦生活一去不复返。40年的发展真是突飞猛进！

已过响午，村干部提醒我们该回去吃饭了。然而，沉浸在对当年岁月回忆中的我们哪有心思用餐。在乡亲们的拉扯下，我们又看望了几位当年的乡亲，直到午后，才和县、乡的领导及村里的乡亲一起坐下来吃饭。

这是一顿分别了几十年后的聚餐。为此，崖尧村还请了专门的厨师，村里的媳妇们都来帮忙。村支书的大院里，就像农家办喜事那般热闹。餐桌上有五里镇酒厂生产的最好的地方名酒——大西北酒；有宜君县生产的核桃露，村里还杀了一头猪，有村民们自己种的蔬菜。仅从餐桌上就可以让人看到，农民生活水平有了大幅度的提高。老乡们告诉我们，现在的日子，过去可没法比。

张东红拿出从北京带来的中华烟一一递到村民手中。2007年，他们全家到延安旅游，他带着妻子、儿子和儿媳来过一次崖尧村，受到乡亲们的热情接待。这次来，他把当年插队时的黑白照片放大，连同去年与村民合影的彩色照片，集为一册，让大家欣赏，村民们争相传阅，爱不释手。

这时，柴国防从包中取出一条烟和一盒茶叶递给邦劳，并向大家说他是来"还账"的：插队时，有一回在沟里挖地，张东红一不小心把镢头砍到了他的脚背上，顿时血流不止。当年，不满20岁的邦劳二话没说，背起他一口气从沟里背到塬上，送到五里镇去紧急救治。在医院里，国防对邦劳说，我一定要买一条"羊群牌"香烟感谢你。可那时年龄小，说过也就忘了。离开崖尧以后，每当想起这件事都让他懊悔不已。这桩心思也让他牵挂了几十年。他想有一天回到崖尧，一定要给邦劳"还账"。当国防把烟和茶叶递到邦劳手中时，在场的人深受感动。

当年，村民们吃的黑糜子馍见不到了，当年家家饭桌上的"主菜"——水拌辣椒面和咸盐也不见了。看看这满满一大桌的凉菜和热菜，还有软糜子红豆包和油炸糕，这可是当年只有过年才能吃得上的好东西。在压荞面饸饹的床子前，围拢了一大堆人，意大利女记者伽布列拉为压饸饹的场面还录了像。张东红还是那么大的饭量，吃完一碗，又要了一碗，我们都看着他笑。他打趣地说："这么正宗的饭，到哪儿去找啊？"我知道，这一切都是乡亲们为我们特别准备的。但当年我们在插队时，这样好的饭菜，我们恐怕连想也不敢想。记得有一次和老乡们一起聊天，他们还问我们：国宴上是不是吃鸡蛋挂面？是不是能放开肚往饱吃？

当大家开始频频举杯的时候，法国记者吕多拿着一瓶酒走到我面前说："这瓶酒是我从法国带来的，离京前，听说这次要到你40年前曾经生活过的农村去，我就对这次采访充满了幻想。我特别想到中国的农村去看看，因为我也是一个农民的儿子。这次我专门带来了这瓶酒，希望能用法国的礼节向在座的每一位客人敬一杯。"我听了吕多的话后，先是惊奇，再就是为他能这样有心而感动。村里的很多人还是第一次近距离见到外国人，喝真正的法国酒更是一件稀罕事。吕多走到每一位客人面前，先是礼貌地倒上一小杯酒，然后教给他们如何在自己手的虎口上倒上一点点盐，舔一下，再喝一小口酒。老乡们都很新奇这种奇怪的喝法，纷纷效仿，一时间，笑声掌声此起彼伏，让人感到就像是回到自己家里一样。

这时，张东红站了起来，他向满堂说："有一件事在我心里憋了几十年，我要向你道一声歉。"看到大家一愣，他又接着说："当年，我们刚来到村里，听到很多风言风语，说满堂经营村里的小卖部账目不清。那时刚出校门，又在那个阶级斗争天天讲的年代，便不分青红皂白就把满堂告到了公社，给满堂造成了伤害，对此我一直很内疚。"说到这里，他的泪水从面颊上流了下来。满堂还是那么平稳、沉静，一挥手笑了笑说："不说啦！不说啦！不是个事儿。"你让我说完，东红动情地说下去："就是你的这种大度、包容，深深地教育了我们。满堂当年没有因为这件事对我们有什么芥蒂，对我们还是那么关心、呵护。为此，我代表我们全体知青，向你和乡亲们表示衷心的谢意，敬你和大家一杯酒。"在场的人听了此话无不为之动容，都纷纷举起了酒杯。

饭后，我们几人应邀来到后村的振荣家。振荣当年是村里屈指可数的文化人，与建国相交甚笃，能在一起谈天说地。当年，建国是村里的大队会计，他离开崖尧后，振荣接替了他。到他家后，振荣拿出早已备下的几瓶好酒，要他带上，建国解释说坐飞机不能带，他又说："不能带的话，那咱们再喝上几杯。"建国说："好！倒上，为今天的重逢，干了！"倒上酒，振荣说："想当年，穷啊！哪有酒喝。那时，我请你喝点酒，一个小酒壶，几钱的小酒杯，你喝、你喝，让来让去，舔一点点，舍不得，惭愧啊！"建国忍住泪说："来，为今天的好生活，干了！"

◈ 一次难忘的返乡之旅

随同一起来的意大利女记者拍下了这动人的场景，然后，她就和振荣交谈了起来。振荣不愧是几十年的老村干，向她介绍起改革开放以来农村的变化，介绍党的"三农"政策，讲得头头是道。

很快到了分手的时候，我们依依不舍地又在振荣家的窑洞前合影，又喝了几杯道别酒，返回村里。

到了村口，送行的乡亲们一下子就把我们围住。有人拿着核桃和红枣往我们的包里塞；有人拿着苹果往车上装；有人拿着磨好的荞麦面递到我的面前，不知是谁还抱来了几个大南瓜……

此刻，多少人的眼泪在眼眶里转。千言万语、万语千言，叙不尽的离别情。

车儿你慢些行，让我和乡亲们再道一声珍重！

崖尧村的乡亲们：感谢你们陪我们度过那个艰苦的岁月，让我们在这里经受了锻炼，学会了思考和生活……

泪水啊，莫把我的眼睛挡住了。崖尧村，我的第二故乡，我们还会回来的。

◈ 黄土蕴情——我的精神家园

情满圣地

银　笙　葆　铭

梦里每迷还乡路　今日又见宝塔山

对于回延安考察的这 100 多名曾在延安插过队的北京知青来说，留在他们记忆深处的是 1969 年那个多雪的冬天，以及初到陕北时沿途所看到的盘山公路与萧条的村庄。

像当年迎接他们来延安插队一样，延安的父老乡亲将阔别后的思念酿成一坛醇香的老酒。

1994 年 7 月 20 日，火车汽笛的一声长鸣，割断了关山的阻隔，使知青们与延安父老乡亲重新团聚的梦想得以成真。

回归的不仅仅是他们，他们还带着自己的子女，像游子思念家乡那样，急切地想投入母亲的怀抱。

依然是鲜花、是锣鼓、是激越的鼓号所构成的欢迎场面；依然是一张张质朴的笑脸，是一声声亲切的问候。当百名少年儿童将 100 束鲜花系在这些老知青的胸前时，当知青们看到鲜花的飘带上书写着"延安人民永远欢迎你"的字样时，他们都动情地哭了。

永远表示着永恒。黄土地博大的胸怀可以容纳一切，尤其是对于曾在这块土地上流过汗、流过血，曾为改变这块土地的贫穷和落后而辛勤耕耘过的人们，黄土地将会永远记住他，会把他们的名字编织在民歌里，让陕北父老将这歌谣世世代代唱下去。

延安地委和行署对北京知青考察团回延考察十分重视。正像欢迎词中所说的那样：延安的父老乡亲永远不会忘记知青。是他们把知识和文明带进了偏僻落后的小山村，是他们给闭塞的黄土地带来了生机和活力。延安不仅因为养育了一代"老延安"而誉满全球，也因为是两万多名北京知青接受"精神洗礼"的地方而值得骄傲。

宝塔山又一次点亮了璀璨的灯火。7月21日晚，当延安决定将欢迎考察团的联谊晚会放在宝塔山举行时，知青们激动万分，欣喜若狂。他们登上宝塔山之后，做的第一件事情就是在塔前照一张相，让延河水和宝塔山再一次与自己连接在一起。尽管镜头里所出现的人已经不再是当年那个留着平头的小伙，不再是扎着羊角辫的那个面带羞涩的姑娘，但是，他们感到青春无悔，他们觉得人生之中，能当过一回"延安人"，他们一生将会活得很充实。

歌声抒发着思念，释放着激情。站在宝塔山上，知青们引吭高歌，他们要把对延安的思念，对延安父老乡亲的牵挂通过歌声唱出来。难怪当朗诵贺敬之的《回延安》时，台上台下形成互动，大家一起诵读"千声万声呼唤你，母亲延安就在这里"的感人诗句。张代书是考察团中年龄较大的一位，她是印尼华侨，后到黄陵县插队。这次重回延安，她激动万分地唱起印尼民歌。好几个知青因为白天奔波，晚上与乡亲们夜谈，声音都嘶哑了。但他们还是走上台前，唱起了在陕北学会的信天游和民歌，引得掌声像涟漪一样涌向延安的夜空。

"梦里每迷还乡路，今日又见宝塔山"。还乡的山路而今已拓成了宽阔的大道；梦里的山路只能去做记忆的底片。九级宝塔依然屹立在嘉岭山巅，那塔身像一只高大的桅杆，桅杆上曾悬挂过知青们的理想风帆。尽管岁月不居，流年似水，但宝塔山和延河水依然能唤起知青们对青春岁月的回忆。

相逢共话两地情　喜看延安换新颜

也许是艰苦岁月中的老延安，给这些知青留下太深的印象，以致使他们一提起延安，就会想到老黄风、酸菜缸和山崖上的土窑洞。

"我刚来延安时，见到最宏伟的建筑就是矗立在延安十字街口的那座'品'字形医药大楼。"曾在延安插队，而今是中央统战部综合处处长的关岳泓在知青回延安考察座谈会上动情地说："延安是我生活的起点，具体来说，我是在延安县贯屯公社开始走向社会的。是延安的父老乡亲教会了我如何生活，如何克服困难。我在延安人身上学会了吃苦耐劳，学会了忍辱负重。有了延安这段生活来垫底，今后无论走到哪里，遇到怎样的艰难困苦，我都能对付得了。"

出语亲切、感人肺腑。在延安插队和工作时，被人们称为"小关"的关岳泓说出了知青的共同心声。俗话说："咬得菜根，百事可成"。延安是让这伙"北京娃"咬"菜根"的地方，首都北京以及祖国各地是他们"成事"和大展宏图的地方。黄土高坡的寒风吹皴了他们的皮肤，延安的荒山深沟磨砺过他们的双脚，但这寒风、这荒沟，也为他们积蓄了一笔弥足珍贵的精神财富，这财富，将会让他们受用一辈子。

热情的话儿万言不赘，舒心的酒千杯不醉。在欢迎知青回延考察的座谈会上，延安的领导将延安经济社会的发展情况向知青们作了介绍。许多知青在听到延安发展变化的喜人景象时，欣喜之情溢于情表。当年曾在黄河沿岸插过队的几位知青凑在一起说："延安的变化真不小。我们插队的时候，一天挣的工分还不值两毛钱。"现在，延安变了，变得山绿了，水清了。许多知青抽空在延安的街市上转过之后感慨地说：除了宝塔山的位置没变之外，延安的其他地方已经变得让人认不出来了。

是的，延安变了。餐桌上再没有高粱米和窝窝头了，出门走亲访友不用再骑毛驴了。咔叽布和条绒布已经成了昨日的记忆，北京有的东西延安也不缺了。

是的，延安变了。变了的不只是市容、是街道、是姑娘们所穿的衣衫，而更重要的是思想、是观念、是改革大潮注入人们心中的市场经济意识。许多知青在考察间隙爱到延安的街市上走走，当他们看到从宾馆门口一出来就是沿街的商铺和高大的广告牌时，无不感慨地说：整个中国都在变，延安也不例外呀！

山城涌来现代潮。现代是过去的延伸，过去是现在的历史。延安人民永远不会忘记，延安能有今天的发展与变化，与北京知青的贡献是分不开的。

乡亲对我最情真　桃子西瓜宴故人

　　许多年前，在延安插过队的北京知青梅绍静，用信天游的形式写过一首脍炙人口的长诗，其中有"踏遍了黄土吃遍了草，我也是你怀里的羊羔羔"这样感人的句子。

　　毋庸置疑，知青们与延安的感情是深厚的。因为这里是他们的第二故乡，是他们魂绕梦牵的精神家园。

　　"我的心儿在高原，我的心不在那里"。盛夏的原野鼓荡着闷热的山风，仕望河又迎来了自己的儿女。7月22日，考察团的全体成员分别要回到自己当年插队的地方，宜川的16名知青在聂新元的带领下又踏上了回归的征途。

　　鼓声又起，那是丹州人民为了迎接自己的亲人将胸鼓又敲了起来。当知青们回宜川考察的消息传开之后，许多人便纷纷赶到县招待所来看望知青，看望这些当年被他们亲切地称为"北京娃"的故乡游子。

　　相逢何必曾相识，见面未语泪先流。曾在宜川云岩插队、现任北京中医医院院办主任的阎伟，在回宜川的路上，还念叨着一定要见一见当年曾与她在一个窑洞里住过的那位回乡青年。没想到她还没到县城，她想要见的那个人早就在招待所的门口等待着她。多年的阔别一朝相逢，激动的泪水顿时挂在两个人的脸上。

　　由付周亮带领的黄陵知青队在回黄陵视察时，先到达的地方是桥山黄帝陵。他们一行九人，买了香纸，在祖先的陵前烧

◈ 情满圣地

纸焚香,让那袅袅升腾的青烟,来表达曾在沮水河畔插过队的知青们对先祖的敬仰。

"大漠高原一麓尘,白云青岫两地人。关山万里孰为客?路是家乡脚是根。"当罗燕军一行19人回到了延安时,将这首七绝诗赠送给当地政府。这简短的28个字,言近意远,表达出知青们对延安这块土地的眷恋。

南泥湾的稻田里又倒映着知青们的身影。罗燕军,这位当年在知青中享有盛名的老大姐,今天又回到南泥湾村。从北京起身时,她拎着大包,背着小包。她说是南泥湾的土地养育了她,她欠着南泥湾老乡太多的情。她要回来看看,要向南泥湾的父老乡亲说一声:我永远是南泥湾人,我生命的根扎在这里。

枣园村的新老村长似乎对知青们的到来已经等待了许久。老支书雷治富一听"娃娃们"要回来,一大早就来到村委会的办公室。没等到知青们叫他一声"老支书",他先指名道姓地将这些"娃娃们"的名字一个个地叫了出来。

回枣园探访和考察的共有三名知青。宋小明是中国文联的一名作家,他和刘全兴都在枣园村插过队。故地重游,二人颇多感慨。面对枣园村的发展与变化,他们感到欣喜。正像宋小明为延安所题写的那首七绝诗中所写的那样:关山万里孰为客?路是家乡脚是根。小明和全兴觉得,对于延安来说,他们不是客人,而是主人。

王建华也在枣园插过队。这次回延安考察,他有一种回归故里的感觉。他领着女儿,在他曾插过队的温家沟走了一遭,并在他住过的窑洞前照了相。这位长得很壮实的知青,有一种乐天性格。他一进老乡家，就将上衣脱掉。他说他插队时，整个夏天都光着膀子，后来成了习惯，穿上衣服就感到难受。

与其说这是一次组团考察，倒不如说这是一次回访。无论是在宜川、在安塞，还是在黄陵，在所有知青插过队的地方，当地的群众都像当年迎接中央红军一样，拿出刚从树上摘下来的鲜桃，拿出刚从地里摘来的西瓜，拿出新鲜的玉米和知青们多年没吃到的荞面来款待他们。其情殷殷，其意也殷殷。知青们与陕北父老结下的这段亲缘无法割舍。

莫道相聚时日短　联手共奏振兴曲

也许是阔别得太久，使得相聚的日子就显得格外短暂。

考察团回延考察前后只有八天时间，这八天对于许多人来说好像只是一瞬间。

考察是一种了解。让知青重返延安来了解延安，是延安各级领导思想开放的一种体现。这次，延安邀请知青考察团，除了让他们重游故地、加深对延安的了解之外，还有更深一层的意义是，要进一步加强北京与延安的联系，通过知青，在北京与延安之间架起一座友谊的桥梁，为延安经济社会的发展创造更好的外部条件。

一饭尚铭恩，何况数年的养育之情又怎能让人忘却。知青们没有忘记延安，他们时时刻刻关注着延安，思念着延安。多年来，这些吃过延安的小米饭、喝过延河水的知青们不遗余力地为延安的振兴献计献策，为老区的发展尽心尽力。本次回延考察的知青中，有许多实业家和企业家。他们有的是带着项目来的，有的是通过考察之后来选定项目的。他们每个人都是投资者，这种投资有物质性的，也有精神性的。因为黄土地里蕴涵着他们太多的情，有着他们深深的爱。

任正刚，这位曾在河庄坪插过队，现任武警总队副局长的知青，虽然他离开延安已经多年，但一直关注着延安的发展。在这期间，他先后十多次回延安考察，为延安的发展建设进行投资。

董汇斌，这位曾在延安皮革厂当过副厂长的老知青，而今是中央工艺美术学院的一名处长，并兼任艺术开发中心总经理。在与延安举行座谈时，他真诚地表示，支持延安的发展，是知青们责无旁贷的义务。我愿意发挥自己的所长，整合各方面的资源，为延安经济社会的发展尽绵薄之力。

事实上，本次考察团在到达延安的当天，团长聂新元在接受采访时就说：支持延安发展，是我们这些老知青的共同心愿。我们愿和延安的父老乡亲一同努力，把延安建设得更好。

是的，应邀回延安考察的知青毕竟是少数。延安对于所有的知青来说，是他们心向往之的第二故乡。从这个意义上来讲，他们早就与延安的黄土地，与延安的父老乡亲融为一体。

相见时难别亦难。这次考察团回延考察的日程是短暂的，但意义却是长远的。"两情若是久长时，又岂在朝朝暮暮"。延安——北京，北京——延安，通过这次考察回访，两地的感情纽带将会越系越紧，友谊的桥梁将会越拓越宽。

"身长翅膀脚生云，再回延安看母亲"。亲爱的知青们，延安人民永远将你们视为自己的亲人。愿你们勿忘延安、勿忘黄土地，愿你们常能回家看看，这里是你们的精神家园。

❖ 黄土蕴情——我的精神家园

我的"知青基因"

毕 昆

两年前的一个夜晚,曾在陕北插过队的几位"插友"又相聚在一起。大家听说北京延安知青联谊会要编《从黄土地走出的北京知青》一书,想通过老知青的追忆,来叙写他们离开延安之后的生活轨迹、心路历程、工作业绩以及与陕北父老的深情厚谊。

望着眼前的几位"插友",让我想起了在陕北插队的岁月。从他们眉宇间流露出的神情中,我依稀又看到我们这一代人青春的身影。有一句古诗写得好:同学少年都不贱。看着眼前这几位当年的"同学少年",让我领悟到:当年赴陕北插队的知青,其人生轨迹各有不同,所取得的工作业绩有大有小。但他们自从离开陕北之后,不管从事什么工作,处于什么职位,依然像当年插队时那样,默默耕耘,甘于奉献,从而使人生有了新的收获。来陕北插队的知青中,有的成为党和国家领导人,有的成为政府部门的领导,有的成为专家学者,有的在平凡的工作岗位上取得了良好的业绩。这些知青的人生之所以能够

◈ 我的"知青基因"

"出彩",是他们有着一个共同的理想信念,这种理想信念并不是与生俱来的,而是在人生历练中渐渐形成的。这种理想信念里,有一种被我称之为"知青基因"的东西,这种基因,似乎在陕北插过队的知青身上才能够找得到。

我身上"知青基因"的积淀和形成,与我的插队经历,与我参加工作后相识的几位知青朋友有一种密切关联。我曾写过一些纪实散文和随笔,对青春经历、对插队时度过的苦乐年华进行了深情的追忆,这里就不再赘述,单说我上大学及参加工作之后的事。

一

1977年秋天,恢复高考的消息在知青中引起了不小的反响。上大学,重新走进课堂,完成高等教育,这是多少知青心中的梦想!"文革"十年,曾使这种梦想破灭,如今,昔日的梦想又有机会得以实现,这怎能不让知青们激动万分、跃跃欲试。

然而,考大学对于我这样一个说来算是初中生,可实际上只上了6年小学,勉强读完初中一年级的懵懂青年无疑是一个挑战。现在,要通过考试上大学,首先要在有限的时间里,学完初中到高中的课程。不过,再苦再难,我也要试一试。我之所以敢试,这与我人生的经历有关。

我在宜君八丈塬插队期间,凭着一身好苦水,得到了村民们的认可,并被评为"学习毛主席著作积极分子"。插队不到两年,我就被选派到县革委会工作,一干就是7年。当然,这

❖ 黄土蕴情——我的精神家园

样的经历与能否考上大学没有直接关系，但是，也不能低估这段工作经历对我人生改变所产生的影响。记得当年，宜君县革委会分南北两个院子。在这两所院子里，聚集了一个知青干部群体。他们学识渊博，才思敏捷，激情洋溢。他们身上，既有北京人的豁达、大气和乐观，又有黄土地滋养出的质朴和真诚。他们在工作中搞调研、写材料；工作之余，读书学习，还有人填词作赋，写抒情诗。有时，他们拿出自己的新作，高声朗读，让大家赏评。每逢假日，他们在窑洞中小聚，集体背诵《岳阳楼记》、《滕王阁序》，唱《喀秋莎》、《红莓花儿开》，我被这种氛围所感染，对他们的才华啧啧称奇、羡慕不已。也正是在他们的影响和带动下，我开始了读书学习。

1972 年到 1974 年的三年，我被抽调到庙山筹建战备微波站。在这三年间，我通读了范文澜的《中国通史简编》和《中国近代史》，并做了详细的笔记；还读了许多文学作品，尤其是《唐诗三百首》、《李太白诗集》是我的最爱。记得，庙山海拔高，空气新鲜。每天早晨跑完步，我站在山上，面对群山和初升的旭日，高声背诵，着实背了不少古典诗词。1975 年初，我回到县城之后，找书的渠道也多了起来。同学之间相互传阅，有时还能看到内部读物，不知不觉，我也有了尝试写作的冲动。于是，我练习写小说、写电影剧本。还有一些同学给我以指导，使我受益匪浅。

在宜君九年，我有幸认识了这么一批"插友"和同学。在他们的激励和引领下，我励志奋发，刻苦学习，使我有信心去报考大学。经过三个月的刻苦复习之后，我终于考上了西北大学经济系。

◆ 我的"知青基因"

1978年3月,我离开了宜君。从16岁到25岁,这九年的青春岁月对我来说,既是一段苦难浸泡的生命历程,又是一段获取人生滋养的美好时光。

二

西北大学在当时来说,是西北地区的最高学府。它成立于1902年,在110多年里,为国家培养出大批人才。

当我走进西大校园时,我似乎意识到,人生命运的转折开始了,生命交响中的新乐章开始演奏了。

大学生活让人感到紧张而兴奋。在开设的近30门课程中,大部分课程对我来说都不算太难,只有英语和高等数学着实让我下了一番苦功。

凡与经济学相关的课程,我的成绩都不错。我参加大学生学术讨论会,三年级时撰写了《社会主义条件下劳动力商品性刍议》,发表在学校第一次出版的《西北大学学生论文集》中,郭琦校长给予较高的评价。

上大学时,除了寝室、教室,我去的最多的地方就是图书馆。我在那里看书,查阅资料,也借阅了一些中外名著和科技读物,甚至连《圣经》、《古兰经》我也要研读一番。

那时,同学们学习都很刻苦。77级,被十年"文革"耽误的、被恢复高考选拔上来的一代精英,从内心深处都十分清楚这四年的大学生活对他们意味着什么。

我们班出了三位全国知名的经济学家,这在全国高校是一个奇迹。其中两位与我同寝室。一位是刘世锦,从事宏观经济

黄土蕴情——我的精神家园

研究；另一位是我的下铺魏杰，清华大学教授、博导。还有一位是隔壁寝室的张维迎，博导，他们的共同特点是天资聪慧，极其刻苦。

三

大学毕业后，我被分回北京——中国电力科学研究院动能经济研究所。离开北京13年之后，我又回来了。

因专业不对口，加之这个行当亦非我喜爱，1984年，我调到《北京日报》做了记者。从编辑、记者，到部门主任、报社编委，后被任命为《北京娱乐信报》社长；职称从中级到高级，级别从处级到副局级，也算是不断有进步吧。

我为什么有这样的人生"正"轨迹呢？

我在《宜君，我永远的精神家园》一文中写道："就是这片土地，苦我心志，劳我筋骨，饿我体肤；就是这片土地，长我躯体，铸我灵魂，励我奋发；就是这片土地，让我体味了人生的艰辛，看到了中国农村的真实现状，看到了农民兄弟的淳朴与善良。在这里，我道德之树的幼苗，吸吮着大地母亲的精神滋养；在这里，我对人生的价值取向作了正确的匡正。"

这不是诳语。在宜君九年的插队和工作经历，让我懂得了一些最浅显也是最深刻的道理。比如，你不劳动、不付出，就没有收获，就吃不上饭；比如，要让庄稼长得好，就得要精心培育；比如，人要有出息，就必须读书学习；再比如，有几分耕耘才会有几分收获，不要有非分之想。还有，要知恩图报，要真诚地对待天地万物、对待每一个人。这是最浅显的道理，可也是最大的道理。大道理要用心去体会,因为它决定着人生的大方向。

  在北京工作的 30 年间,我也曾遇到许多困难和挫折,但我都挺过来了;我也有过顺达、得意,但我总能保持低调不忘形。这一切,都是依赖在陕北形成的"知青基因"。正是因为我身上有这种基因,因此,我要感谢陕北、感谢延安的黄土地。正是那里的山、那里的水、那里淳朴的民风培育了我的身上的这种基因,这基因,是我宝贵的精神财富。

◈ 黄土蕴情——我的精神家园

寸草春晖

张小建　冯　军

志丹县双河公社，因周河与洛河在此流经，故名双河。

我们来双河插队的那年冬天，天气非常寒冷。我所在的生产队名叫向阳沟，光听地名，充满了诗意，充满了温馨，实际上，向阳沟的冬天格外冷，那种冷，已经成了我们对向阳沟的一种集体记忆。

与延安其他各地插队的北京知青一样，到向阳沟插队的知青，把自己的青春汗水挥洒在这片土地上。他们在插队期间形成了正确的人生观和价值观，以至在离开向阳沟之后，能够在更广阔的舞台上，演绎出自己精彩的人生。

40年后，这批返回京城的知青依然惦念着向阳沟的父老乡亲，他们想方设法为山区的教育事业作贡献。而创立并实施"助学成才"奖学金，是老知青们回报乡亲们当年的养育之恩，了却了他们回城后为第二故乡再尽微薄之力的心愿。

此事缘起于2004年10月，当20名知青重返向阳沟时，看到过去被称为"山保安"的荒寒之地已发生了翻天覆地的变化，大家心里都非常高兴。但走进村民们家中，在与他们拉家常时，知青们了解到：虽然大部分村民已解决了温饱，但仍不富裕。当年，就是这些乡亲们，在极其困难的条件下，用周河水、用小米饭把我们养育。但苦于我们这批知青都是工薪阶层，财力有限，也无法帮助他们走上富裕之路。这该怎么办？当看到几位有见识的乡亲拉住知青的手动情地说："当年，是你们为我们这个穷山沟带来了知识，让我们开了眼界。现在，我们的孩子都想和你们一样，能用知识来改变人生的命运。"乡亲们的热切期望，使知青们茅塞顿开。于是，一项为向阳沟新一代造福的"助学成才"计划在这一刻萌生了。

回京之后，许卫、冯军等几位知青先后来到小建家一起商议。大家觉得：用一次性捐款的方式来解燃眉之急，还不如从长计议。正所谓："授之以鱼，不如授之以渔"。于是，知青们创立了"助学成才"奖学金，通过奖学金的方式来资助向阳沟的年轻一代上大学。此举的意义非同小可。向阳沟就形成学文化、学技术的风气，因为只有这样，才能让向阳沟的群众，从他们的下一代开始，彻底斩断穷根。于是，在繁忙的工作之余，众知青倾注心血，共同制定了《向阳沟北京知青助学成才奖学金章程》，起草了《北京知青致向阳沟乡亲们的信》，并确定了相关环节的负责人。这些在各自工作岗位上整天忙碌而且分散多年的知青们，为了向阳沟孩子的明天，又重新聚在一起，找到了当年同甘共苦、并肩战斗的感觉。

2005年五一节，原向阳沟大队的20多名知青聚会，正式开始为助学金项目捐款。他们中有教师、工人、医生、干部、企业负责人；在外地工作的知青也托亲友送来善款，几位已办退休的老知青也闻讯赶来，把自己的退休金献上。此时，一沓沓带着体温、饱含深情的钱款从知青手中汇入了"助学成才"档案袋；一句句祝福的话语在和煦的春风中得以传送。"钱不多，但表一份心意！""快给考上大学的娃娃们寄去！祝娃们早日成才！"知青们语出肺腑，用他们的爱心来回报孩子父母当年对他们的关爱。

谁言寸草心，报得三春晖。"助学成才"这朵爱心之花在春风里绽放。按照《奖学金章程》，原向阳沟大队村民的后代，考入大学本科的一次性奖励2000元，考入专科的奖励1500元。接下来，知青们对向阳沟第一批考入大学的何美芸等5名学生兑现奖学金，并于2005年5月6日全部寄出。

"鸿雁传书表情意，山丹花开十里香！"当考上大学的孩子们收到奖金与贺信时，激动万分。村民陈兆祥，当年曾与知青们一起在向阳沟战天斗地，摸爬滚打，彼此结下了深厚的情意。他的孙女陈春梅考上了宝鸡文理学院，因家中经济困难，孩子的父母无法筹集到学费，便想让孩子放弃上学。2000元"助学成才"奖学金寄到他家后，陈春梅连夜给知青写了一封信。在信中她说："这笔钱不仅解决了我下学期的生活费，对我在精神上也是一种鼓励。我要珍惜上学的机会，用优异的成绩来回报北京的叔叔阿姨对我的厚爱！"胡海芳的孙子张保宁考上延安大学，在知青的帮助下，他奋发学习，成绩优秀，两次荣获学院的"二等奖学金"。胡海芳看到自己的孩子这样有出息，也让他马上给知青们写信表示感谢。他还动情地给孙子讲述当年知青插队时的故事。教导保宁要向知青叔叔和阿姨学习。夜深了，老人戴上花镜，伴着周河的流水声，在灯下为知青们绣出一双双鞋垫。这一针一线中,有一种"慈母手中线,游子身上衣"的温暖,表达出的是向阳沟几代人的一片深情!

俗话说:帮人帮心,浇树浇根。知青们助学的义举,正在改变着向阳沟新一代人的命运。李正孝的孙子李文隆考上了重庆社会工作职业学院,接到奖学金,李文隆的妈妈高兴得逢人就说:"这些北京娃娃咋就这么好。他们在我们村上受了罪,吃了苦,直到尔格还把我们挂在心上。"她连夜做了几双陕北的"千层底"鞋,寄给远在北京的知青以表达她的感激之情。王玉斌、赵占芳等家长,用大红纸写了感谢信,有的家长炒了南瓜子寄往北京。这一双双绣花鞋垫,这"千层底"的便纳鞋,这香喷喷的瓜子,红格丹丹的信笺,蕴涵了老区人民情啊!

从2006年到2007年夏,向阳沟村又先后有13个孩子考上了大学。老知青们看到村民的后代勤奋学习,报考大学的热情这么高,十分欣喜。在第一批奖学金用完的情况下,2007年11月12日,知青们又进行了第二次捐款。为了不给那些下岗或已退休的知青增加负担,这次捐款没有通知他们。没想到消息一传出,在捐款的那天,他们闻讯赶来,纷纷要求捐款。在春节前夕,知青们给每位考上大学的村民家里都寄去慰问信,把知青的祝福送到向阳沟。此后,他们还几次接待向阳沟的村民来京参观农科实验基地,并领着他们游览了北京名胜。

自创立"助学成才"奖学金以来,历经三年时间,"助学成才"这株春苗,在知青们的精心呵护和培育下,已枝繁叶茂,硕果累累。到2007年底,30名老知青共捐款32500元。向阳沟先后有18名孩子考上了延安、西安、成都、重庆等地的大专院校，其中大学本科11名，专科7名，共发放"助学成才"奖学金32500元，寄出祝贺信函20余封。

目前，远在千里之外的向阳沟，在知青们曾洒下汗水的黄土地上，新一代向阳沟人勤奋学习、进取成才已蔚然成风；报考大学，读书深造，正形成热潮。每年，在向阳沟的新一代中，有不少人"金榜题名"。在"助学成才"行动中，每一名老知青都作出了自己的贡献！这是赤子之情，这是仁者之心。

云河常唱知青歌

薛天云

2012年10月，宜川县云岩镇党委书记陈志胜把《云岩河的歌》的书稿给我，让我协助他为该书写一篇序言，他说，他对知青来延插队的那段历史不是很熟。

我把书稿读了两遍，读到知青们对插队生活的记叙，让我感同身受；读到他们对乡亲们的那种诚挚感情，让我这个云岩当地人愧感有加；读到他们对插队经历的理性认识和无怨无悔的表述，使人肃然起敬。收录书中的39篇文章，用事实说话，真人、真名、真地点；记述的每一件事、每一个人，都是那么活灵活现，让人觉得身临其境。这些文章讲的是真事，表的是真情，是对插队生活原汁原味的记录。这样的回忆文章，堪称是珍贵的历史资料。随着时间的推移，这本书所具有的文献价值和史料价值将会被彰显出来。

读《云岩河的歌》一书时，过去的许多事情，一幕幕、一件件清晰地浮现在我的眼前。"文化大革命"一开始，学校就停课"闹革命"，该招生的没招生，该毕业的没毕业。1968年

12月，毛主席发出了"知识青年到农村去，接受贫下中农再教育，很有必要"的号召，国务院下发通知，全国各类大学暂停招生，初中和高中的"六六"级、"六七"级、"六八"级学生于1968年前全部毕业；是农村户口的学生回乡参加劳动，是城镇户口的学生到农村插队，接受贫下中农"再教育"。"老三届"的名称由此而来，大规模的知识青年上山下乡运动也就由此开始。

1969年元月12日下午，数辆大卡车把400多名北京知青送到云岩公社院内，公社革委会在这里举行了简短的欢迎仪式，宣布了分配到各大队的知青名单。之后，知青们就跟着各队来接他们的人连夜进村。

几天前，刚刚下了一场大雪，云岩大地白雪铺盖，寒风刺骨。知青们冒着零下20多度的严寒，踏着吱吱作响的雪路，走在蜿蜒崎岖的山道上。那时的农村没通公路，乡村道路狭窄蜿蜒，崎岖不平。知青中不少人穿着塑料底鞋，稍有不慎，便会滑倒在地。最远的村子，离云岩镇30多里，知青们足足走了五六个钟头。在这几个钟头内，他们走了有生以来最长也是最难走的路。他们来延安插队，经受的第一场考验，竟是在冰天雪地、寒风凛冽中的一次艰苦跋涉。云岩的许多群众看着这些远离父母不到20岁的娃娃们，感到心痛，不少人为之抹泪。云河也记住了从这里走过的知青，为他们的壮举在吟唱礼赞。

我是宜川中学高"六七"级学生，1968年10月回村劳动，对知青的到来，我倍感同情。经过多年的风风雨雨，现在回过头看那场声势浩大的上山下乡运动，我认为：那是"文化大革命"的产物，给国家的教育进步、人才培养造成断层，使千百万家庭和个人遭受了苦难和折磨。但是，从毛主席发出知识青年接受"再教育"号召的本身动机而言，我们虽不能妄加猜测，但也能清楚地看到，他是要让知识青年经风雨、见世面。毛主席曾把自己的儿子毛岸英送到农民家中，让他补上"上农村大学"这一课，他还一贯注重知识分子与工农大众相结合，"文革"前就倡导上海等城市的知识青年到农村、到边疆去锻炼。从孟子的"生于忧患，死于安乐"，到毛主席号召知识青年到农村去，中国的传统文化倡导人应当接受苦难的磨炼，并把这种磨炼看做是天赐的人生机遇。毛主席本身就是历经苦难折磨，才把中国革命引向胜利，所以，他老人家很重视让青年人"吃苦、磨炼"。通过插队接受"再教育"的知青，大多数在国家招工、招干、上大学中走上了新的工作岗位，只有极少数留在农村，当地政府也都对他们进行了妥善安置。多数知青对自己在农村受到的锻炼，也持肯定态度，认为到农村插队对自己一生是有益的。历史上任何一次大的群体实践活动，都是极其复杂的，都需要根据当时的客观环境来评说。知识青年上山下乡、插队劳动，有什么收获、有什么教训，只有这个实践活动的主体——知青本人最有发言权。《云岩河的歌》一书中的所谈所论就是切肤深刻的体会，就是中肯恰当的评论；云岩河两岸人民群众对北京知青插队时的珍贵记忆，对知青良好形象的评价，更是人间正道、千古评说！

我是回乡青年，有家有舍，有亲人关照，没有生活上的后顾之忧。来插队的北京知青，在插队期间所经历的艰苦生活和心路历程我自然体会不深，但我从接触知青的过程中，以"旁观者清"的角度，看到了他们的难处，体会到他们的苦衷。知

❖ 黄土蕴情——我的精神家园

青来插队，首先要过"两关"，即"生活关"和"劳动关"。开始时，生产队派人给知青做饭、砍柴、驮水，后来，他们自己轮流做饭，自己上山砍柴，下山驮水，还要坚持参加集体劳动。做饭的活虽不重，但天天做，而且要把饭做得好吃，却不是一件容易事。进山砍柴，是最累的一项劳动。把柴砍好，归拢到一块，捆好，再从沟底背到塬边，要爬坡上山；背柴时肩膀酸痛、汗如雨下。当地的好劳力一天也只能砍一捆柴。说到吃水，更是艰难。每次下到沟底去驮水，来回要走几里路，碰到连阴雨天，就得把天上降的雨水积起来，用它烧水做饭。队里给的粮食，要在石磨上磨。小麦、豆类、玉米等各有各的磨法。磨面时，知青们请村里的大娘、大嫂帮忙，有些女知青也像农村妇女一样，拢着头巾，浑身上下沾满了面粉。年好过，日子难过，天天与"柴米油盐酱醋茶"七件事打交道，天天刷锅洗碗，这才是天下最难的事，可许多知青却把这种生活过了好几年。犹记得，知青们爱讲卫生，但农村的水来之不易，连烧水做饭都不够，哪有洗澡、洗衣服的水？于是，他们就把衣服拿到沟里小河边去洗。夏天，他们到云岩河旁，找个僻静处，洗上一个澡。这样艰难的生活，他们经过一段适应后，也就习惯了。至于生产劳动，并不像体育锻炼那样愉快，对各种农活都有一个学习、习惯的过程。像豫剧《朝阳沟》中银环初次参加劳动一样，知青们想必也是感同身受。难能可贵的是，知青把这一切都挺过来了，有的还成为庄稼活的行家里手。我们南海村有个知青叫程伟明，乳名叫"小毛"，乡亲们都亲切地叫他小毛。小毛每天做三顿饭，天天参加劳动，社员干什么，他就干什么，一年的出工数不少于农村的壮劳力。晚上，他还要看一会书，遇到有兴致的人和事，还要写诗填词，抒发情感。后来，他被调到南海峁生产队，我们村里的人隔三差五地去看望他，一直与他保持着联系；在北海村插队的几个女知青，她们天天下地劳动，唱着歌上工，唱着歌下工，女知青童广兰还被社员选为妇女队长。后来，我到县上参加了工作，下乡时，每到一个小山村，总看到有那么几孔窑洞，糊着窗纸，窑面上挂着红辣椒，门口放着锄头和镢头，好像是普通农户，而实际上是知青的住处。他们晴天一身土，雨天一身泥；出门一把锁，进门一把火，过着和农民一样的日子。

知青在过好"生活关"、"劳动关"，接受"再教育"的同时，很快和村民们打成一片。农民夜校有他们的读报声，田间地头有他们劳动的身影，农家炕头上有他们盘腿而坐、与村民亲切拉话的场景，在一些急难险重的紧要关头有他们带头冲锋的英姿。他们理智地思考着自己所遇到的人和事，公道地评说农村的是与非，虚心学习农民的善良品德，积极参与生产队和国家的各项建设。他们敢为天下先，做前人没有做过的事。他们有积极进取的精神，有甘于吃苦的优秀品德。纵观北京知青在延安、在云岩插队的经历，我认为，他们至少在以下几方面发挥了积极作用：

一、知青给偏僻农村带来了新气象、新风尚。知青组织农民上夜校、学文化、读报纸，给农民教唱革命歌曲，办墙报和黑板报，使闭塞的小村庄有了生气。每年冬季，公社革委会把有文艺特长的知青组织起来，组成宣传队，到各村巡回演出。知青们自编自演的文艺节目，演农民身边事，抒农民心中情。久违了的文艺演出又来到偏僻农村，农民看完节目后能议论好几天。从某种意义上来讲，知青成了党和政府组织动员群众的骨干力量，成了宣传党的方针、政策的宣传队。

知青到云岩插队，起到了文明信使的作用。他们的穿着服饰、言谈举止，见人嘘寒问暖的礼貌语言，都成了当地人学习和效仿的榜样。在知青没来插队之前，云岩本地人，无论男女，都穿大裆裤，女人多数穿右襟袄。冬天穿棉衣时，里衬就一件背心、一条短裤，没有内衬的长衫和长裤，棉衣也没有外套，一旦穿上，直到换季时才能脱下。从每年的古历九月底穿上棉衣，一直到第二年清明前后才脱掉，要穿五至六个月。家境好的，过春节时换一件新棉衣，有半数家庭无衣可换。这固然与经济拮据有关，但也是一种习惯使然。有些围着锅台转的妇女，棉袄襟上有一层污垢；小孩穿的棉衣袖上结下的污垢，可以擦着火柴。知青来云岩插队后，这种穿衣习惯逐渐得到了改变。先是年轻人跟着学，过了两年，老年人也改变了原来的衣着习惯。人们所穿的棉衣内，都穿着衬衣，棉衣外也都穿上了罩衣，棉裤外面也穿罩裤，过上个多月，把衬衣和外罩洗一下，既卫生又美观。而年轻人也把圆帽壳换成了军帽，妇女们穿上了对襟袄。不要小看这些生活习惯的改变，须知，许多文明与革新都是从吃饭穿衣这些生活细节开始的；任何改革和社会进步，最后要体现在千百万人的生活习惯的改变上。中华人民共和国成立之后，再也见不到穿长袍马褂的人，这标志着一个新时代开始了。

知青们领文明之首，开风气之先。当地的许多陈规陋习都是在知青插队之后才逐渐消失的。他们在当地的生产活动、红白喜事、逢年过节、邻里交往等事体中，将大城市的新风尚和现代文明注入期间。记得当时生产队"起羊圈"时，不许女社员进羊圈干活，只能在外边将"起"出来的羊粪往地里送，说女人进羊圈不吉利。可那些女知青敢挑战这种陋习，她们带头进羊圈淘粪，让男社员往地里担运，事后，并没有不吉利的事情发生。

二、知青是推动农村经济发展、促进农村文化建设的一支生力军。知识青年对农村各项事业的发展，都起了带动作用和促进作用。他们引水上塬、修建公路、新建学校。为了引水上塬，知青们购买材料、争取投资，带头参加劳动；他们创办幼儿园，当"赤脚医生"，有的还到农村学校任教。在大搞农田基建、平整土地、兴修水利中，他们更是一马当先。有的知青还担任了大队支部书记、生产队长、公社革委会主任等职。1973年，谷堆坪大队女知青殷丽丽担任了大队支书。陕北的早春二月，河水冰冷刺骨。为了疏通谷堆坪村前的一条水渠，殷丽丽率先跳进渠中，挥舞着铁镐，大干起来。其他社员也跟着跳入水渠，清理渠中的石块和淤积物。两个多小时后，渠水畅通，使一片麦田得到及时灌溉。

我国著名科学家钱三强的两个女儿钱祖玄和钱民协原在孟家塬村插队，后来调到云岩大队。云岩大队办了一个猪场，一年换了几次饲养员，依然没有把猪养好。后来，大队就让钱氏俩姐妹去办猪场。姐妹俩有知识、懂技术。在她俩的精心饲养下，猪场越办越好。1972年，我在宜川县委宣传部通讯组工作，我们把钱氏姐妹办猪场的事迹写了一篇报道，在《光明日报》发表并在中央人民广播电台广播。广播这个稿件的那一天，钱三强正在"五七"干校劳动，他听到广播后，十分高兴，因为稿件的开篇语是："我国一位著名科学家的女儿钱祖玄、钱民协"如何如何。钱三强听了之后，既为自己的女儿高兴，也为自己高兴，这意味着他可以得到"解放"。后来，钱三强同志还给我们通讯组送了一套"马恩列斯选集"，表示感谢。

云岩河流淌了多少个世纪，从来没有人整修过河堤。1976年，知青梁和平担任云岩公社革委会主任时，发动群众，连续两年搞秋冬会战，筑起了从泥湾村至呼家河村长达20里的云河长堤，并把河堤两岸2000多亩高低不平的川地平整为水浇地，从而使云河更好地造福于当地群众。在这两年的秋冬会战中，梁和平背石头、打炮眼，身先士卒、冲锋在前。他的事迹，至今还被当地群众所传颂。从这一件事情上让人可以看到，当年的北京知青为延安的农业生产所作出的突出贡献。

"老三届"是"心怀祖国，放眼世界"的理想主义群体，他们把自己的前途命运和祖国、和人民紧密地联系在一起。他们的身上有一种不怕困难、勇于进取的大无畏精神，有一种完全彻底为人民服务的高尚情操。1969年冬，在延安插队的北京知青给党中央、国务院写信，反映了延安老区人民生活的实际情况，周总理读了信后，深感老区人民不易，这才有了1970年延安人民重新学习贯彻毛主席在1949年给延安人民《复电》精神的热潮，有了北京市支持延安发展"五小"工业的计划和实际行动，有了北京市派出大批干部支援延安建设的壮举，有了周总理1973年回延安时提出的"三年变面貌，五年粮食总产翻一番"的指示。记得，当年在贯彻《复电》精神时，云岩公社把我从皮头初中调到云岩公社，一方面管理职工灶，一方面为公社革委会搞些文字工作。当时,公社革委会办了一份《云岩通讯》,我是主编。期间收到各队知青写的稿件,除了选登一些外,我把原稿都送给当时的公社领导传阅。记得张忠智主任有一次给我说:"北京知青的文章写得好,有观点、有思想,关键是能说真话,使我们对有些事情的真相有了了解。知青们提的一些建议,实在是太好了!"在贯彻《复电》精神中,云岩实现了"村村通广播,户户安喇叭",并启动了兰水月小型水电站工程建设。在通有线广播中,各村的北京知青接广播线、安喇叭,几乎所有技术活都是他们干的。有的知青在接通公社到本村的线路之后,还给村里置办了一套播音设备。他们自己写稿件,当播音员,发布本村消息。

三、知识青年是推广农业科学技术的先锋。北京知青到农村插队、干农活,不是简单地学习镢头怎么使用,犁耙怎么扶,而是着眼于如何改革耕作方式、如何推广农业技术,从科技创新着手,来推动农业生产的发展。一时间,"农业科技实验小组"、"实用技术推广小组"、"高产粮棉试验小组",在各村如雨后春笋般发展起来。知青们有文化,接受科学技术速度快、胆子大,敢于实验,很快就出了成果。1970年,谷堆坪村知青和蹲点干部贺生力试种的一块密植良种玉米亩产超过千斤,成为全公社观摩和学习的榜样。1972年,云岩北塬一个村庄,以知青为主的科学实验小组,搞条播小麦试种,亩产突破400斤,成为全县塬区小麦亩产量最高的田块。谷堆坪知青于大华,利用一个淘汰的高压灭菌锅,土法上马,试制成功"920"、"5406"菌肥和"杀螟杆菌"等微生物制品,并将此应用于农田,收到良好效果。当时,知青们从事的农业科学试验,打破了旧的生产方式,使人们解放了思想,看到了科技的威力,为宜川县大搞科技推广,起到了先锋作用。

四、知青和当地农民群众建立了深厚的友谊,为农村和外部世界的联系架起了桥梁。知青在插队中,感受最深的就是当地农民和基层干部的善良品德和吃苦精神。在插队期间,他们和当地群众结下了深情厚谊。《云岩河的歌》所收录的文章,反映的正是这方面的人和事。不像有些文艺作品或电视剧中描写的,农民都是"自私自利"之人,农村一片"黑暗"。知青插队时,党和各级政府对知青工作十分重视,广大农民群众对知青也十分欢迎。《云岩河的歌》证明了这一基本事实。

知识青年到农村插队,亲身感受了处于中国社会最底层的群体——农民的生活,这让他们懂得了基层,懂得了农村社会,知道了什么叫"劳苦"、什么叫"贫困"、什么叫"磨难"。这样的人生阅历让他们受益无穷。这批知青现在都年过花甲,已经退休,但他们对自己的儿孙讲起插队时的经历,还是津津乐道。事实证明,在云岩插队的知青中,许多人后来成了某个地区、某个部门的领导,成为所在单位的骨干,这与他们的插队经历密不可分。

多少年来,云岩的父老乡亲都十分珍惜他们和知青朝夕相处、风雨为伴的经历,珍惜相互之间结下的深厚友谊。1984年春,我在云岩公社工作时,有一天去崾峻村下乡,和队长谈及公有资产管理时,队长说:"原来的公窑大部分都卖给了个人或承包给他人,只有知青王丽华住过的窑洞,大伙不让卖,也不让往出承包,要让队上来管理,给大家留个念想。"我们去看那个窑院时,窑洞右边的土崖上,用镢头刮了个方框,上面刻着"知青窑洞"四个大字。王丽华离开村子已有 10 多年，但群众还记着她。这种朴实无华的感情，真是到了"爱屋及乌"的程度。

前几天，我和曾在云岩插过队的聂新元同志通过一次电话，说起西遛村时，他用的词是"我们村"。这让我一下子回忆起和许多知青谈话时，他们一口一个"我们公社"、"我们村"、"我们邻居"。他们离开村子 40 多年了，还用这样的言语来与我交谈，可见感情之不一般！他们离开村子后，眷恋故乡，关注乡亲，给村里、乡里、县里介绍项目、联系资金，还把自己看做是宜川人。乡亲们有了难事，找知青帮助，有了病找知青联系医院。知青回到北京或到其他城市工作，乡亲们就感到自己在北京或某个城市里有了亲戚。娃考不上学，就找知青到城里去打工。知青在工作中有了进步，乡亲们就像自己的子弟有了进步一样。

说起知青，我感觉到有说不完的话，叙不完的情。我愿所有的知青和云岩人民，不要忘记曾经历过的艰苦岁月，不要忘记那些有益人生的砥砺，不要忘记知青和乡亲们的深厚情谊。"老三届"知青有特殊的经历，有超凡的思维和创举，他们在中国的历史上将留下精彩的一页！伟大的黄河和它流经延安的支流，当然也包括云岩河在内，一定会长唱知青之歌，长抒知青之情。

◈ 黄土蕴情——我的精神家园

一家人结下的亲缘

白殿岗

甘泉县是延安的南大门。那里山大沟深，林木繁茂。相对于延安其他各县来说，甘泉是一个小县，土地面积和人口总数，一个是小，一个是少。1969年2月，北京知青来延安插队，甘泉县也分配来不少知青。对于一个山区小县来说，一次性能接纳这么多的外来人口，这恐怕在甘泉历史上都是少有的事情。我家在大庄河第二生产队，分配来8名知青，知青们合办的一个集体大灶，与我家相邻。

父亲与知青

知青来我们村插队的时候，我父亲是第二生产队的保管，后来当了队长。他与知青的关系处得很好。知青刚来时，对农村生活十分陌生，有的知青对农作物的名字都对不上号，将麦苗当韭菜，闹了不少笑话。他们对农业生产更是生疏，诸如耕地、拿粪、播种、锄地、收割等生产程序都不太熟悉。于是，父亲和乡亲们便成了他们的老师,手把手地教他们,在田间地头让他们分辨五谷幼苗。这些知青毕竟有文化,很快,他们就熟悉了各种农活。据父亲讲,知青们干活卖力,吃苦耐劳,他们有的手上起了血泡,有的肩膀被压肿,有的脚上磨出了茧,但这些细皮嫩肉的城里娃,硬是凭着一种坚忍的精神,扛了过来。干活时,父亲教他们握锄把不宜过紧,也不能太松;耕地扶犁,侧身走过半步;拿粪要匀,锄草时草根要除尽。在父亲的回忆里,这些知青头脑聪明,为了调剂生活,他们还建起了小菜园,收工之后,背上几十斤、上百斤的肥土,来改善菜园的土壤,闲暇之余,浇水,施肥,悉心营务。记得有一个名叫朱秋野的知青,上山砍柴时,不慎砍伤了脚面。当时,农村缺医少药,父亲便用旱烟杆的烟油渍来为他止血。上一个世纪70年代初的陕北农村,生活艰苦,农活又重,一年四季没有清闲的日子。知青高正春和郑秀满,在冬季农田生产中不畏严寒,勇于吃苦。一次在放冻土盖时,不慎被土盖压住,幸亏抢救及时,才没弄出乱子。有的知青为了不耽误劳动,经常是饥一顿、饱一顿,最后落下了胃病。父亲每每想起这些事情,总是饱含深情地说:"这些娃娃们把罪受扎了。"

母亲与知青

母亲是典型的农家妇女,尽管家务繁重,但她还要参加生产劳动。母亲又是操持家务的好手,在生活拮据的条件下,她省吃俭用,粗粮细做,调理饭菜,使我们姊妹七人都健康快乐地成长。

母亲还做得一手好茶饭。因为她饭做得好，有好几位女知青经常在我家搭伙。记得，他们最爱吃母亲做的杂面和洋芋擦擦。逢年过节，吃上一次荞面饸饹或油糕，这也成了她们赞不绝口的"美食"。这些知青也常常带一些从北京寄来的食品，到我家给我们姊妹们吃。我第一次见到或吃到的许多好东西都是他们带来的。像高长平叔叔的牛肉炒面和糖炒面；周小平叔叔的各类罐头；杨传智叔叔的各种糖果，最好吃的还是奶糖和酥糖。朱秋野、武柳茵、郑秀满、沈小兰从北京带来的大米，蒸成大米饭后，再配上母亲给他们做的猪肉酸菜炖粉条，吃起来那个香呀，让人能回味好几天。知青们从北京带来的精炼油，雪白透亮，做出来的菜是那么的香。那时，我吃饭时，经常和粟建国、张路雄、陶小峰叔叔要精炼油。油放在饭菜里十分光滑醇香，现在，已经找不到那种口感了。

据母亲回忆，北京知青心地善良，知恩必报，他们在我们家里改善了伙食，他们父母寄给他们用来调剂生活的稀缺食品，也会拿到我家让我们全家人共享。在物质匮乏的年代，这些东西对他们也很稀缺，但他们毫不吝啬。母亲经常教育我们要向知青学习。"滴水之恩，当涌泉相报"，要学会关心人、帮助人，要懂得感恩。

姐姐与知青

我们兄弟姊妹共七人，由于家里孩子多，两位姐姐为了让我和弟弟以及三个妹妹不荒废学业，便放弃了上学，早早参加队里的劳动。她俩比知青们还小几岁，在农村长大，干农活自然比知青顺溜一些。我的两个姐姐酷爱学习，十分羡慕知青们有知识、有文化。尤其是二姐，每天晚上向知青讨教学习方面的事情，知青也热心地向二姐传授。在我的记忆里，沈小兰、武柳茵经常给二姐教学授课，布置作业，尽管二姐没上过一天学，但在知青们的帮助下，修完了小学课程。在知青们相继离开后，我的两位姐姐还时常与她们的"老师"保持着书信来往，寄去自己纳的鞋垫，绣的手工。后来，我也长大了。有时，我一个人在想：在那样一个困苦的年代，若没有知青来我们村插队，我的两个姐姐岂不是与陕北的那些目不识丁的婆姨、老太太一样吗？正是因为知青们将知识的甘霖播洒在这荒僻的山沟沟里，才使得从未进过学堂的两位姐姐粗通文墨，能写书信，会打条据，这在当时的农村，就算是女"秀才"了。

我与知青

知青来我们村插队时，我刚上小学。小时候，我比较调皮，自然成了他们逗乐的对象。周小平、杨传智叔叔最喜欢和我玩。有一次，周叔叔把我放到一只木桶里，然后将木桶举到房顶上，让我背王之涣的《登鹳雀楼》，如果五分钟之内背不会，就不放我下来。我坐在桶里，很是害怕。为了让周叔叔将我放下来，我便用心来背那首诗。杨叔叔经常给我出一些智力题。记得，有一次我没有回答上他的问题，就被他放到水桶里，和另一只水桶作平衡，让他"戏弄"了好半天。杨传智叔叔做的简易收音机让我感到十分神奇，几个小零件，经过他的组合，就能收听到各类节目，我也经常纠缠他，想学一些新奇东西。在与他们的玩耍中，使我学到了知识，得到了快乐。

　　我们村里的村干部有眼光，他们看到知青们个个有文化，就抽出几个知青给我们当老师。当老师没有薪酬，只是挣工分，但是，她们不计报酬，讲课十分认真。像沈小兰、武柳茵、周雪莹老师，对我们很严厉，学完课本知识，还要我们写日记和周记，教我们练习毛笔字，有的同学没有做完作业，她们赶到家里进行辅导，有的留到学校，直至做完作业才放学。汉语拼音是我们学得最扎实的一门功课，这得益于老师们丰富的知识和他们标准的发音。大庄河的学生汉语拼音、语文、数学基础扎实，都得益于这些知青老师教得好。在上学的时候，她们还千方百计丰富我们的课外生活，开展各种有益孩子身心健康的活动，来开阔我们的视野。经过六年的快乐学习，我们12名同学全都考上了中学。

　　考入高中后，在我们村插过队的曹恭老师给我带化学。由于"同村"的缘故吧，他给了我格外的照顾，不仅在学习方面经常给我进行辅导，在生活上，我也得到他的不少帮助。

　　回想往事，尤其是少年时代，知青们的到来，给我们这个偏僻的小山村带来了巨大的变化。大庄河村是甘泉县最早使用农业机械的村子。碾米、磨面、广播、电话等新事物的出现，不仅使大庄河向现代化迈出了一大步，而且改变了人们的思想观念。村民们对文化知识很看重。他们让子女上学、崇尚科学、相信科学、企求富裕、积极向上。我们这代人，更是知青到来后的最大受益者，上小学时就享受到优质的教育资源。

　　知青们离开大庄河后，有好些知青又回村探望乡亲们。他们还是那样谦和、朴素。他们事业有成后，不忘回报大庄河的父老乡亲,有的为乡亲们寄来家用电器,有的支助村上的孩子完成学业,有的扶贫济困。我父亲和白士杰书记去过两次北京。据父亲讲,他们在北京时,受到知青父母的热情款待。许多知青的父母对我父亲说,他们最大的感激是:孩子在甘泉插队期间,得到了乡亲们的精心呵护。孩子们能安安全全、健健康康地回到他们的身边,这对他们来说是最大的安慰。

我很怀念和知青们在一起的日子,"他们把罪受扎了"的那些岁月将成为我们共同的记忆。

◈ 黄土蕴情——我的精神家园

延 育

秦淑贞

这是一张普通的黑白照片,然而,它却有着极不平凡的意义。这是我们全家于1972年在延川的合影,是我和丈夫在延安工作和生活的纪念。一张小小的黑白照片,像一条红色的纽带,把我们一家人和延安的父老乡亲紧紧地连在一起。每次当我拿起这张老照片在仔细端详的时候,那已成既往的青春往事就会浮泛在心头。

1970年6月,我和丈夫张栋,响应支援延安建设的号召,一起从北京来到延安地区延川县禹居公社。我们到这里来,身兼三项使命:一是接受劳动锻炼;二是协助当地搞好对插队知青的管理工作;三是帮助当地发展农业生产。这是北京市委和市政府对我们的要求,也是敬爱的周总理对支延干部的一种期待。

我们刚来到禹居公社南家沟时,知青们很是高兴。他们有一种感觉,感到自己虽然在离北京千里之外的山沟沟插队,但首都人民没有忘记他们,派北京市的干部到村里来,就是对他

◆ 延 育

们的一种关爱。

我来到村里的第二天，在院子的前面挖积肥坑，看见一个知青正在窑里做饭。没过多时，只见一股浓烟从窗口冒出来，我不知道是怎么回事，便走进窑里一看，只见一个女知青正鼓着腮帮子在使劲吹火，一股青烟升起，熏得她睁不开眼。突然，"轰"的一下，火着起来了，可是，不大一会，火又灭了。只见她又拿起一把带着绿叶子的湿柴填进了灶膛，重复着刚才的动作。没有干柴烧，做熟一顿饭真是不容易。

傍晚，知青们劳动回来，坐在院子里吃饭。他们吃的是黑团子馍和稀饭，没有菜。当时，他们都十七八岁的年纪，正是长身体的时候，劳动了一天，回到窑里，人又饿又累，拿起黑团子，蘸上点盐末，就狼吞虎咽地吃了起来。我拿起黑团子馍咬了一口，感到又苦又涩，难以下咽，只得喝几口稀饭把它冲进肚子里。黑团子馍是什么做的，我不清楚，一问老乡，才知道原来是陕北特有的糜子面做的。糜子本是一种谷物，要脱皮去壳，才能磨成黄澄澄的面粉，炸出来的就是又软又甜的黄米糕。可知青们每天天刚亮，就要上山劳作，收工回来还要担水、喂猪、打柴、种菜，这已经够累的了，哪有精力和时间把饭做得那么细致呢？再说，知青们当时的口粮根本就不够吃，带着皮壳的糜子面吃起来不爽口，可它顶饱呀。

到了6月，山上的洋芋还没长成，缸里的酸菜早已吃光。偶尔有人去40里外的集市上买点韭菜回来，用盐一拌，就算一碟好菜。因此，我与知青在一起生活的第一项任务，就是要帮助他们安排好生活。可当时的陕北农村，要把生活往好安排，还真要费一番心思。看到知青们每天劳动回来只要看见饭，就狼吞虎咽地吃开了，哪里还计较饭菜的好与坏。看到知青们正在长身体，口粮根本不够吃，我便和队里商量，给知青们按一个半人的定量来分配口粮。为了解决他们的吃菜问题，我们又在知青的自留地里开始谋划种一些菜。

　　说起种菜，我想起从北京来的时候，我带了一捆农业科学方面的书，书放在我爱人张栋的住处。说实在的，我初来乍到，人地两生，我很想见到丈夫，与他谈一谈下一步的工作该如何搞。有一天，我利用到工地干活的机会，到张家屯大队找到我爱人，想取走那捆书。我来到张栋的住处，房东大娘让我在窑里等他。闻讯而来的姑娘和年轻的婆姨听说张栋的爱人来了，都来看我这个"北京来的婆姨"，我们一见面，就互相说笑着。张栋回来后，大家就走了，窑里只剩下他和我。恩爱夫妻几天不见，总该有点热情吧，可张栋却用生硬的口气问我："你干嘛来了？"我说："怎么，嫌我来了？"当时，我想：我们夫妻俩在一起有什么不光彩吗？我赌气拿起书就要走，张栋跟在后边。我抄近路上了山，爬到山坡上，这时，跟在我身后的张栋似乎感到这样对待他的妻子有些不妥，便有些内疚地望着我，我的心软了。看到周边没有人，我委屈地对他说："来到这里，举目无亲，我不来找你，去找谁？"张栋听见我这么动情地说，他低头不语，用胳膊挡住了脸，可以看得出，他心里也不好受。过了一会儿，我们互相嘱咐要各自保重，我就下山了。山路很陡，我慢慢地挪下来，回头一看，他还在山顶上望着我。是啊！我们刚结婚半年多，互相想念是人之常情。然而"工作第一"是我们的共同观念。在其他干部未带家属的情况下，我们俩严格要求自己，不沉湎于小家庭生活，全身心地投入工作，这一点我是能理解的。尤其是他还担任干部小组副组长，因此，除了开会外，我们隔十天半月才见一面。

陕北农村种出的白菜不包心，也不好储存。本来，我和知青计划种些大白菜储存起来，再腌上两缸胡萝卜，就能接上第二年的青菜了。可延川一立秋，天马上就冷了，我只好把种出来的白菜腌了酸菜。

在延川的生活十分艰苦，但很有意义。我们的到来，让许多插队知青安下了心。我遵照上级的指示，认真搞好三项中心工作，遇到问题多向组织汇报，有时还向我爱人请教。爱人张栋在张家屯的工作比我做得好。他工作认真，解决知青生活中存在的许多实际困难，帮助知青搞好团结，使知青们生活得和睦愉快，成了村里的骨干力量。张栋身体虽弱，但一直抢重活干，他有意识在锻炼自己。一次，在挖土时，一块土块塌了下来，他急忙一滚，人没有被土压住，可胳膊上擦伤一大片，他忍痛坚持干。夜里下雨，他拖着疲惫的身体将没有来得及往库房里放的粮食往窑里搬。当刚打好的土坝被洪水冲垮、玉米秧被洪水冲倒时，他和农民一起，一棵一棵地把玉米扶起来。大队要买拖拉机，社员们虽然没有钱，但知道这是为集体置办家产，便你3元、他5元地往起凑。张栋看到这个情况，二话没说，到公社取回自己的工资，捐了30元。他和那里的知青与农民建立起深厚的感情，受到人们的称赞。1972年，大队党支部经过讨论，批准他为中国共产党党员。这种由大队党支部主动提出讨论支延干部入党的事，在延川还是第一次。

1970年，我怀孕了。按说，秋收之后，知青们的伙食还算不错，有粮有菜了，可我却啥都不想吃，一顿饭顶多吃上半块玉米面发糕。为了以身作则，不搞特殊化，我只得忍耐。张栋有时去县城开会，给我买点水果。我瘦了很多，不得已，才请北京的朋友给我寄来几斤干炸鱼和香肠作为补养。后来，老乡知道了我的情况后，就热情地拉我到他们家吃羊肉臊子面、酸菜就小米稀饭，好歹算是度过了一段难熬的日子。

  1971年5月，我们的第一个孩子出生了。给这个在陕北孕育的女孩起一个什么名字呢？像其他年轻父母一样，我们为给孩子取一个好听的名字，着实费了一番苦心。最后，我和张栋有感于来到延川劳动锻炼，又看到这里的知青也得到成长，便想起"延安精神育新人"这句政治流行语，给她起名叫"延育"，是为了让孩子记住延安，继承延安精神。后来，我给她做了一个白色小围裙，在胸前用红线绣上了"延安精神育新人"七个字。现在，我还保存着她小时候穿着这个小围裙照的照片。

  延育是在北京出生的。当时，张栋也请了几天假回京照顾我。孩子出生后的第10天，他接到延川的一封来信，要他赶快回延川。张栋马上买票启程，留下小妹和我们娘儿俩。当时，我们的生活很困难，多亏了亲友的轮流照顾，才平安度过了我的第一个产假。孩子两个月时，我抱着她，跟两个知青一起登上了回延安的旅程。当长途汽车翻越吕梁山时，因车速太快，车身抖得厉害，大人都觉得耳膜胀痛，我的小延育则啼哭不止，还大口大口地吐奶。我紧紧地抱着她，好不容易才到了延川。

  我带着延育回到禹居大队，把她托在一位大嫂家里。每天早晨送，晚上接，上下午各喂一次奶。我照常去劳动，搞农业

◈ 延 育

科学试验。有时，我还要给农民夜校上课，回来已经很晚。每天，大嫂都是到睡觉前才把延育抱回来。那位大嫂40多岁，中等身材，爱穿件蓝士林布的便服，总是那么干净利索。她那消瘦的脸上常带着笑容，眼睛里闪着温柔的光，说起话来柔声细语，使人感到非常亲切。她对延育像对自己的亲生女儿，让延育睡在她怀里，做饭或推磨时，把延育背在背上，不让她受一点委屈。她给延育做面片汤、鸡蛋汤，喂馒头、小米粥，还给延育特制炒馍馍。炒馍馍就是在发面里，揉进芝麻和盐，搓成手指粗细的面棍儿，放在沙土里炒熟，再把沙土罗出去。这种炒馍馍咸香酥脆味道好，放上几天也坏不了。大嫂一家人都舍不得吃，专给小延育留着。小延育吃着陕北的饭，在陕北大妈的怀抱中长大。由于有了小延育，我们一家和大嫂一家关系十分亲密。大嫂和我无话不谈，她教给我很多生活经验。在她的指导下，我学会了搓麻绳、捻毛线，用碎布粘鞋底，自己做了一双布鞋穿。在和大嫂的接触中，我体会到"自力更生、艰苦奋斗"的延安精神的深刻内涵，就是凭着这种精神，让我克服了许多困难。

1972年秋后，延育一岁半时，我们就把她送到了她姥姥家。分别之前，大嫂舍不得延育，把孩子抱了又抱，亲了又亲，并将我们母女从禹居送到延川。到了延川县城，我们一家和大嫂一起照了一张相留做纪念。延育不仅在延安的土地上孕育，还在延安的土地上成长，这一段生活是延育一生的荣耀。我们一家和大嫂一家人的友谊，我永远也不会忘记。现在，我和大嫂一家仍保持着联系。前年，大嫂的儿女来北京，我们欢聚在一起。他们说起延川和禹居的变化，说起生活富裕了起来，我听了之后，感到由衷的高兴。

我经常翻开影集，入神地看着这张照片。它使我回忆起在延安的生活。在延安，我们有了延育，更重要的是，延安精神培育了我们。

岁月如梭，往事如烟。当年在延安插队的北京知青都已年过花甲。我作为曾与知青们在一起生活战斗过一段岁月的支延干部，我也与知青们一样，对那段岁月，对那段生活有着深刻的体会。每当我叫起女儿的名字，每当我看到那张老照片，我就会想起延安的宝塔山、土窑洞，想起那纯朴的陕北父老。

不老的母爱

任建华

前年夏天,妈妈被确诊患上了阿尔海默兹病,也就是我们常说的老年痴呆症。经过确诊,终于让我为她近年来所出现的各种反常举止找到了病因。

那个充满自信、干练、热情、机敏的妈妈,自从患上这种病之后,就像变了一个人似的。我知道,过去的那个妈妈离我远去了。

前不久,我老爸稳定了多年的癌症又复发了。经过住院抢救、出院调养;再住院,又动手术;期间还加插着妈妈的几次住院治疗,我心里便有了一种不安。

爸爸和妈妈不喜欢让外人来照料,我们对此不忍拂逆。我们姐弟几个,白天晚上轮流陪床,尽最后的孝道。这样一来,我生活的规律全被打乱了。

经不住连续的劳累,我病倒了,高烧39度多。不过,这样也好,可以一举两得,在家看护妈妈兼发烧生病。我平常比较抗拒就医,小灾小病基本靠自然恢复。老公替我去医院护理

◈ **黄土蕴情——我的精神家园**

我的老爸,我病卧在床上,妈妈躺在我身边,她紧紧地握着我的手,默默地流着泪,口中还喃喃地说:"孩子是妈妈的心头肉,你生了病我好心疼。"妈妈正逐渐失去生活的自理能力,不再懂得要给我去取药或倒一杯水,只是拉着我的手,陪着我一起在床上躺着。

45年前,不满16岁的我要去延安插队。爸爸和妈妈没有阻拦。我成天忙着和同学、朋友聚会告别,白天晚上不着家。插队时穿什么、带什么我一概不用操心,有妈妈呢!临行前的一个夜晚,睡梦中的我,迷迷糊糊睁开双眼,看见妈妈伏在我的枕边。妈妈发现我醒了,她抚摸了一下我的头,转身就走了。那一刻,我看见妈妈在悄悄地抹泪。那一年,妈妈才37岁。

我插队的地方在安塞县一个小山村。我生性乐观,不论走到哪里,我都会坦然地面对一切。我认为,只有勇敢地面对插队生活,才是真心实意地接受贫下中农再教育。插队四年多,我吃了不少的苦,经受了许多人生的磨炼,但我很少掉泪,即便是生病,也绝不以软弱示人。

时年还不满16岁的我远离北京,对家的眷恋和对家人的思念自然不言而喻。我总盼着乡邮员或赶集的乡亲隔三差五地能给我带来一封家信。平时,是爸爸给我写信,告知妈妈和弟弟妹妹的近况,嘱咐我要好好接受劳动锻炼,注意和乡亲们搞好关系。而我的回信常常是报喜不报忧。有一年,我得了疑似克山病,写信的口气有些平淡,爸爸和妈妈好像察觉到了什么。不久,我收到家里寄来的包裹,里面还夹着半张信纸,上面只写着一句话:"小华:照顾好自己的身体,妈妈想你。"看

❖ 不老的母爱

着这半张信笺，想起常不写信的妈妈在千里之外，给我写了这么一句充满牵挂、充满母爱的信，我顿时眼泪直流。

从小我就有一个毛病，只要发高烧，就做噩梦。有时梦见我睡在火车头的车厢里，蒸汽锅炉门一开一合，吐着火舌，我就开始拼命地挣扎，后来，还是被人抛下了火车……梦到这里，我总会被吓醒。但每次当我一睁开眼睛，就能看到妈妈和爸爸在焦急地呼唤着我，问我是不是又做噩梦了？后来插队到农村，我也曾发高烧，做噩梦，每次惊醒时，转身一望，身边没有妈妈，我即刻感到一种孤单。

去年夏末，爸爸病逝了。临走之前，他曾和护士聊天说："我不怕死。我只是想多能陪陪我有病的老伴，为孩子们减轻些负担……"

老爸临终时，把妈妈郑重地托付给我。现在，我的主要职责就是要陪护好妈妈。在娘家，我是老大，弟弟和妹妹都要上班，还要照顾孩子，分身乏术。这样，照顾妈妈的责任就义不容辞地落在了我的肩上。

患了病的妈妈已经离不开人。她不能独立生活，经常丢三落四，只要东西找不到，就怀疑被人偷了；她幻视幻听，对人缺乏信任感。大热的天，她还要穿好几件衣服，而且常常是前后反穿，上下错扣，甚至将脑袋从袖口里探出来；但她又极自尊，干任何事情都坚持自己做，不假他人之手。

好在老妈的腿脚还行。遇到无法推脱的社会活动，我就带着老妈一起去。80多岁的人了，成天陪着我到处做公益，参加舞蹈活动，给合唱团的团员定制服装，去探望生病的知青朋友。每逢我要出门，在征询她意见时，她总是说："我得陪你去，万一遇到什么事情，我还能帮助你呢！"这就是我的妈妈，我的白发老娘。

妈妈的记忆已经支离破碎，当她谈起往事时，我甚至不能理清她说的是史实还是她的臆想。有时，我俩聊天，她最爱讲我在延安插队的故事。没想到她讲的这些故事都是真的。这些故事是我讲给爸爸和妈妈听的。妈妈到了这把年纪，将许多往事都讲得颠三倒四，却将我插队的故事还记得这么清楚，讲述得这么有条理，这让我感到惊奇。

第一封平安信

现在，每当在电视里看到打腰鼓的镜头，我就会想起我插队的安塞县，想起砖窑湾公社石马科村。记得我们刚到村子的第一个晚上，看到土窑洞里一片漆黑，我们感觉到很不适应，于是，大家轮流趴在土炕上，在三盏墨水瓶做成的小油灯和四支手电筒聚成的光环下，给远在北京的父母写平安家书。我在信中写道：

"我们从铜川乘坐着带篷的卡车向延安进发。沿途看到的是一片白雪。道路两边的树干上挂满了冰凌，晶莹剔透。我们的眉毛、口罩和帽檐，因为从口中哈出的热气而结上了白霜。我们就好像走进了水晶宫。当我们看见一条不知名的河流时，就高唱'手捧延河水，眼望宝塔山……'汽车驶进了延安城时，我们看见了真正的宝塔山，大家兴奋不已，一起朗诵贺敬之的《回延安》。

"从砖窑湾公社下车到石马科村还有15里路，山路很窄、很陡，路面覆盖着白雪。我穿着塑料底棉鞋，一步一出溜，步步有惊险。后来是迎接我们的生产队长拉着我，一步一挪，才走到村里。

"这里的老乡们特好。他们待人很真诚。把我们女知青叫'碎女子'，把男知青叫'小后生'。他们说：'毛主席身边来的这些年轻娃娃，在我们这拐沟圪啦受苦，真恓惶哩。'"

妈妈后来对我说：她看了我的第一封信后就哭了。她说，你信中所说的不像是去插队，倒像是去旅游，还"走进水晶宫呢"。妈妈将这封信保存了好多年，现在不知被她藏在了哪里。

恰似爹娘的疼爱

到石马科插队半年之后，我们渐渐习惯了日出而作、日落而息的生活，在不断的磨砺中，努力去当一个合格的新式农民。

记得那年初夏的一个傍晚，我和任滨带着绳索和斧头上山砍柴。走出四五里路，天就黑了。当时，我俩想：既然来了，总不能空手回去。于是，我俩到了山上之后，不管干湿，摸黑胡乱折砍了些树枝，约摸折砍得差不多了，便将柴往住一捆，互相招呼着，一前一后摸黑往回赶。半路上，我们突然发现路边立着一个黑乎乎的影子。这该不是遇上了狼！壮着胆子，我们慢慢靠近之后才发现，是半截树桩，于是，我俩放声大笑。黑黢黢的山里，伸手不见五指。方圆五六里地无人烟，两个十五六岁的姑娘真的不怕吗？说实在的，怕！

快下山时，我们看见对面山上有一束束火把，还夹杂着手电光，时不时地还传来嘈杂的呼喊声，好像是喊我俩的名字。原来，社员们收工回来，队长听说我俩上山砍柴去了，直到现在还没回来，他着急了，顾不得吃饭，叫上全村的男人找寻我们。我二人在大伙的簇拥下回到村里，进村后，队长只说了一句："饭后开会。"开会已是夜里。在会上记完当日的工分后，再议了些啥我根本就没听见，早困得连眼睛都睁不开。最后，只听见队长又说了一句："明天一大早，男人们都带上绳斧上山砍柴。"说完就散会。

第二天出工，我们走了很远的路。打歇时，看到地头没有往日那些吸烟或打盹的身影，男人们都砍柴去了。老梢林里树多，全是正经木柴，随便砍一捆柴也有200多斤。老乡家一般在冬季就要砍够一年用的柴，哪一家门前堆起的柴都够烧二年呢。夏天苦重，人们就不再多受这些累了。也就是我们这些知青，不懂得节省过日子，在三四个月的时间里，就烧完了队里给准备好的本来够烧一年的柴。

到了傍晚，男人们每人背着一捆柴回了村，所有的人全拐到我们住的窑洞前，包括那些小后生们，他们利落地把柴卸了下来，瞬间，黑黢黢的一垛柴墙立起在硷畔上，足足有七八千斤吧。他们把柴火给我们码放好，笑一笑转身就走了。这场景让我们看得目瞪口呆，一时竟没反应过来。队长自责地对我们说："这阵子生产忙乱，没有照顾好你们，让你们受苦了。你们是毛主席身边来的，以后有难处要言传（告诉）。"

那时，一捆柴如果背到集市上，能卖好几块钱呢。我们赶集时，经常看到有人背着柴去卖，以此来贴补家用。只因为心疼我们这些北京娃，村里的男人们走了那么远的路，给我们砍了那么多的柴，而我们连一句感谢的话都没说，他们转身就走了。而所有的指示只是队长那一声：带上绳斧上山砍柴。

聊起这件往事，妈妈对我说：明明是你们给人家添了麻烦，怎么还成了人家对不起你们？陕北老乡真善良！他们对待你们，恰似爹娘的疼爱。临了，妈妈还说要我陪她去延安看一看，一定要当面感谢村里的老乡。听到这里，我只能在心里默默地告诉时而明白、时而糊涂的妈妈：面谢已经不可能了。当年为我们砍柴的那些大叔们大都去世了。想起他们我心里万分难过。

爱的传递

20多年前，一群男孩在路边玩耍。我正巧经过，上小学的儿子看见我，大声喊我。有个孩子的腿被裸露的铁管划了个大口子，伤口脂肪被揉得收缩了，露着白花花的肌肉。我和同行的朋友二话没说，急忙抱起孩子打车直奔医院。我询问孩子的姓名和他父母的电话，想着怎么能联系到他的家长。出租车司机听到我和孩子的对话后，才明白我和孩子并不相识，下车时，司机说什么也不收车钱。医院急诊要交5000元押金，否则不给手术。我身上只带1000元钱，经过交涉，医院确认我是见义勇为，留下我的工作证、身份证作担保后，才把孩子送进手术室。

我离开了医院，回到家里。从外边听到这件事情全过程的儿子不干了，他责怪我说："妈妈：你送他到医院就行了，为什么还要替他付钱，我又不认识他，听说他父母是在北京打工的农民，我们垫付的钱还不上咋办？"那时，儿子还不到10岁，社会上的不良现象已经造成了他对别人的不信任。听儿子这么一说，我一时竟无语辩驳。这时，我的老妈看不下去了，说了一句："农民怎么了？你妈还当过农民呢！人总比钱重要吧！垫付的钱真的不还就当捐款了。"后来，那男孩的父母辗转找到我家还了钱。你甭说，经过这件事后，儿子似乎对社会和人也有了信任，他帮助别人干事还挺主动。

年前，我陪伴妈妈出门散步，路上偶然遇到了这对父子。父亲向儿子介绍：还认识吗？这就是当年救你的那位阿姨。多年不见，当年的瘦弱少年已经年过三十，他长得高高大大。小伙子很激动，连声向我致谢。这位父亲告诉我，他的儿子现在在韩国工作，已经当爸爸了。他儿子现在也主动帮助别人，不求回报。

这些话，我不知道妈妈是否听明白，她只是愉快地笑着，口中还不住地念叨：好人做好事，一定会有好报的！一听这话，我又想起插队时的点滴往事。

那个时候，村里经常会来要饭的。赶上饭点儿，村民们总会盛碗饭菜，给要饭的吃，过了饭时，也会舀上半碗米或掰块窝窝头给他们。但我们对此却不以为然，总认为这些乞丐都是懒汉，从不施舍给他们。每逢这时，村民们就告诉我们："要饭棍棍难拿也难放。拿起来没脸了，不劳动来年还没粮吃，所以，讨饭棍也难放下。不是万不得已，谁也不愿意走这一步。人世间不就是你帮我、我帮他吗？世事无常，只求将来咱遇上啥事，也能得到别人的帮助。"

其实想来，当年延安的乡亲们心疼我们、帮助我们，他们

不老的母爱

何曾有过一丝一毫的个人目的？

那时我年轻，似乎不食人间烟火，对这些朴素的教诲似懂非懂，然而，这些话语却铭记在我的心里。

此刻，妈妈坐在我的身边，一声不响。她像个小孩子似的看着我在整理稿件。突然，她又开口问我："你什么时候去延安？"我一愣。她又说："我知道你现在给延安写书呢，你干脆现在就带我去一趟延安吧，你们'老家人'叫了你好几次了，我陪着你去那里看一看吧。"我无奈地看着妈妈，被她莫名其妙的话语逗笑了，当时心里一热。原来，妈妈早已把安塞说成是我的"老家"，把我当成延安人了。

◈ 黄土蕴情——我的精神家园

好人张德生

何新明

1969年2月9日,正好是农历己酉年腊月二十三。这一天,村子里的乡亲们汇集到向阳沟。他们到这里来,是要将分配到这里来插队的北京知青领到他们即将落户的村子里。临近中午,我们11个知青踏着周河上的冰雪,来到了向阳沟大队第四生产队。在村口,我们看见一个中年汉子挑着一副担子,上面挂着六七个黑瓦罐。那汉子笑眯眯地迎着我们快步走来。老乡们告诉我们,这就是第四生产队的队长,他叫张德生。

向阳沟大队在"文革"前叫康家沟大队,地处延定公路的旁边,是双河公社最大的一个村落,由河东的新庄湾、河西的西沟门两个自然村组成。

这天上午,张德生没有参加欢迎知青的仪式,而是安排村上的几个婆姨打扫刚为知青腾出来的两孔窑洞,烧炕、烧水,准备午饭。而他挑上扁担,到东西两个村子的各家各户,为我们收集酸菜、碎菜和洋芋。他知道,知青们插队第一年的口粮由国家供应,可眼下正值年关,十几个知青吃菜是个大问题。

于是，他这个当队长的便担着担子到各家各户去讨要，来解决我们的吃菜问题。

知青到村上刚几天，就过春节，大家又分头到社员家去吃年饭。这一轮饭吃过之后，我们就和老乡们熟悉了。我看到住在新庄湾的张德生家门上挂着一块光荣烈属的木牌子，后经了解才知道，张德生父亲早年参加陕北红军，在直罗战役中光荣牺牲；德生的母亲去世得也早，他和哥哥张德春在小时候跟伯父在一起生活。现在，张德生婆姨娃娃，大小五口人，日子过得紧巴巴的。

知青到村上参加的第一项劳动就是上山砍柴，德生先是让几个放假的学生娃娃带着我们上山认路，之后，又让社员带着我们去。我们这些城里来的学生娃，走山路都东倒西歪，到四五里外的山上去砍柴背柴，无疑是一项严酷的锻炼。好在经过近一个月的艰苦劳作，我们砍下的柴垛垒起来，看上去比老乡家的柴垛还要高，为此，我们有了辛苦后的一丝得意。殊不知，我们的柴垛垒得虚，临近麦收时，我们就有了无柴煮米的危机。知青没柴烧哪儿行，张德生赶在麦收前，组织全队的壮劳力给我们背了一天柴。四队的社员人都很实在，大热的天，每个人从早到晚，连背三背柴。夏天砍的柴都是湿的，很沉，就连骨瘦如柴的赵玉亮背的柴捆，让我这个自认为已经是挣十分的壮劳力看了都有些发憷。更让我感动的是张德生，那天，他可能有事耽搁了，待我背着第一背柴下山时，看见他肩膀上搭着两条绳子才往后山上走，但当我们背回第二背柴时，张德生早已把两背柴背了回来。下午，我拿着绳索和斧头准备走时，站在硷畔上的邻居刘大娘告诉我，张德生早往后沟走了。

傍晚，我们把第三背柴都背了回来，还不见德生，直到快天黑了，我才看见张德生已经把两背柴倒换着背到村口。我赶紧跑下去，想帮他把一背柴背上来，他不让，说你背不了。这时，我才看清他背的是两大捆狼牙刺。背这种柴，后背上要衬厚厚的羊皮或棉衣才能背。这时的我们已经对狼牙刺有了一些了解。这种柴油性大、火头硬，湿着也好烧。可它难砍、难捆，又扎人，我们一直不愿意去砍这种柴，而张德生怕我们砍回来的柴不好烧，特意为我们砍了两背狼牙刺。这就是我们的队长张德生。

在一起共同生活、共同劳动，使我和我的同学们深刻感受到陕北人的朴实和善良。四队的社员体格有强有弱，干活有快有慢，但参加队里的劳动，找不到一个耍奸溜滑的人。而张德生又是一个特别能吃苦的人，我们佩服他，社员们也都说他的苦水好。副队长陈福友曾经对我说："张德生是属鸡的，眨一下眼，就顶睡觉。"他还给我讲了一段往事。有一年秋后，上边命令所有劳力都要修农田、修水利，直到天大冻了，修农田的人才回来打场。眼看时间紧，一进腊月，打场的活儿就更不好干了。作为队长，张德生把队里为数不多的几个壮劳力编成一个班，他自己顶一个班。陈福友他们，每隔三四天，起一次鸡叫，赶着牛踩场，而张德生隔一天就要起一次鸡叫。就这样，赶在腊月前，总算把庄稼全都打完了。陈福友说："只有张德生才能受下这种苦。"

春去秋来，在生产队的关照下，我们知青搬进四孔新窑洞，可是，我们的"粮食危机"爆发了。11个知青，正是长身体的时候，繁重的劳动又消耗体能，人食量大增，每人一个

❖ 好人张德生

月40几斤粮根本不够吃，只好寅吃卯粮，跌下了窟窿。秋收时，我们严格的节粮措施开始了，大家每人每顿只有二三两粮食。张德生是个细心人，当他发现我们的粮食不够吃时，就三番五次地找我们商量，让我们从生产队先借些粮，别饿着。但"革命性"非常强的我们，却以不给贫下中农增加负担的理由拒绝去借粮。我们在生活方面，由女知青当家，为了让我们借粮而连住碰了几次钉子的张德生生气地对我说："你们那几个女生比驴都犟。"看着每天和自己一起辛勤劳作的知青挨饿，张德生和老乡们感到既伤心又无奈。就是那些日子，当我吃完晚饭后，经常有些小娃娃来找我，不是说我大（陕北人对父亲的称呼）找你有事，就是我妈让你写信。当我去了之后，看到一家人就等着我上炕开饭呢！几十年后，每每想起这些事，我是既感动，又心酸。从这些事情中，可以看出陕北人的厚道。

1969年是个好年景，秋后，我们的仓窑里已是大囤满、小囤流，每人足足分了近千斤粮食。或许是一朝被蛇咬、十年怕井绳，我们的窑门上又贴上了"忙时吃干，闲时吃稀，杂以番薯青菜之类"的毛主席语录，依旧严格每天的口粮。每天做饭，都要称米下锅。有一段日子，我们几个男知青晚上饿了，就在自己窑里熬的猪食中找辙。有时，能找出几个小洋芋、老倭瓜，将它洗一洗，放点盐一煮，吃得津津有味。事情传到张德生那儿，他真有点儿火了，跑到我们住的窑洞前吼道："再不许你们称粮食做饭了，能吃多少就做多少，再称，我就把你们的秤撅了。"至此，我们的"粮食危机"才算正式结束了。

时间长了，在我们心中，张德生不仅仅是我们的队长，也成了我们的兄长和朋友。随着更多的接触和了解，我们对他的人格也更加敬佩。直到现在，我还记得有这么两件事：一是当时规定，有自留地的生产队，人均口粮不得超过430斤；没有自留地的生产队，人均口粮不得超过480斤。我们队是取消了自留地的，围绕着50斤粮食是否折价的问题，社员中产生了两种意见，人多劳力少的自然不愿意折价。张德生家有五口人，一个半劳力，但他还是主张折价，他说得很实在："当初收自留地时，劳力多、人口少的家户并不比现在劳力少、人口多的家户的自留地少，现在，大伙儿一年里吃的菜都是按人头分，一分钱都不算，这50斤粮再不折价，劳力多的人家就太吃亏了。"他说得在情在理，大家都服气。还有一件事是1970年秋后，上级抽调劳力到周河滩修农田水利，四队抽得只剩下五六个壮劳力，再抽人，打场的活儿就拉不开栓了。当时，按上级要求的人数还差一个人，上边三番五次派人来催，张德生只好委屈自己怀着八九个月身孕的老婆折文莲去顶数。当折文莲挺着大肚子扛着铁锨来到水利工地时，几个在基建队干活儿的女知青看见了，二话没说，又把折文莲撑了回去。

张德生是一个普通的陕北汉子，留的是陕北男人常留的分头，颧骨上有两片红晕，一笑，眼睛眯成了一条缝儿。他没什么文化，读段《毛主席语录》都磕磕巴巴，就像一些宣传画上的陕北农民形象一样。我们来插队之前，张德生已经当了十多年队长，这本身就是件极其不易的事。陕北地面上丘陵沟壑多，一个村只有百十号人，有200人就算很大的村子了，所以，当地的生产队长、会计和保管员不像平原地区，都是兼职的，并且一分钱补贴也没有。生产队长就是带头干活，是个很累的苦差事；唯一的好处就是每年要到公社开两天"三干"

◈ 好人张德生

会，可以清闲两天，可耳朵还要听上级的训斥，还要接受令人头痛的各种摊派任务。当地没人愿意当生产队长，所以，这个差事就像轮流坐庄一样，一个村里，只要不傻、不病的成年男子，大多有过当队长的经历。邻村有一个后生，当了两年队长，死活不想干了。队里开会，村上一位有威望的长者，而且还是这位队长的姑父，诚恳地给他说："你这两年干得不错，大家都想让你再干一年，那你就再干上一年吧。"没承想，这后生一点儿没给他姑父留面子，站起来说了一句："今天说的不算，明天谁再提议让我当队长，我操他先人。"这是真事，可见队长不是什么"美差"。这几十年里，我见过各种各样的选举，感到只有陕北农村选举生产队长最民主，也是最认真的，因为这个选举关系着队里的收成，关系着每一家人的生活，每个人都会把自己最想选的人提出来。像张德生这样公道、正气，肯吃苦、舍身子，在社员中口碑极佳的好人，只要不使出那位后生的"杀手锏"，这个队长就不会有人来代替，他只能继续当下去。

四队远离公路，相对偏僻、闭塞，也正是这种地理环境，四队都是些老实本分的庄稼汉。我在四队生活了将近四年，队里社员之间没发生过一次吵架，最多就是拌上两句嘴，过后就拉倒。人们之间的关系是和谐的，生活虽然不太富裕，但却是安详的。用一句时髦的话说，张德生的人格魅力，维护了四队的和谐与安定。如果张德生一直当四队的队长，虽然也很累、很忙，虽然他会因为冬闲时，顾不上备足家里一年要烧的柴，夏秋时，别人可以在午饭后躺在地头的树下歇会儿，他却要下到沟里砍柴，等收工时再捎着背回家；但凭着多年的工作经验和他在村民中的威望，四队队长这份儿苦差使他还能承受。然而，他被公社领导看中了，要调他当大队党支部书记，让在基建队当队长的他的堂弟张德荣回来当队长。换了别人，这或许是一件好事。当书记，就不必天天上山受苦了。大队开着小饭馆，有医务室，又有供销社。大队多少总还有些钱，可供大队书记来支配。可凭我对张德生的了解，他不可能贪图任何便宜。向阳沟是双河公社乃至志丹县的典型，工作组、驻队干部像走马灯一样，一队二队的情况远比四队复杂，德生的文化和能力有限，人又太实诚，既不会以势压人，也不会欺上瞒下。我听到让他当大队书记的消息后，力劝德生别当，他也感到力不从心不想当。1971年初夏，队里赵老汉去世了，这是一位1936年的老党员，我们都去帮助料理后事。公社焦书记也来祭奠，他让德生别走远，他还有话要说，我猜想可能就是让他当书记的事，便赶紧叮嘱德生，千万别答应下来。焦书记与张德生谈过话后，德生一脸无奈地对我说："焦书记说了，你要是共产党员，就得当这个支部书记。这是公社党委的决定，你不能推辞。"

张德生还是上任去了，这之后，我和他见面的机会少了。我从知青和一些社员口中得知，张德生除了应付各种检查和开会外，有时间就和社员一起干活。吃午饭是张德生的一个大问题，他既不到别的地方去搭伙捞便宜，又躲着不到社员家中去吃饭；回新庄湾的家，又觉得太远，于是，他常常躲在没人的地方，啃几口馍馍或是吃几口炒面。有一次我见到他，看着他那蓬乱的头发，憔悴的面容，我劝他别太苦着自己，也别太挣命。他皱着眉头对我说："我的本事你又不是不知道，工作干

❖ 好人张德生

不好，没办法。"德生真是受罪了。

1980年8月，我招工招在延安大修厂已经好几年了。有一天，我收到张小建从北京的来信，说张德生得了胃癌，并且已到了晚期，要我代表知青们去看看他。当我从延安回到向阳沟，一看见张德生时，他有些激动，头一句话就是："净给你们添麻烦。"他还指着几袋奶粉和麦乳精盒告诉我："这些都是你那些同学从北京寄来的。"折文莲向我抱怨说："都病得不行了，回到队里还不好好歇着，还要去拦牛，要不是在脑畔山上干活的人看见他趴在背洼上不动，赶紧把他抬回来，他早就被雨淋死了。"婆姨家还想说些家里的窘况，被德生拦住了。我知道他的堂弟张德荣又顶着他到大队当书记去了，他不愿让自家兄弟犯难。看着细声无力的德生更加突出的颧骨上的红晕已经消退，我感到我说任何安慰的话都显得苍白无力。

那天，德荣到县里开"三干"会了，当晚，我赶到县里干部招待所。当时，双河公社的领导和各大队的书记正在一间大屋子里开会。我进去后说明来意，想表达的意思是：张德生是干大队书记累倒的，他还有婆姨娃娃，现在又包产到户了，德生一家的困难上级要关照。沉寂中，东岭一个大队书记突然冒出一句："张德生就是一个受孙，当个大队书记连顿饭都吃不上。"我回敬了一句："你那是屁话。他也到处蹭吃蹭喝，那就不是受孙了！"德荣赶紧过来把我摁在椅子上。又是一阵沉寂后，公社马主任说："张德生这些年为了大家吃了不少苦，受了不少累，现在病倒了，婆姨娃娃都挺困难，我们清楚，不会不管。请你转告北京的知青们，今后只要公社下来各种救济，我们都会首先考虑张德生的，德荣也在这儿，请你们放心。"

听了这话之后,我还能再说什么呢?走出招待所,望着漆黑的夜空,我黯然神伤。

两个月后,我从延安调回北京。两年后,我在千里之外得知张德生去世的消息。几十年了,当我们这群已经花白头发的老知青聚在一起时,常常会想起张德生——这位红军烈士的儿子,这位忠厚淳朴的陕北汉子。他一生只是奉献,不求索取,就像那只会引颈曲背拉犁的老黄牛一样,最后汗干力尽了,也就该走了。

难忘故乡情

王贵川

毛泽东给丁玲写过一首《临江仙》的词。开头一句是"壁上红旗飘落照，西风漫卷孤城"。寥寥13个字，就将山保安的苍凉景致给描绘了出来；接下来的"保安人物一时新"的典句，写出了群英集聚陕北的喜悦之情。陕北当地人说起保安，爱在前面加一个"山"字，将保安地域风貌用一个"山"字来概括，也算贴切。保安县后来更名为志丹县，意在纪念民族英雄刘志丹将军。

志丹境内梁峁起伏，沟壑纵横。45年前的那个冬天，几十辆敞篷解放大卡车，浩浩荡荡地行进在蜿蜒崎岖的山路上。车过之处，扬起滚滚黄尘。我和同来这里插队的知青蜷缩在车厢里，不时探出头来看一看山崖上错落的窑洞，偶尔还会看见一群羊。羊群旁边，拄着拦羊铲的老汉木然且疑惑地望着远去的车队。一路上发了无数感叹与好奇的同学们在这一刻都沉默了。大家挤在一起，表情严肃。每个人的心中都在想：从这一天起，我们的学生时代结束了，另一种生活就要开始了。

❖ 黄土蕴情——我的精神家园

当时，我们这些被称做知识青年的年轻学子，年龄大一点的只有20岁，年龄小的还不到16岁。其中有兄弟俩、姐妹俩，两两相伴；也有哥哥带着妹妹，姐姐带着弟弟，以大带小；甚至还有兄弟三人一起到一个地方来插队。来插队的这些知青，有的豪情满怀，有的消极无奈，更多的是稀里糊涂随着大流来到这里。

我记得很清楚，到达志丹县的那一天，是1968年农历腊月二十，阳历是1969年2月9日。我为啥能将这个日子记得那么牢，因为这一天对于每一个知青来说，是人生轨迹发生改变的日子。

我插队的村子叫元峁村，离志丹县城虽然不是太远，但条件艰苦。刚来时，按照国家政策，每个知青有240元的安家费，吃粮由粮站供应，每人每月44斤。这些定量，对于正在长身体的年轻人来说，根本不够吃。但我们先遇到的一个难题是：要把生米做成熟饭，首先是要点火做饭。起初，我们不会烧火。光顾往灶膛里加柴，可就是不见火苗蹿起，于是，便蹲在灶火口，一边吹，一边扇，扇起的柴烟呛得同学们一把鼻涕一把泪。有个同学自作聪明，把煤油泼进灶膛的柴火上，并对着灶膛猛吹一口，没想到这一吹，让火苗喷出灶眼，把眉毛和头发都燎了。

做饭是一门学问。焖小米饭不知放多少水合适，饭做到一半时才发现干了锅，于是，赶快抄起马勺往锅里倒水。就这样，三折腾、两折腾，这顿饭怎么也做不熟，夹生了；要不就烧煳了。夹生饭，焦煳饭，成了我们吃的家常饭。

◆ 难忘故乡情

> 清早起来脚地下站，
> 我问你们吃什么饭。
> 不哼不哈不言传，
> 洼下个眉眼给谁看。

因为做饭对我们来说是一件很麻烦的事，知青中便有人编了这么几句顺口溜。我听了之后，又加了一句——宁愿受苦也不做饭。

陕北农民大都住的是窑洞。挖窑洞先要选择一个好崖面，顺着崖面，将土劈下去，然后在剖面上向纵深掏一个洞穴，洞口用木头做上门窗，里面盘上一个大土炕，地上摆上几口大缸，这就算是一个家了。

每天，当窑洞的窗棂上刚透出一点光亮，我们就要起身去劳动。上到山上，先歇一会，喘口气，而在这短暂的歇息时间里，老乡们便拿出旱烟袋抽两锅烟。我发现，老乡们拿的烟锅都很奇怪，有的是用树疙瘩削成的，上面吊着一个羊皮烟袋。抽烟时，只见老乡们先把烟锅装满，掏出一块火石，垫上些火绒，用一个不知是什么的东西嚓嚓地打，擦出的火星把火绒点燃，再放在烟锅上，吧嗒吧嗒地抽起来。老乡们说这是火镰。一个人抽烟时，烟锅里的烟不能燃尽，剩下带火星的烟灰要倒在鞋坑里，装上第二锅旱烟，用鞋坑里的烟灰把第二锅烟再次点燃。这时，你若凑上前去，老乡们就会把满满一锅烟双手递到你面前，非常有礼貌地说："你抽上两口。"

在北京读书时，我们只知道火柴和打火机，这样原始的取火方式把我们都看傻了。钻木取火的年代已遥不可及，火镰打火就发生在眼前。这两种取火方式相差了多少年。在这里，我们了解到中国社会最底层的真实状况，但在这种了解中，也感到贫困中有着一种温暖。

元峁村总共有11户人家，算上我，一共有43口人。直至今日，我都能准确地叫出他们的名字。当年，队长看我一个人在村上插队，就把我安排在一个名叫来有的家中。来有比我小一岁，他爹脚有点瘸，可他娘却干净利索。陕北女人没有名字，当姑娘时用的是小名，过了门就被人叫做谁谁的婆姨，等老了，就喊成谁谁的妈了。村里的人都叫她来有妈，我叫她大娘。大娘对我就像亲儿子一样，在生活上无微不至地关怀。耕地时，我穿一双带鞋带的球鞋，灌进去土之后，要解开脱下，极不方便。后来，我干活时干脆就光着脚丫子。大娘看到我光着脚在干活，她心疼。于是，她两个晚上没睡觉，为我赶做了一双遍纳鞋，穿上这种鞋，干起活方便多了。在吃喝上更不用说，大娘家平时的饭菜十分寒俭，但自我到她家入伙之后，隔三差五，大娘会做一些荞麦凉粉、荞面饸饹、杂面、油馍糕、米酒、麻汤饭让我品尝。我每天晚上都用热水洗脚，大娘每晚锅中必留些热水。在来有家，我生活了一年多时间，渐渐地融入到这个普通农家。

1970年9月，国家在知青中招工。招工单位是三线军工厂，审查比较严格，首先要由贫下中农推荐。在推荐会上，村上的老汉都推荐我。他们还异口同声地说："这后生，好苦水！"这句话能从他们口里说出，这就证明我已经得到他们的认可。

我要走的消息在村里传开后，大娘一整天没说一句话，只是在默默地看着我。临走的那几天,村里挨家挨户请我吃饭,婆姨们聚集起来为我拆洗被褥,大娘在油灯下为我缝补衣衫。一天夜晚,我偷偷地掀开被角往外看,只见大娘眼里挂着晶莹的泪花。我赶紧把被子捂紧,钻在被窝里悄悄地哭了。

走的那天,全村的男女老少都来到村口。队长牵着毛驴驮我的行李,我跟在驴后面。走几步,回头看看,一看,乡亲们还站在那里向我招手。泪眼蒙眬中,我竟然没有看见大娘。后来,我才知道,大娘不愿意看到离别时的情景。送我的那一天,她一个人在窑里哭哩。

1975年中秋节,我出差经过志丹县。我在县里买了两包月饼,买了一水壶散白酒,步行20多里路,回到元峁村。这时的来有已经结了婚,两位老人都还健在。队长见我回来,让全村人烙月饼。月饼馅是用麦麸拌着红糖,在上面点一点红。婆姨们带着娃娃围着炭火烙月饼,男人们围坐在来有家的炕上,一只大粗碗,斟满了酒,转着圈依次轮着喝。炭火映红了大娘的脸庞,大娘笑了,笑得那样的灿烂。一轮明月从东山升起,月光下的小山村沉浸在幸福中。

2009年5月3日,我带着我的女儿,特意买了些纸和冥币,驱车前往我魂牵梦绕的元峁村。车刚停在村口,乡亲们就赶过来了。我一看,当年的后生已变成老汉,来有的父母12年前就老瞌(去世)了。来有带着儿子,我带着女儿,用中华民族古老的方式到坟地上去祭奠二位老人。在二老坟前,我哭诉着:"大娘,我来看您来了。"一句话刚说完,我的眼泪就像断了线的珠子,一个劲地往下流。离开时,我和女儿深鞠三躬,表达对老人家的怀念。

❖ **黄土蕴情——我的精神家园**

  如今的志丹县一派新面貌。乡亲们告别了贫穷，过上了幸福的生活。想当年，贫困的陕北人民收留了我们，黄土地养育了我们。北京知青懂得情，也懂得义。我们会永远记住第二故乡，永远不忘那里的父老乡亲。

让我们排成一行行
站在当年耕种过的圪梁梁

脚下踩着厚重的黄土
头上沐浴着高原的阳光

这里是我们的精神家园
这里是我们的第二故乡

大陕北自有大气象
群山连绵、高天空旷

从插队知青到军史学者

王晓建

1970年12月，正在宜川县高柏公社下熟畔村插队的我，与村里的年轻人一道参加了征兵体检，结果顺利通过。而我的父亲正好在这时候得到"解放"，被选中承担京剧"样板戏"电影《奇袭白虎团》的导演工作。我于是接到了宜川县人民武装部发来的入伍通知书。

新兵们在宜川县城集中，此时才知道宜川县本年度所征兵员共140余名，将全部开赴祖国西陲的新疆。在这140余名新兵中，北京插队知青约有20余名。几天后，从榆林、延安两地区征集的陕北新兵一同在铜川上火车开赴新疆，我数了数车皮，算出共有4000人左右。而其中的北京插队知青，据我到新疆以后联络统计，有200来人。这其中，有周恩来总理的侄子周秉和、后来在西安卫星测控站当过技术负责人的史续生、后来担任国家经贸委技术改造司副司长的高朗、后来担任新疆军区总医院副院长的许春生，也有牺牲在新疆边防线上的樊忠亮。无论是陕北本地青年还是北京插队知青，从此以后都成为保持了数十年深厚友谊的战友。

我自幼就受父亲的影响,喜欢历史。念小学时就对《中国历史小丛书》、《外国历史小丛书》着迷。稍大些念初中的时候,喜欢读《文史资料选辑》、《星火燎原》。插队那两年也没闲着,一面读能找到的各种杂书,一面去旧战场和有些来历的遗迹看个究竟。

记得我在插队时,去过解放战争中宜川战役的主要战地之一瓦子街,抗日战争期间八路军三五九旅开荒生产时驻扎的南泥湾,国民党第二战区机关驻地秋林镇,还去过原属宜川、后来划给延长的土匪屯驻之所"后九天"。"后九天"又叫"后湫天"或"后九殿"、"后湫殿",地势险要,易守难攻,用陕北老乡的话形容,那可是个"好美霸道"的寨子。据说最盛时,有近千名土匪在"后九天"啸聚,别说百姓,就是官兵也不敢靠近。陕甘边、陕北革命根据地的开创者刘志丹、谢子长都曾深入"后九天",劝说土匪们改弦更张干革命。果然有数百人被刘志丹、谢子长打动,相跟着他们出山当了红军。后来我采访陕北红军和陕甘边红军的老将军时,颇有几位一听我在宜川插过队,便问我去没去过"后九天"?可见在他们心目中,"后九天"也是个神秘而重要的所在。

在陕北插队的那两年,极大地激发了我对历史,特别是军事历史的兴趣。

我们这一群陕北新兵是在新疆吐鲁番下的火车,接着坐了六天汽车来到新疆南部的疏勒县,被分到了新疆军区下辖的南疆军区。南疆军区的防区当时与苏联、阿富汗、巴基斯坦、印度、尼泊尔五国相邻,军区机关所在地疏勒县距国境最近处仅有 100 多公里。南疆军区有着光荣的历史，它原为第一野战军第二军，再往前，为西北野战军第二纵队，再往前呢，为八路军一二〇师三五九旅，最早的起源是红二方面军的六军团。这可真是一支转战西北的老部队，自从长征到达西北后，就在西北扎下了根，不仅保卫过黄河河防，开垦过南泥湾，还参加了西北解放战争的全过程——青化砭、羊马河、蟠龙镇、榆林、沙家店、宜川、黄龙山、西府、陕中、扶眉，进军青海，进军新疆……可以说，大战小仗无役不与。在这样的老部队当兵，满耳朵都是本部队的光荣战史，使我对军事历史的兴趣更加浓厚，开始有意识地阅读军事历史方面的书。

我当时读的军事历史书，除"文革"前出版、偷偷保存下来的《红旗飘飘》、《星火燎原》和一些老将军回忆录的单行本外，还有一批部队自行编印的书，如《扶眉战役》（1949 年编印）、《第一野战军战绩》（1950 年编印）、《三五九旅抗日战争史》（1957 年编印）、《西线凯旋曲》（1963 年编印）等等。今天说来难以置信的是，这些书，大部分是我从疏勒县造纸厂的原料废纸堆中"抢救"出来的。因为那时还处于"文革"后期，这些被我视为珍宝的资料，却被当做会惹麻烦的"有问题"的东西送往造纸厂销毁造纸。另外，在宜川时，我已把《毛泽东选集》第一至第四卷通读过一遍。到了部队，上级提倡学习毛主席著作，我于是又把毛泽东的军事论著读了一遍。

1979 年，我由南疆调到北疆，在乌鲁木齐军区政治部做了 8 年宣传、文化工作。乌鲁木齐军区即原来的新疆军区，因为自 1955 年起，新疆军区就成为大军区，杨勇上将担任军区司令员后，认为大军区不应以省（或自治区）名命名，故而报经中央军委批准，新疆军区改称以市名命名的乌鲁木齐军区。一直到1985年，乌鲁木齐军区与兰州军区合并，才又出现了副大军区级的新疆军区，那是后话了。

在大军区政治部门工作期间，我接触到了更宽泛的军事历史。大军区这一级，不仅打过硬仗、恶仗的老首长多，可以利用各种机会听他们细讲亲身经历；而且我的顶头上司——宣传部副部长丁朗就是一位文学家兼史学家，听他娓娓道来，真是既有史又有识还有文学色彩，非常有魅力。还有我奉领导之命主办的《西线》、《西域》杂志，专设了"回忆录"栏目，各"山头"的老前辈、老领导、老同志们纷纷来稿，要想登出来不出差错不引起争议，只能大量读书，虚心求教，多方考证。

兴趣使然，工作所迫，那股钻研军史的劲头是非常足的。逐渐地，我有了一定的积淀，可以理直气壮地与身为首长的"老头们"就军史问题互动；到军区所辖部队的团史馆、师史馆参观时，也能看出个子午卯酉来；甚至能纠正书报刊上、影视片中的硬伤了。

1987年，我当了退居二线的原乌鲁木齐军区政委谭善和老将军的秘书，1989年随时任中央顾问委员会委员的谭老将军调回北京。20余年间，我先后当过四位老将军的秘书，被熟人戏称为"秘书专业户"。幸运的是，这四位老首长都是1955年授衔的、身经百战的开国将军。他们每个人的经历，都堪称一部厚重的历史书。

谭善和，历任第二野战军特种兵纵队副政委、西南工兵司令员兼政委、志愿军工兵指挥部司令员兼政委、军委工程兵司令员。他指挥过修筑康藏公路（今川藏公路）、成渝铁路、天山公路。率领志愿军工兵在朝鲜顶着美军飞机的轰炸，打洞架桥铺路，保障了志愿军粮草、军火的运输，为挫败美军的"绞杀战"获得抗美援朝战争的胜利作出了突出贡献。

贺光华，16岁即担任红一方面军五军团机要科长，后任军委总参谋部作战科长、十二军副军长、军事科学院副院长。参加过红一、红四方面军长征，南下北返，挺进大别山，淮海战役，渡江战役，进军大西南，抗美援朝。他记忆力惊人地强，一些红军时期他收译过的重要电报，到了晚年仍能一字不差地背诵出来。他在军史研究方面非常有造诣。

李达，念过冯玉祥的西北军军官学校，在宁都起义中加入红军。他辅佐过贺龙、刘伯承、徐向前、陈毅、彭德怀等老帅，担任过红六军团参谋长、红二方面军参谋长，八路军一二九师参谋长，晋冀鲁豫野战军参谋长、中原野战军参谋长、第二野战军参谋长，西南军区副司令员兼参谋长，志愿军参谋长，中国人民解放军副总参谋长。他在红军里属于"科班出身"，被老上级、老战友们誉为"活地图"，在人民军队司令部工作、参谋工作方面的建树，全军上下有口皆碑。

王兆相，陕北神木人，在刘志丹、谢子长麾下成长为优秀的军事指挥员。他在陕北神（木）府（谷）佳（县）榆（林）地区组建了一支游击队，在远离上级领导又得不到兄弟部队支援的情况下孤军奋战四年。克服重重艰难险阻，他率领的游击队壮大为陕北红军第三团、陕北红军独立第二师，新中国成立后改编为装甲兵，至今以"红军铁甲旅"的光荣称号，留在中国人民解放军第五十四集团军的序列里。王兆相在土地革命战争时期就担任了师长。新中国成立后，任工程兵学院院长，军委工程兵顾问。

在老将军们身边工作,简直就是在军事历史的汪洋中遨游。通过他们的口述,通过向他们请教,我获益之深真是难以估量。正是从这时起,我真正走上了研究军史之路。聊以自慰的是,我不仅协助四位老将军整理了许多篇回忆文章,还为他们一一撰写了传记,出了书。包括《在征程中——谭善和将军》、《贺光华将军传》、《李达军事文选》、《怀念李达上将》、《李达画传》、《战争年代的回忆》、《王兆相画传》等等。

我是把研究军事历史当做事业来做的。在整理王兆相老将军的长篇回忆录《战争年代的回忆》时,我为了便于采访乡间父老,住进了王老将军故乡的陕北山村窑洞。村里乡亲们听说我在陕北插过队,立刻亲热地把我称做"老陕北",还不顾阻拦硬是为我杀了一只羊。当然,与我插队时一样,那只羊的羊肉,全村每家来一个人在我住的窑洞里一起分享,还一边吃一边拉话。我住在村里那几天,村委会安排专人为我做饭,应我的要求,上顿吃荞麦面饸饹,下顿吃豆子面面条,我竟产生了重新插队的感觉。

随着研究的步步深入,我的事业也向纵深发展了。十几年来,我主编了一套200多万字的《开国上将》,与人合作主编了《上将风云录》;撰写了《说皇道帝》、《世界军事名人邮票800枚》、《读书淘书藏书记》等书;编纂了《徐海东大将》、《陈士榘上将》的画册,以及《宁都起义纪实》、《中华军魂——解放军军事家、开国上将名诗名句选》、《逛旧书店淘旧书》、《游寓他乡记淘书》等书;为《中国人民解放军高级将领传》撰写了聂鹤亭、王六生、韩怀智等将领的传记,参与了熊伯涛、杨永松、牛书申、贺晋年等开国将军回忆录或传记的整理、撰写工作；至于由我统稿或修改过或当顾问、当编委的书，已出版的少说也有三四十本。

进入21世纪，我又进入了一个新的领域，参加了一些电视片的创作和拍摄工作。我撰写了文献纪录片《宋任穷》、《大将徐海东》、《陕北名将王兆相》、《独臂上将贺炳炎》、《李井泉》、《开国将军王尚荣》的脚本，担任了电视连续剧《神府红军游击队》，文献纪录片《回望硝烟》、《决战淮海》、《为了新中国》、《辛亥革命》、《不能忘却的伟大胜利》的历史顾问。

如今，我虽已退休，每天却仍很忙碌。著书、编书、讲课、发言、写脚本、接受采访等，似乎总有做不完的事。但我却是乐此不疲的，我的想法是：为了我们的祖国不受侵犯，为了包括陕北在内的父老乡亲过好日子，我将继续在军事历史的领域里钻研下去。

❖ 黄土蕴情——我的精神家园

乡音表达出的睿智

张伯华

巴加内尔赞美西班牙文的时候说:"多么响亮的语言啊!这语言是金属制成的,我深信它的成分是包含百分之七十八的铜,百分之二十二的锡,像铸钟的青铜一样!"作家凡尔纳这别出心裁的描述,不仅呈现了西班牙语壮丽宏伟的气势,使人仿佛听到黄钟大吕在轰鸣,还让我触类旁通,耳边响起另一种雄浑厚重的声音。

上一个世纪60年代末,我来到延安地区宜君县插队,从此,每天都能听到一种合金般的方言。初听,觉得所到之处别有天地;久而久之,从中还得到了启迪,吸引你去探索其中蕴藏着的聪明睿智。

久居北京,过去总以为外地话不是土便是野,至于文雅和意味隽永,似乎只应该出现在书斋中或校园里。岂不想我插队的这个地方,许多人文盲语不盲,大量正规准确以至带有古代遗风的词汇,是那么普遍、那么平常地在每一个人的口中传播:当地人如果表示对某一事物的喜爱,不像北京人所讲"特喜欢"，而是说"酷爱"；谁的东西丢了，他们则叫"遗"；文学名著《水浒传》中出现的"被卧"，是这里人对铺盖的泛称；哪个演员扮什么角色，人们称"饰"，老玉米被称之为苞谷，土豆叫做洋芋，香菜说成芫荽……

假如你闭上双眼听他们说话，甚至会觉得自己好像置身在莘莘学子之中。可这话又确实是从叼着旱烟袋的农夫和头笼着白汗布的农妇嘴里说出来的，既没有咬文嚼字的假斯文，也不带附庸风雅的矫揉造作。这可真是"粗中有细"啊！

据说，明末清初，南方某地的语言分为"街谈"和"绅谈"。依我看，这里的话倒可以分成"古谈"和"今谈"。以其运用的对象来讲，并没有把人区分为高雅或下贱，它归全体农民"集体所有"。只不过，"古谈"——古香古色；"今谈"——充满着时代的气息：许多人把钱粮账务用"经济"二字取代，谈及盖房子、修街道，则叫"建"或"建设"；干部们下乡，队长派饭，开口便说："我给你安顿饭去"；拖拉机发生了故障，半导体出了毛病，人们一准说："配置配置"。

我第一次听到这话，我感到是那么的严肃庄重。也许其中包含着大词小用或概念不清的成分，但我总觉得其中洋溢着当地人接受新文化的渴望，回响着他们踏着时代的节拍前进的脚步声。

我插队的时候，宜君还有不少地方仍然保留着自然经济的痕迹，厮守田庐、耕读传家是许多人恪守的信条。男孩或女孩，大多穿着自制的衣服，自己种的棉花，自己织的土布，自己缝成的衣服，裤子染成海蓝色，上衣则染成枣红色；农业耕作粗放，"连枷打，碌碡碾"是普遍的现象；"点油灯，骑毛驴"人们习以为常；石磨、纺车等在北京郊区早已销声匿迹，而这里却必不可少；许多人没见过汽车是何物，偶尔有人到城里走亲串友，也闹过对着电灯泡点烟的笑话。

落后固然给人们带来困苦，但也孕育了群众的智慧，砥砺着他们锤炼语言的匠心。语言对困境中的人们来说，是延年益寿的人参和灵芝，是把寡淡的生活变得鲜美的味精。不用说那种幽默的俏皮话了，不用说那民歌般的叫喊声和形象贴切的乡谚了，单是一些名称，就把我带进了色彩斑斓的百花园。

无论在哪里，一顿炒馒头或炒苞谷馍，总谈不上是什么上乘的菜肴吧？在山村，人们把硬冷的馍馍切成碎块，放有少许的油在锅内翻搅，这能有什么味道？可它却有个好名字——炒馍花。一个"花"字，能让你想起黄黄的馍块儿，翠绿的葱段，星星点点的红辣椒，仿佛把漫山遍野的野菊花、山桃花、苜蓿花、荞麦花、洋槐花都收拢了，集聚了，汇成个精致的花坛，散发着扑鼻而来的馨香。

想当年，高原缺水，只能种些韭菜大葱，而农民却有人给自己的闺女起名叫葡萄、叫芹菜，他们把自己的憧憬响亮地放在后代身上，仿佛用红笔写下了一支支前进的路标。一天多少回的呼唤，一年数不清的回答。每叫一声娃娃的名字都是提示父辈的责任，而孩子们每应一下，都是美好的愿望在沟谷中的回声。

正因为有了殷切的希望，所以，一些本无生命的东西也变得活灵活现。比如日常用的小板凳、小枕头、供孩子们使的小锄头，人们称为板凳娃，仿佛他们能啼哭、能嬉笑，能用双手推着大人的肩头撒娇，能在父母的膝下姗姗学步。

乡音表达出的睿智

品味着拟人喻物的话语,我终于领悟到了它的功能:它让寂寞的乡曲变得喧闹,让死气沉沉的物件栩栩如生。它曾使粗茶淡饭变得津津有味,曾使烈日下刈麦的劳累烟消云散。

这里,我绝不是因为对陕西话过分偏爱而贬低祖国文化宝库中的其他方言,更不是为了掩盖它的瑕疵而闪烁其词。在这样的语言大气氛下生活,我总觉得他们的谈吐中有种潜在的智慧,它是诙谐的、机敏的、乐观的、向上的,使精神变得充实的。就连那些粗声俗语,如果抛开它的具体内容,也能看到智慧流动的轨迹。想想吧,要不然在这布衣蔬食的山乡,为什么语言的果实会如此硕大寡朋呢?

我所在的宜君县,是块古老的土地:中华民族的先祖——轩辕黄帝就在附近的桥山安睡;汉代文学家司马迁的故居,距这里也只有百里之遥。这里不仅历史悠久,而且土地肥沃,又蕴藏着丰富的资源,还保持着光荣的革命传统。有人粗略地统计,这儿有全国十八九个省市的人。大量外地人的迁徙,冲击了多少年来重农抑商的传统,打破了安土重迁的局面,也使各种方言得以融合。当地的土著居民,则吸收了其他方言中的优势基因,让自己的语言像在优生学指导下的产儿,那样丰满和健壮。这儿简直是一座活的碑林,既保留着陈年的痕迹,也不断铭刻上表达国荣民望的新碑文,抒发着气振兴豪的情怀。

恐怕正因为如此,所以,当地人说话、发音带着锐意进取的气魄,吐字流露着迎接新的文化建设高潮到来的神情。我想,在不久的将来,如果为了适应现代化建设的形势,需要让人们普遍掌握外语的话,这儿的人因为具备得天独厚的条件,有着天然优越的基础,兴许还能居全国之先呢!

◈ 黄土蕴情——我的精神家园

一生都在唱延安

李佐贤

1969年1月,我到革命圣地延安来插队。我在那里度过了七个寒暑,那里留下了我青春的足迹,留下了我终生难忘的记忆。

记得在离京前,老师给我们念了两句诗:"滚滚延河水,巍巍宝塔山。"这一山一水,将圣地延安的光辉形象给展示出来,我当时就有了一种"身长翅膀脚生云,快到延安看母亲"的急迫感。

出于对革命圣地延安的一种敬仰,我时时刻刻都将自己当成延安人。那里是我的第二个故乡。我在那里当过农民,担任过生产队长,并成为一名光荣的共产党员。

延安是革命老区,那里浓郁的黄土风情文化和红色革命文化熏陶了我,培育了我。那块厚重的土地不仅激发了我的劳动热情,也激发了我的创作热情。在劳动间隙,我写下了几十首诗歌,真实地记录了我的劳动生活:

送 肥

前边人飞
后面车追
车轮呼呼滚得急
一个劲地催

车急轮急人更急
清明过后是谷雨
跑村东，绕村西
粪堆个个搬田里

春上送去肥千车
秋后拉回万担米
车轮碾出幸福路
汗水谱出丰收曲

脚步擂醒天和地
送走星月迎晨曦
村内雄鸡声声啼
看东方，金色的太阳正升起

还有一首创作于1973年12月的《地头饭店》：

一把镢，一张锹
地头盖座"饭店"

❖ 黄土蕴情——我的精神家园

一口锅,一个灶
咱这个"厨房"真简单

桶两只,担一担
挑在肩头忽闪闪

一只写上:三年变
一只写上:五年翻

一根火,炊烟起
一把柴,饭香传

瞧那边,社员们干得多红火
大干快变战河山

咱炊事员也要多贡献
保证水足汤菜鲜

抬头望,太阳正当晌
抹抹汗水喊一声:"开——饭 开——饭"

第二年一开春,我又写了一首《担粪谣》:

两只粪担挑肩上

大步流星把歌唱
出了东家走西舍
咱为队里担粪忙
谁嫌我的粪担臭
准是他的思想脏
粪是粮的宝中宝
没它咋能跨长江
只要革命需要咱
一辈子不把粪担放
粪多担重脚步快
桶内传出五谷香

这三首诗后来都在县广播站播了出来。

1975年，我因病回到北京。在养病的那段时间里，我无时无刻不在想念延安。1995年，我和孙立哲、李华松等人，共同组织编写了《情系黄土地》一书，共收入了几十名知青所写的回忆录，记载了那段峥嵘岁月。

1999年1月29日，延安市委、市政府和北京知青举办了北京知青上山下乡30周年联谊会。这次活动原预计有几百人参加，可没想到，你传我、我传你，一下子竟来了几千人。我在主持发言时讲道："30年前，是北京知青这个名字把我们联系在一起；30年后，又是这个名字把我们聚集在这里。我们这些知青今生今世注定要与延安结缘。"

1999年底，我所在的公司和延安歌舞团共同在北京展览馆剧场举办了《情系黄土地》大型文艺演出。演出共举行了三

❖ 黄土蕴情——我的精神家园

场。许多老知青,在京的延安人和一些北京市民观看了演出。

2011年,我和延安青年缑军安投资拍摄了《情归延安》。该剧是在延安富县直罗镇拍摄的,其间,在延安市也取了不少镜头。

此次回延安,我还回了富县,并到我当年插队的村子去看望乡亲们。最让我感动的是,老乡们还记得我,他们热情地接待了我,于是,我又满怀激情地写下了一首《回延安》:

滚滚延河水
巍巍宝塔山
多年魂牵绕
今日回延安
高高黄土地
宽宽黄土原
一首信天游
歌似当年甜
想念众乡亲
一别三十年
家乡山河变
亲人可依然
往事如云烟
心潮波浪翻
未见亲人面
已然泪涟涟
曾是延安人
心系延安天

一生都在唱延安

重饮延河水

温馨又甘甜

这次回延安,我看到延安变了,天变蓝了,山变绿了,楼高了,路宽了。回到村里,听老乡们讲,他们的生活也富裕了。我插队时,村里有许多村民没有见过汽车,而现在,许多家庭都有了自己的汽车。

去年,由北京知青组成的"黄土情合唱团"要组织一场演出,节目中当然少不了许多怀旧的歌舞,但我却建议,要把延安的新风貌、把知青对延安的感情写出来。于是,我写了一首《又见延安》,曲子是由原在延川插队的知青董靖谱的,由"黄土情合唱团"演唱。演出后,受到了北京合唱协会的推荐,在网上播出后,点击率非常高。

北京知青,对延安都有一种情结,延安这块红色的土地,深深地影响了知青的人生轨迹。想到这里,我又写了一首《黄土地恋歌》:

你曾深刻地影响了我们的人生轨迹

你曾真实地记录了我们的青春足迹

历史有缘提供了一个机遇

把延安和知青连在了一起

从此你的生命里有知青

知青的生命里也有你

延安宝塔耸立在我们的记忆

延河流水奔腾在我们的心里

❖ 黄土蕴情——我的精神家园

我们最喜欢唱那首边区
军民最爱唱的名叫《东方红》的歌曲

忘不了延安精神
忘不了"三五九"旅
忘不了枣园的窑洞
忘不了金灿灿的小米
忘不了村支书教我们耕地
忘不了邻居大娘为我们赶制寒衣
忘不了和延安人民的深情厚谊
忘不了在延安经历的风风雨雨
你曾深刻地影响了我们的人生轨迹
你曾真实地记录了我们的青春足迹
延安你这深情又厚重的黄土地
延安知青永远深深地眷恋着你

返乡的收获

许复强

2007年初夏，我们几个在延安插过队的知青欢聚在一起，大家谈笑风生，聊起插队时的生活都倍感亲切和温馨。最后，原知青组组长高惠军提议："既然大家谈得这么投缘，那咱们还不如再回一趟延安，看看那里的变化，看看村里的乡亲吧！"经他这么一说，大伙齐声赞同说："好！咱们是得回去看一看。"

几天之后，我们一行十余人，身背大挎包，拎着手提袋，浩浩荡荡出发了。这次返乡之旅，不像刚来插队那会，一走要走好几天。现在交通方便，没过两天，我们又回到了阔别近40年的原延安县下坪公社牛家沟大队。刚到村口，当年的老书记和老队长带着众乡亲和一群"笑问客从何处来"的娃娃，在村口等候着我们哩。

一进村，我们就听到了鸡犬之声，看见了多年不见的窑洞、硷畔、羊圈。我们深情地抚摸着我们曾居住过的窑洞的窑壁，吃了乡亲们给我们做的香喷喷的小米饭。沿着熟悉的山道，我们又参观了村里那座大坝，看到坝里的一汪碧水和大坝两侧的梯田。我们感到：牛家沟变了，石窑多了，山梁沟壑绿了，家家户户不仅安上了电灯电话，还有了电视机。乡亲们顿顿吃的是大米白面、新鲜蔬菜，光景比起我们插队那会儿要好上天了。

当年，我来到牛家沟插队，这里的山水风光，这里淳朴的民风，给我留下深刻的印象。回到北京之后，每每想起插队岁月，总让我感念不已。2000年，我买断工龄，在家闲着无事，就想写一本有关插队生活的陕北农村题材的小说。说是小说，实际上是对我插队生活的一个纪录。我想把那里的山、那里的水、那里的乡土风俗和我个人的思想感情一一写出来；想把我们的生产队长写出来；想把他穿了几十年的那件旧棉袄写出来；想把说出"能饱饱吃上一顿白馍和大肉死也不冤枉"的虎子写出来；想把端着的饭碗比肚子还要大的侯根写出来。在构思这部小说时，我的脑海里虽有初步意向，但笔下却难以形成一个完整结构。我文学功底浅薄，写作能力有限，但我总觉得不将那段生活、那段思想感情写出来，心里好像觉得对自己是一个亏欠。就这样，随着时间推移，我更加坚定了写作的信念，正如一个不知天高地厚的人，非要拎着一把烂铁镐，去开凿一条坚硬的隧道。

我伏案动笔时，虽说兴致有余，却没主攻方向，原先的丰富想象，一下子踪影全无。反反复复多少次披阅增删，但总感到不满意。时光日复一日、月复一月地消逝。有时，弄出十几万字的初稿，可隔日再看，自己都觉得没意思。我很是苦恼。但开弓没有回头箭，直到2007年初夏，我们十几个老知青又

❖ 返乡的收获

回延安,这才让我有了一个清晰的思路。我要创作一部书名叫做《情感之恩——诱人的长辫子》的长篇小说。

在创作的路上,我走的是一条崎岖陡峭的山石小道。我要忍耐孤独与寂寞,要用心去创作。牛家沟的乡亲,插队的"插友"包括我的同学及家人,时时关心我的创作,社会上的朋友也经常询问我的写作进展。我知道,他们一次次地询问,一个个的电话,都是在鼓励、鞭策我。从2007年之后,我又多次回到牛家沟进行采访。我与老乡们同吃一锅饭,同睡一个炕,听他们讲述过去的事情。我每次离别牛家沟时,都要留恋地回头张望,再看一眼牛家沟的山梁沟壑,再瞧一眼送别我的乡亲。有一回,一个朋友有意用文绉绉的词语问我:"当年插队,衣服磨破鞋穿烂,今日回眸以何见?"我见他用这样的语气问我,我便用同样的语气回答他:"插队两年半,经受了人生锻炼,胜过财富百万。"

大概是一次无意的返乡之旅激活了我的创作思路,我似乎从那块土地上找到了灵感。经过几年的艰苦创作,我的沥血之作——《情感之恩——诱人的长辫子》终于由中国文联出版社通过编审,决定出版发行。我知道,这部书虽然是由我来书写的,但若没有让我魂牵梦绕的那片土地,没有那里的乡亲为我提供丰富的素材,我断然写不出这部厚重的作品来。从这个意义来讲,这部书是返乡的一个收获,是插队生活对我的馈赠。

◈ 黄土蕴情——我的精神家园

由北京知青到"陕北青年"

曲 光

我与几个同学，自愿到延川县关庄公社关家庄大队插队落户。经过一年的劳动锻炼，我在外形上已经变成了一个典型的陕北青年。当年的"光辉形象"，已被我国当代油画大师靳尚谊先生用画笔极其生动地描绘下来，并将该画命名为《陕北青年》。由一名北京知青成为《陕北青年》，我为之感到自豪。

1976年4月，我接到延安地区文化馆的通知，要我参加地区农民画创作学习班，报到的地点在王家坪附近的第三招待所。当我头扎白羊肚头巾，身着海军的破旧棉袄，风尘仆仆地从乡下赶到招待所时，地区文化馆的同志热情地接待了我，并让我见到了来延安采风的中央美院的靳尚谊老师。

对于靳尚谊的作品，我曾在一些素描集里看到过，据说，他是我国最著名的画家之一，全国美展中的领袖画像都要由他来修饰加工。他在我的想象里，完全是一个大师的形象。

可是，当年我见到的靳尚谊老师，是一个体态消瘦、穿着朴素、平易近人的中年长者。在交谈之中，我感到他在用职业画家的眼光打量着我。在我安顿下来之后，文化馆的老师告诉我，靳老师要给我画幅油画写生。事后，靳老师曾告诉我，我给他的第一印象是，一部苏联电影里，一个农民要拜访列宁，我和那个农民在某种气质上有点像。

给靳老师当模特是件很轻松的事。他不像我们写生时要求被画者要一动不动地待着，我可以同他自由地聊天。每当中间休息时，我就会跑过去看看他的画作。他的油画与别人的不同点在于：不但画得形似，而且极为传神。

在这期学习班上，靳老师辅导我们画人物素描，并同我们一起在春光烂漫的枣园、王家坪、杨家岭等革命旧址画写生，闲暇之时，还同我们聊美术史，谈美术创作，师生关系十分融洽。

多年后，我在许多画册里看到了靳老师给我画的这幅肖像油画，但其名称并不是《知识青年》，而是《陕北青年》，这也可能进一步说明了当年自己真正同当地农民打成了一片。在一部介绍靳老艺术创作的专题电视片里，将我的这幅肖像油画说成是靳老在"文革"后期艺术风格转变的代表作。

2005年4月，由文化部、中国文联、中央美术学院、中国美术馆、中国嘉德广州国际拍卖有限公司等多家单位，联合在中国美术馆举办了《靳尚谊艺术回顾展》，在这次展览上，我又看到了靳老画的这张《陕北青年》的油画。站在这幅油画前，我仿佛又看到了宝塔山下、延河水旁的落日余晖，看到了枣园旧居的满园春色，想起了与靳老相处的日日夜夜。我请一位参观者给我在这幅画前拍了一张合照，以纪念近30年后的重逢。

探寻毛岸英的务农之路

去过延安的人,大多要到王家坪的主席故居前看看,在毛泽东父子谈话的石桌前,聆听主席送子务农的故事。

这个故事,我刚到延安插队时就听过。但是,真正探寻毛岸英当年走过的务农之路,还是在下乡后的第二年。

1976年4月,我作为知青被推选参加了延安地区文化馆举办的农民画创作学习班。当时,我的任务是以主席送子务农为主题,创作出美术作品来。按照当时的创作路子,我首先要深入生活,广泛收集创作素材。

我了解到,当年,毛岸英上劳动大学的"指导教师"就是吴满有。

为了探寻毛岸英的务农之路,当时在地区文化馆工作的靳之林老师,带着我专程去了柳林公社的吴家枣园,见到了吴满有的弟弟吴满嬴。据吴满嬴回忆,毛岸英来的时候,拿着老镢,背着一个灰布背包,还挎着一个灰色的挎包。

吴满嬴把我们领到当年毛岸英住过的土窑前,我用画笔描绘了这个简陋的土窑洞。

据吴满嬴讲,毛岸英劳动时同我们一样,头扎白毛巾,身着坎肩、短裤,一开始他干得很猛,手上都打起了泡,他心劲大,累了也不歇息。收工后,岸英还给我们背柴,挑水,同吃同住,他对人很和气,完全看不出是留洋的一个大学生。每天晚上,岸英还要在灯下学习,他挎包里带的都是书。平时,他给我们讲苏联的卫国战争,还说以后农业要实现机械化。经过一段时间的劳动锻炼，岸英脸晒黑了，也会分辨庄稼了，担粪、推磨，样样农活都会干。

吴满赢听说我们要创作反映主席送子务农的画，十分高兴。他说，岸英真是个好后生，这要好好宣传哩。

在广泛收集素材之后，在老师的辅导下，我做出了两个方案：其一是选择了主席向岸英介绍吴满有的情形。当年，正值老吴给主席送粮来，主席把岸英叫过来，指着老吴说："这就是我给你找的劳动大学的校长。你过去吃的是面包牛奶，回来要吃中国的小米！"

他又指着岸英对老吴说："我现在给你送一个学生，他过去上外国的大学，没上过中国的大学，你要好生教育他。"

老吴说："啥是大学，咱什么也不懂。"

主席说："我知道的你都知道，你知道的我还不知道，更甭说这个娃娃了。我拜托你，教教这个娃，你要教他种地，告诉他，庄稼是怎么种出来的，怎么多打粮食。"

老吴说："这个我行。"

其二是选择了主席送子务农临别叮嘱的情景：毛泽东和儿子踏着清晨的薄雾，上了路，他要送上儿子一程。

岸英身穿灰布军装，手持老镢，背着背包和挎包，足登布草鞋，精神焕发……

主席叮嘱说："岸英，你要和乡亲们同吃、同住、同劳动，要从开荒干起，一直到收获。只有这样，你才会切身感受到劳作的艰辛，懂得劳动人民的伟大。"

在中央美术学院靳尚谊老师的指导和协助下，经过一个多月的紧张工作，我们终于完成了创作任务。但作品后来送到北京参加农民出国画展审查时,由于"四人帮"的干扰,此类题材的画作未被通过,所以未能参展。但我当年创作的另一幅作品——《合作医疗站》参加了农民出国画展。

无论怎样讲,我当年为了创作,去探寻毛岸英的务农之路,的确使我受益匪浅。

一幅美术作品背后的故事

1977年1月8日,延安地区文化馆的《延安山花》,出版了怀念周总理的专刊,其中刊登了周总理1973年回延安时的一些文章和照片。

我当时还在延川插队,劳动之余看到了这期小报,立马产生了创作灵感,于是,我就拿起了画笔,画了一个草图。我的创作方案不久就得到了县文化馆的认可,并推荐我参加在延安地区举办的美术创作学习班。

当年4月,在延安地区举办的美术创作学习班上,我认识了来自省艺术馆的郭全忠老师。以前,我只是在一些报刊和展览上看过郭老师发表的作品,这次能在他的指导下完成创作任务,一定会学到许多东西。

为了解当年总理回延安的情况,我们找来许多当时拍摄的照片,草图画了一张又一张,最后根据大家的意见,我的作品被定名为《说不尽知心话》,主题就是要表现周总理与老区人民深厚的感情,并要采用工笔重彩的方式绘制,用郭老师的话来说,这样就更像一幅画了。在学习班上,老师们谈创作,教绘画的技法,后来,这幅作品完成之后,参加了陕西省举办的纪念建军50周年美术摄影作品展览。

  恢复高考后，虽然我没有考上美术学院，最终学了理工科，也换过几种工作，但是，无论从事哪种行业，走到了哪里，还总是忘不了在延安美术班上的那些事儿。尤其是当我由一名北京知青变成了画上的"陕北青年"，这对于我来说，是一件十分光彩的事。

◈ 黄土蕴情——我的精神家园

黄土地上的真情聆听

周兆军

40多年前的一天,在延安河庄坪公社余家沟插队的北京知青王克明,步行3个多小时进了延安城,觅得一本作为"评法批儒"辅助读物的《梦溪笔谈》。回村后,他挑亮油灯细读,发现祖祖辈辈生活在陕北的居民,竟还说着千年之前沈括说的话。

后来,王克明返回北京。几十年过去之后,余家沟的老乡们没有想到,他们整天在男耕女织、家长里短、婚丧嫁娶、打情骂俏中使用的那些土得掉渣的方言,竟被王克明,这个当年的毛头小伙整理成70多万字的书——《听见古代》,扉页上还恭恭敬敬地写着:"献给余家沟"。

王克明回京之后,曾十多次回到余家沟。他在与乡亲们交谈中,仍时不时地会蹦出几个陕北词语,夹杂在略带京腔的普通话中。他说:"陕北话是我的生活。在我的眼里,它们是生动的艺术。它们从遥远的古代走来,蹒跚沧海,文化厚重,加泥带土,沉沉甸甸。"

一代又一代陕北人，生息在这块厚重的土地上。新中国成立之前，许多陕北人不识字，但他们都口口相传着很多古代的词汇。由于交通阻隔，地方闭塞，他们的语言没有受到外来文化的冲击，虽然语音逐渐有变，甚至语义有变，但古老的文化却能得到保留。在王克明看来，陕北农民在闲话家常时，在嬉笑怒骂中，承载了一个民族的文化积淀。与一般的方言研究著作不同，王克明所著的《听见古代》一书，运用独特的视角，在选择了近1500多条陕北词汇的同时，也从一个侧面记录了陕北几千年的历史，记录了被忽略了的文明和别样风情。王克明说：今天很多人都会唱陕北信天游，许多人对陕北的秧歌、腰鼓、剪纸也很熟悉。而他要做的是把黄土高原山川沟壑里、把吆牛踩场的农民话语中的那些祖传的俗语告诉大家，让人们从中知道，陕北是一处文化圣地。

王克明说自己不是一个语言学者，而写这本书，是出于对陕北文化的一种尊重，他是在做"文化抢救"的工作。他说："当我们用历史朝代、社会形态来认识历史时，历史可以被清晰地分割，而且绝不属于我们。可是在寻找方言的历史时，所有的界限都可能消失，古代的历史，可以直接延续到今天的生活里面。方言所承载的历史文化、观念形态，就在我们生活的周围。"

从上一个世纪50年代开始，中国大力推广普通话，在取得成绩的同时，也带来一些新问题。尽管官方一直强调：推广普通话，并非是要消灭方言，但客观上却造成各地方言的日渐式微。这个现象，已引起很多学者的注意，前年，就有不少上海学者发出"保卫上海话"的呼吁。

王克明说：在"书同文"两千多年以后，我们看到了强力实现"语同音"的远景。方言的消亡，会导致它们所承载的地域文化的逐渐消亡，因为各地方言中蕴涵着大量的传统人文信息，就像自然生态环境被破坏，会造成生物多样性的消失一样，文化生态环境被破坏，也将造成语言与文化多样性的消失。

《听见古代》在讲述这些方言故事的时候，一些活生生的语言会把人们拉回到王克明延安插队的年代。在解释陕北话中"假"这个词条时，他用了这样一个例句："生产队不叫那些女知青回北京，那些夜儿黑夜假脑畔山上去，转走沿河湾，偷的跑了。"王克明说这是他插队时在余家沟发生的一件真实故事。"假脑畔"三个字，只有长期生活在陕北的人才能听懂。我个人的理解是："假"在这里可以理解为"从"；脑畔则是居住地后面的山坡或山梁。这样一解释，就可以将这句土得掉渣的话表述为："从山后边上去。"

对于王克明来说，《听见古代》这本书还见证了他与陕北的沟梁峁塬、父老乡亲几十年未断的情缘。正如他在一本书的序言中写的那样："一个个朋友已不在身边，一段段往事却恍如昨天；一位位乡亲仍劳作山间，一回回梦里相诉万千！爱过的、恨过的、活着的、死了的，都难舍，都难忘！"

乡土的滋养

孙 宏

陕西省延长县知青文化研究会和延长县政协文史资料委员会日前来电话，约我写有关知青方面的文稿，这让我想起唐代宋之问《汉江》一诗："岭外音书断，经冬复历春；近乡情更怯，不敢问来人。"当我遵嘱提笔，做此重归故地的精神之旅时，心中不免有几分"近乡情怯"的感觉。

来延长插队之前，我在北京四中读书。1964年，我考进北京四中。当时，正值母校为提高教育水平，对数理化和英语实行免修考试，考的都是大学相应课程的内容，通过考试的高材生在校期间免修该门主课。我上高一时，英语词汇量已经达到一万多，是本年级唯一通过该门主课考试的学生。此后，我每天利用同学们上英语的时间，到附近的北京图书馆阅读英文书籍。我一鼓作气，想再通过其他三门主课的免修考试。谁料想，当我信心满满、准备再搏一把时，"文革"骤然爆发，使我再也难以读书。不久，北京图书馆也被封闭。

我和其他同学赴延长县插队之前，北京四中的向立老师赠送我一套新出的英文版毛选四卷。他说:"这是外文出版局聘请最好的外籍专家翻译的。"我把英文毛选和一些外文名著一起打进行李,告别了首都,来到了黄河沿岸的延长县。

村上的老乡接我们来了。他们问我行李怎么这样重?我说是书多。在窑洞里安顿下来以后,我白天跟老乡学习耕作,晚上读书。杨道塬村上的领导贺宝山对我很关心,总是慈祥地说:"你有这号学问,能看懂弯弯字,以后肯定有用场。"但杨道塬来了另一个干部,他那套仇视知识的"文革"话语和村领导的鼓励形成了鲜明的对照。一次开会时他对我说:"你窑洞里的灯总是亮到很晚,是不是又学你那个外文?"我说:"就是。"这个干部说:"你学那玩意儿没有用。"我当即驳斥说:"马克思教导我们:外国语是人生斗争的武器。我学的是英文的毛主席著作,怎么没有用?"这个干部说:"英文毛主席著作也没有用。"会后,我致信延安地区领导反映了这一情况,上级对这个干部进行了批评教育,并把他调离杨道塬。

1973年,经组织推荐,延长县教育局安排我到张家滩中学教授高中英语课程,直到1975年我赴西安工作。1977年恢复高考后,我考入西安外语学院,1981年毕业后在西北大学任教。1987年9月到美国印第安纳州立大学留学,1988年8月获得人文学专业硕士学位后,我进入教育管理系攻读博士学位。由于出国前是在大学教书,我便打算对中美两国高等教育制度进行比较研究,进而考虑到我在延长时,不仅有在中等学校教学的实践经验,而且对杨道塬的村小学也很熟悉,何不对中美两国教育制度进行全面的研究呢?我虽然没有在小学教学的经历，但我妹妹孙靖萍随我一起插队后，村领导安排她在杨道塬小学任教，使我有机会观察到我国基层初等教育的现状。

杨道塬小学建在一个叫"寨子"的高山上，据说，在清末西北"回乱"期间，村民为了自卫才修起这个寨子。杨道塬小学的校舍虽然破旧，但孩子们的学习热情很高。我妹妹孙靖萍曾讲起当年上音乐课的情形："陕北人天生嗓子好，无论是种地、放羊，'信天游'张嘴就来。我根据这一特点，常给学生们教唱进行曲，他们唱得很有气势。"记得，有一次我来到小学，孩子们正在上音乐课，只见他们唱起歌来，把屋顶上的土都能震下来。就这样，我以自己在中学、大学的教学经验和对小学教学的细心观察作为出发点，完成了从初等教育到高等教育，对中美两国教育制度进行全面研究的博士论文，于1990年8月通过答辩。印第安纳州立大学校长兰蒂尼博士对我说："你只用两年时间就拿到博士，这是破纪录的速度，我们美国学生至少要花四年时间才能拿到。你在国内一定上的是最好的学校。"我说："我的母校北京四中确实是中国最好的学校，但我在陕北延长县张家滩中学的教学经验，和对杨道塬村小学的近距离观察也同样重要。"

1990年8月，我获得博士学位后，到华盛顿大学比较文学专业攻读博士后暨第二博士学位。但年底，因爱人患病住院而请假回国，因此，对博士论文题目的考虑未臻成熟。我在回到西北大学执教期间，带领毕业生到黄陵等地实习，重睹了熟悉的陕北山川，使我联想到我在穿越美国中西部原野时看见的景物。黄土高原与美国中西部地貌的相似之处，使我萌生了一个对中美乡土文学进行比较研究的设想。"乡土文学"这一术语是鲁迅先生首先提出的，他在为《中国新文学大系》第四卷撰写的导言里写道："蹇先艾叙述过贵州，裴文中关心着榆关，凡在北京用笔写出他的胸臆来的人们，无论他自称为用主观或客观，其实往往是乡土文学。"1993年8月，我重返华盛顿大学以后，以中美两国乡土文学的比较研究为题，撰写了我的第二篇博士论文，于1995年10月通过答辩。华盛顿大学校长莱顿博士对我说："除掉你中间回国的两年多，你只用两年半时间就拿到博士，破了华盛顿大学的纪录。你一定特别勤奋，也可能是既勤奋又聪明。"我说："这主要和我在陕北延长县插队和教学的经历有关，我不仅在窑洞里坚持学英文，更重要的是得以和乡土直接接触。没有这份真情，是很难写出感人之作的。"

　　确实，这种乡情的激励和启迪，对于深入研究乡土文学是不可或缺的。尽管目前崇洋之风盛行，但我却认为，洋的东西并没有比土的东西有更加特别之处；因为一国的文学只能植根于自己的土壤中才能枝繁叶茂。美国文学也是在美国乡土之上生长出来的，从这种意义上来讲，洋的其实也是土的。如果没有当年在延长与乡土的亲密接触、与乡亲们的朝夕相处，我是不可能领悟乡土文学的真谛的。我在国内外发表了多篇论文、多部著作，有不少内容和思路都可以追溯到我在延长插队的那段经历。我于2009年完成的"985工程"科研项目"中美环境文学、生态批评的发展和社会作用的比较与启示"，与目前正在进行的国家社会科学基金项目"凯瑟研究的历史沿革与批评经验"也都在不同程度上受益于我在延长插队的经历。我想起威尔逊讲过的一句话:"一个国家的历史只不过是把这个国家乡村的历史经过放大而写成的。"正是延长的土壤、杨道塬的乡亲以及张家滩中学的同仁和学生使我深切了解了中国的乡土,真正认识了这个国家的历史。

◈ 黄土蕴情——我的精神家园

我爱陕北方言

王克明

我在延安插队10年的收获之一,是认识到陕北方言对中华近古、中古、上古文化的传承。当把陕北乡亲说的话,和历史演进、生态变迁及生生不息的人类活动连成一片时,历史分期的界限渐渐消失,漫长的古代直接延进了今天的生活。这让我惊讶。原来古今无界,历史不远。由此,我对刻印在自己生命过程中的那些近乎原始的生产、生活方式及观念形态,有了境界认同的理解。在历史重复到那一页时,在生命繁衍到那一代时,在岁月流淌到那一年时,偶然地,我到了那里,看见了历史。乡亲们的苦难和快乐,承载着远古以来的厚重文化,使我生出景仰之心。于是,我曾钻进故纸堆中,为陕北话寻找一些词汇源流,集结成书,献给我插队的余家沟。在文化生态环境严峻的时代,我希望那是一份能让陕北骄傲的非物质文化遗产——因为以我的认识,陕北是一处被别的标签屏蔽了的文化圣地。

1976年,我在延安新华书店购得元代东山书院刻本影印平装《元刊梦溪笔谈》。那时虽看不太懂，但在窑洞里也不时挑亮油灯，学习几页。旧时，陕北农家为使锅台美观，常把捏碎的鸡蛋壳镶在上面，星星点点，很是好看。听乡亲们说："灶火跟前焊些儿鸡蛋壳壳，教好看些儿。"我纳闷：无焊枪焊条，何以焊之？鸡蛋壳壳，又何必焊之？及读沈括，方知为"陷（han）"，镶嵌而已。小时候总以为古代人说的话，都远在历史深处，黑咕隆咚。当知道我在插队时所听到的陕北方言中，竟还说着沈括说的话，我对陕北话产生了一种敬意，生发了对陕北话的朦胧兴趣。之后，时常记录一二，回京后，也未中断，常和曾经一块儿插队的朋友议论陕北话，也常回余家沟，并数度游历陕北。

余家沟是延安的一个深山村庄，二三百人，由前余家沟、后余家沟和贺家山三个村落组成。从村里经常出土的古代器物可知，这个村落数千年前已有人类居住。出土的仰韶文化陶制尖底瓶和磨制石器说明，新石器时代，人类已入住那个深山大沟。后余家沟山上，有窑洞型古庙一座，内有释迦牟尼三世泥塑佛像，已经100多年没有香火。三尊佛像保存较好，只是彩绘褪色严重，塑制年代已不可考。只知140年前的清同治年间，余家沟曾在一次规模浩大的西北民族动乱中惨遭血洗，包括七八个村庄在内的30华里长的一条山沟，阒无一人。我在余家沟时，还见到喷溅在古窑洞墙壁上的陈年血迹。20世纪早期，余姓人家入住，凭空占地，捡得财富。余家沟由此得名，而古村庄名称，已经湮灭。当时村中有古窑20孔。后来者入住其中，至今已80多年。这批居民初到余家沟时，山沟里是平展展的草滩，柳树成荫，几十年后已被山洪冲成数米深的深沟。1930年以后，陆续有逃荒者从延安以北的地方移民至此。我插队时，移民还在继续。那时，山村无电无通讯，进出山沟唯步行可达，没有外界文化影响，民俗古朴，民风淳朴。

余家沟人的生活中，大量使用文言词汇。一批被现代汉语列为书面文言词语的词，农民整天挂在嘴上，如迮狭、蹭蹬、太半、门限、侑食、宾服、觳、聅、幸、谖、惮、瘥、殁等。还有很多早就被现代汉语忘了的祖宗词汇，也用于日常的生产、生活和交往。如棺材叫"木椟"，考虑说"扪摸"；范围叫"彀"，林木叫"梢"，繁殖说"胤"。典型文言词语中的"许"和"也"，这些词语也整天挂在村民的口头。仅一个"死"的意思，陕北就有"殁"、"老"、"尸解"、"命过"等词语。这些词语，也曾经从我嘴里冒出，那时年少，不以为然。后来才意识到，自己说的，是一大群古代词语。陕北日常口语里，高比例地使用着被普通话废弃了的古代词语，这是我万万不曾料到的。由此，我对陕北话由早期的敬意，上升为敬仰了。

宋代洪迈有言："俗语有所本。"民间传统俗语，都有历史来历。有些词语，前人写入文章，我们便有可能找到。另有一些，前人不曾用于著述，我们今天就不知其流。我想，中国古代那么多书，我阅读仅沧海一粟，因此查证非常有限。对于我来说，重要的是，这些陕北话是我的生活，是我和余家沟的生活。在我眼里，它们是生动的艺术，是富有的文明。它们从遥远的古代走来，蹒跚沧海，文化厚重，加泥带土，沉沉甸甸。我把这种真实的话语端起放下，连缀成书，感觉是在慢慢讲述一段生活、一种民俗、一块土地、一页历史。我想，了解一个余家沟，了解陕北，了解一方文化发源地，谁都会对我们中华文化的深奥久远，产生敬意。

陕北话里使用的很多文言词语，都是"斗大的字不识一毛口袋"的农民，代代口头相传，断非学自书本。方言词汇以音、义相传，不依文字。古代词汇保留最多的地方，一定是在闭塞偏远的乡间。那里农民习语，全都承自祖先。像陕北那样的地方，几千年来，交通阻隔，地方闭塞，生产方式落后，生活方式稳定保守。由于没有文化，很难学会官方语言。由于耕种为生，政治风云也没影响。正因为此，许多一两千年前的甚至更久远的生产生活日常词汇、语义，也就停滞在这个"圣人布道此处偏遗漏"的陕北，在农民的口语当中，活生生地使用至今，不为外人所知。

陕北这地方，自古以来，五方杂居，或饮马放牧，或落地生根。早有熏育、犬戎、白翟、林胡，游牧在此。又有匈奴、鲜卑，游食征战。羌胡、柔然、突厥、回鹘，都曾打马而过。龟兹、库莫奚、乌丸、氐、羯，也曾越岭翻山。党项、女真，得以划界统治。蒙元之后，还有与鞑靼、瓦剌的局部冲突。回族居民亦从甘、宁迁入陕北。很多历史民族，都在这里留有他们的后代。一个能够有规模地保留古代汉语词汇的地方，应该是长期稳定地居住着汉语人群的地方，就像中原，就像南方，就像古代从北方移民到南方的那些人群。而这儿，竟然是个许多历史民族都生活和战斗过的地方。这里曾发生战争无数，仅宋夏之战，就打了百年；最近的那次民族动乱，也持续了十余年。而且，今天说着古代汉语词汇的余家沟人，大都来自曾经操党项语言的西夏旧地。虽然早已"渐染胡语"，但历史久远的汉语词汇,像两千年来只用于皇室的、"造字之初"说耕地的"耒昔",居然能在这里的民间口语中,持续使用至今。这是什么原因?陕北人的祖先究竟在哪儿?他们当中,真会有人是从某个历史民族融入汉族?他们的祖先都经历过什么样的移民历史?西晋永嘉之乱、唐玄安史之乱、两宋靖康之乱,那些大移民的时代,他们又都在哪儿?难道他们是宋代边防战士、明代长城守军的内地后代?对于我来说,这些,是千古之谜。

文化多样性的基本现象之一,就是语言多样性。每一种地方语言的存在,都表明一种历史文化的继承和延续。这是中华文明的财富积累。方言的产生、发展和消亡,很有物竞天择的味道。但这是一种平等的、自然的竞争,不应该以人的意志为转移。方言无须人为保护,但也无须人为消灭。几千年都不死的东西,说明它在天然的文化生态环境下,有着极强的生命力。如果这种文化生态环境被人为破坏,方言必然快速走向消亡。

文化生态问题是世界性问题,物质主义淡忘了多样性是发展的源头活水,正在不顾后果地消除文化多样性。以统一为目的的行为,更无益于语言生长和传承的天然环境。自然生态环境被破坏,能造成生物多样性消失;文化生态环境被破坏,将导致语言与文化多样性消失。自然生态平衡被打破,我们会失去物质的田园;文化生态平衡被打破,我们将失去精神的家园。民族文化的血脉,总在语言文字中流淌,而口头语言更具有传承活力,更保有鲜活、生动、富饶的语境。方言的消亡,将导致它们承载的地域文化和历史文化的逐渐消亡。

因此,我爱陕北方言。

志丹县少年足球队诞生记

冯　君

　　1973年，志丹县爆出了一则不大不小的新闻——该县历史上第一支"少年足球队"诞生了！首任教练就是在当地插队的北京知青张小建。

　　陕北农村生活贫苦，文化生活更是贫乏。在志丹农村，有许多人不知道足球为何物。北京知青的到来，把足球运动带到了山村。知青们在地头、场院甚至在河滩上踢足球。静寂的山村响起了知青与陕北娃在踢球时发出的呐喊声，热闹的"比赛"引来了乡亲们的观看。足球，就像飞落在黄土地上的种子，在陕北山村发芽了！

　　1973年初夏，时任志丹县体委主任的曹钰，风尘仆仆地赶往30里外的向阳沟山村。他要邀请北京知青张小建出任志丹历史上第一支"少年足球队"的教练，带队参加即将举行的"延安地区少年足球邀请赛"。

　　事出有因。张小建曾是北京少年足球队的前卫，来志丹插队后，虽然再没机会踢球，但功夫犹在。1970年的冬天，小建曾代表志丹县参加了"延安地区五项球类运动会"和在宝鸡市举行的"全省足球运动会"。当时，踢足球的大都是来延安插队的北京知青。在开幕式上，张小建代表全体运动员讲了话。他所在的延安队在比赛中荣获第四名，并获"最佳风格奖"。赛后，张小建又回到生产队继续参加劳动。不久，陕西省要组建一支足球队，选中了张小建等知青，延安地区体委的军代表曾亲赴向阳沟，想通过招工，先把他招出来，然后再到省里去集训。可没想到，这么大的好事竟没有让小建动心。其实，外人有所不知，当时的小建一门心思要改变队里贫穷落后的面貌，他婉言谢绝了军代表的盛情，继续留在村里。三年时间弹指过。到了1973年，志丹县要组建历史上第一支"少年足球队"，当时正好是农闲时节，小建这次终于同意"出山"了！

几天后的一个清晨，小建背着铺盖卷，坐着手扶拖拉机来到县上，曹钰让他住在县招待所，可小建却直接住进小运动员们集体住的大房间。说起这个大房间，其实是志丹县体育场腾出的一间仓库。16名小运动员睡在仓库内侧，靠门一头；小建在门的另一头用旧器材为自己搭起一个"单人床"。就这样，"张教头"便与小运动员们一起，开始了有组织、有计划的训练。

第二天一早，首次集训开始了。来自县城及周边农村小学的16名队员，基本上都是11岁至12岁的学生。他们最大的"优势"是爱好体育，能跑善跳，肯于吃苦；"劣势"是基本不懂足球，没参加过正式比赛。如何带领这支"娃娃兵"来为志丹足球史上写下新的一页呢？这是张小建首先要考虑的一个问题。他从抓娃娃们的基本功开始，先教小队员用脚的各部位传球、停球、射门,以及头顶球、拦截等,一招一式,一丝不苟。针对一些孩子怕足球迎面击打、怕与大个子运动员冲撞,小建就在常规训练中,加强小运动员的迎球奔跑、迎球阻挡、迎面顶球,和大个运动员争抢围堵、贴身紧逼等基本功的训练。有时,小运动员被球击中或被撞得人仰马翻,小建从不心软,只是高声呼唤:"站起来!坚持住!冲上去!好样的!"以此来激励小运动员们发扬勇敢向前、顽强拼搏的作风。有时,遇到运动员偷懒或违反纪律,小建就"处罚"他站在场子中央,迎球"堵枪眼"。有时,这些小运动员被球击中放声大哭,小建就让他哭个够,下来为他抹泪擦汗水,耐心指出他的不足之处,并领着他到餐厅吃饭,感动得小运动员们说:"张教练比我爸还厉害!但比我妈还亲!"在多种战术训练中,小建费尽心血,集思广益,制定了多套训练方法,整天与娃娃们摸爬滚打在一起,反复训练前锋跑位、边路穿插、中场组织接应、后卫交替掩护、争抢中自我保护等战术。

为了振奋士气,小建坚持与队员们一起作息用餐,训练后一起做游戏、讲故事,还一起唱当时最流行的《山丹丹开花红艳艳》、《军民大生产》、《解放区的天》、《大刀进行曲》等歌曲。小建感到:老区的这些孩子性格倔强,唱起"红歌"来,更容易受到鼓舞。经过20多天的苦练,一支初具战斗力的少年足球队组成了。接下来,他们要迎战的是"延安地区少年足球邀请赛"。

这次邀请赛共有5支代表队参赛。循环赛制,各队都相遇角逐,积分最高者夺冠。志丹县作为东道主,当然要力争创出最好成绩。"初出茅庐"的志丹少年足球队的队员们满怀信心

◈ 黄土蕴情——我的精神家园

地上阵了，但开赛不久，就遇到了一个意想不到的难题。因为队员都是小学生，但有的县选出的队员都是高个子。后来，一打听，竟有初中学生参赛，甭说技术上有差距，就连体力上也明显占上风。一时间，赛事气氛沉闷，大家议论纷纷，有的队甚至要"罢赛"。东道主举办的首次少年足球竞赛眼看要面临夭折！小建为了锻炼志丹小运动员自强不息、顽强拼搏的精神，力主坚持比赛。通过与各县领队、教练员的沟通与协商，"罢赛风波"平息了！部分球队中的超龄现象也得到相应的制止，尽管不甚公平，但保证了比赛的如期进行。

在以后的比赛中，志丹少年队愈战愈勇，轰动了志丹城乡。每天下午比赛时，县城的干部、市民，以及周围乡村的农民，甚至几十里外的农民群众都来观战助兴。在志丹城乡人民的关注和支持下，这支少年足球队取得了两胜、一平、一负的战绩，荣获亚军，赢得了志丹足球史上第一个好成绩！

在那个盛夏，为"红都"志丹播下了足球运动的火种！在那段难忘的日子里，每日清晨，小建与少年足球队的队员们迎着晨曦，跑步练体能；在烈日下，他们挥汗如雨，演绎战术；在清凉如水的夏夜，他们在周河边唱歌、游戏，亲如一家；更难忘，在激烈的赛场上，少年男儿一腔热血，奋勇搏击，汗洒黄土地，青春耀山川！

赛事结束，当人们还沉浸在胜利的欢愉中时，小建却急匆匆地"解甲归田"，悄然回到了他的向阳沟。

在以后的岁月里，小建与志丹少年足球队的孩子们结下了"忘年交"的情谊。每到假期，这些孩子聚在一起，骑车奔赴30里外的向阳沟山村，看望与他们朝夕相处了一个月的好教练。直到小建回到北京，队长闫文君、后卫李恩群还一直与小建保持着联系。那年夏天，在志丹播下的足球运动的火种，今天已结出硕果。

当年的队长闫文君，1990年考入西安体育学院，毕业后又回到家乡工作，先后担任志丹县体委主任、志丹县体育局局长、志丹县文体局书记，延安市体育总会、足球协会委员等职。当年的少年足球队队员，而今已成为志丹体育运动的中坚。1984年，闫文君亲自执教志丹男子足球队，勇夺延安地区足球联赛冠军；1988年执教县女足在延安荣获冠军。2000年，志丹县成功创建成"陕西省体育先进县"。"红都"志丹，如今已成为大西北现代化的体育强县。

2003年3月，志丹县正式成立了延安市首家足球俱乐部——志丹县足球俱乐部。俱乐部致力于全县足球运动员的培养和足球运动的普及，现有会员单位25个，专业教练员8人，兼职教练员30人，成人和学生会员逾千人，成为志丹县最大的体育组织。在近十年间，志丹县足球运动有了长足的发展，在省市的各种比赛中，连创佳绩。

时光荏苒。一晃，几十年过去了。当年的那些足球少年而今已成了年过半百的中年人，可由北京知青张小建和首批志丹少年足球运动员播撒下的足球运动的种子，而今已长成参天大树，一代又一代出自志丹本土的少年足球队员，都心怀一个梦想，要把这项运动坚持搞下去，要让中国足球冲出亚洲，走向世界。没想到，几十年之后，志丹少年足球队走出了国门，赴德国参加训练；更没想到的是：2014年3月29日，国家主席习近平和夫人彭丽媛在德国访问时，还专程看望了在这里参加训练的志丹少年足球队的队员们。习主席亲切地对少年足球运动员说："到这里来接受训练，对你们一生都会产生重要影响，对中国青少年足球发展也将起到带头作用。我看好你们！看好你们这一代将来成为出色的足球运动员。这是我的心愿。"就在这一天习主席还观看了志丹少年足球运动员的比赛，并与中德的青少年运动员合影。

"山丹丹开花红艳艳，全民健身谱新篇！"

看到志丹足球运动的长足发展，年逾六旬的张小建十分高兴。有时，志丹人议论说："北京知青张小建可是咱'志丹的足球之父'"。小建听到这话后，欣喜地说："能为志丹足球播下火种，我感到自豪！与志丹第一支少年足球队度过的难忘岁月，值得我一生回味！"

我的文化下乡

刘 瑞

1986年，我从国外回国度假。安排好手头的几件事情之后，我第一个想到的就是要回当年插队的地方——延安地区富县南道德公社后北沟大队，到那里去看一看日夜思念的父老乡亲。

从插队到返回北京，以至到后来出国，这一路走来，我经历了许多事，见识了纷繁万状的大千世界，可我的心里老是忘不了一个地方，那就是曾让我吃了许多苦、也让我认识了生活真谛的富县北沟村。

说走就走，我和妻子带上从国外买回来的录像机和在北京录制好的几十盘录像带，还给乡亲们带了一些礼物，经过近两天的行程，我们终于到了富县。一下车，扑面而来的黄土气息，让人感到那么的亲切、那么的舒服。面对这熟悉的山乡景物，我似乎又回到了插队年代。

半后响，我们进了村。乡亲们知道我回来了，都纷纷围了过来，大家争先恐后地把我往他们家拉。插队时，我在村上认了一个"干妈"。"干妈"的儿子"狗娃子"看见了我,不容分说地把我拉进了他家。

乡亲们把"狗娃子"家挤得满满当当。大伙握着我的手,问这问那。听着这熟悉的乡音,我真有一种回家的感觉。我连忙拿出烟发给大家。村里的大婶和大嫂也围了过来,她们把我妻子上下打量着,还不停地说一些赞美的话。妻子听不懂富县话,我在一旁给她当"翻译"。

大家坐定之后,我问"狗娃子":"我'干妈'哪里去了?"

"狗娃子"说:"回山东了。"

这里有一个插曲。我认下的这个"干妈"是山东人。当年,她从山东逃荒来到富县,并在这里安了家。刚过了几年的安稳日子,富县这边的情况也不好了。连遭年成,米粮难济,再加上"干妈"家的孩子又多,生活苦得实在没办法过。"干妈"为了让两个年幼的孩子有口饭吃,就撇下了"狗娃子"和几个大一些的孩子,和一个老乡回山东了,至今还没有回来。

知道了这些情况后,我心里很难过。我当时就下了决心,一定要把"干妈"找回来。后来,我几次去山东,终于把"干妈"找到了,并接到北京住了一段时间。这是后话。

我来之前,为啥要带录像机和录像带。我知道,给乡亲们拿的礼物再多,还不如给他们放上几场录像。当年,县上的放映队能来村上放一回电影,村里人高兴得不得了。当时,录像机在国人眼里,是个很贵重的东西,尤其是在农村,许多人还不知道录像机为何物。我带回来这么多的带子,就是要搞一次文化下乡,让村民们好好红火上几天。

◈ 我的文化下乡

　　知道我回来了，乡广播站站长谷光伦也赶来看我。当我提出要给村民放录像，站长一听，特别高兴，他对我说："这里的文化生活太单调了！天一黑，人都睡了觉。你能给乡亲们带来录像，那可是办了一件大好事。"

　　那时候，城市里正在热播电视剧《凯旋在子夜》、《上海滩》和《霍元甲》。我把在北京录制好的带子拎了过来给光轮说："你看，这些都是城里正在热播的电视剧，够你放几天几夜的。"

　　听说乡上要放录像，全乡都沸腾了。乡上的干部、周边的群众纷纷赶来。大家高兴地说："北京知青刘瑞送文化下乡，今天晚上给我们放录像，好机会不能错过。"

　　吃过晚饭，夜幕已经降临，乡亲们三三两两向广播站走来。这些村民，有枣林子村的，有狼虎头村的，还有张村驿的。乡亲们把广播站围了个严严实实。当时，乡广播站只有一台电视机和一台柴油机用来发电，就是靠这台柴油发电机，我们的录像开放了。电视一打开，大家看得津津有味，不时还有热烈的掌声。这时，我心里说不出有多高兴。这么偏僻的山村，这么朴实的老乡，他们太需要娱乐、太需要文化生活了。

　　这时，只见一位老大爷手里提着一盏马灯，他颤巍巍地走到我跟前，紧紧握着我的手说："刘瑞，你走了这么多年，还不忘俺村里的乡亲。这次，你回来给大家弄这事，实在是太好了。"

　　这几十盘录像带里，一共录制了九个电视连续剧。每天晚上，乡亲们从四面八方赶来，为的就是赶这场精神盛宴。这些电视剧，故事情节曲折感人，扣人心弦。乡亲们看完之后，还

❖ 黄土蕴情——我的精神家园

纷纷议论、点评。放在今天,这都不是啥稀罕事,但在上一个世纪80年代,能一次性看这么多的电视剧,可不是一件容易事。

短短的几天时间眨眼就过去了,乡亲们的纯朴深深地感动着我。因为没有见到"干妈",我心里总感到有些遗憾。临走时,乡亲们对我说:"刘瑞,过一段时间能不能回来给咱再放上几天录像。"听乡亲们这么一说,我用富县当地话给他们作答:"没嘛达,以后我会经常回来。"起身时,我把录像机留给了广播站,并对站长说:"机子就给了咱乡上。这几十盒带子你先给大家放,也算替我搞文化下乡。回北京之后,我给你再多捎些录像带过来。除了这些连续剧之外,再搞些农业科技方面的带子,让大家能增长知识,开开眼界。"

从那年开始,我几乎每年都要回富县看望乡亲们,并继续着我的文化下乡。

后 记

读者从这部《黄土蕴情——我的精神家园》里所看到的每一个场景，所听到的每一声问候和呼唤，都散发着一种浓浓的乡情、绵绵的亲情和割舍不断的未了之情。一个"情"字，将延安黄土地土质里所蕴涵的黏性、所具有的亲和力给道了出来；一个"情"字，给了"精神家园"以最好的注脚。有诗曰：梦里每迷还乡路，愈知晚途念桑梓。对于曾在延安黄土地上插过队的每一位知青来说，在遥望故园、梦里还乡的精神慰藉中，更加深刻地理解到：所谓的"精神家园"，就是寄寓着一个人的理想、梦想和信念，让人的灵魂能够得到安妥的地方。

作为北京知青与延安丛书的第二卷，这本书中所收录的文稿，与第一卷《苦乐年华》的侧重点有所不同。第一卷以回顾插队生活、追忆苦乐年华为主旨；这一卷则着重表现知青们在离开黄土地之后，对这块土地的眷念、关注和回报。这种"两地若是久长时"的情结，经过岁月的沉淀，已升华成一种亲情。正是将这种充满亲情意味的真情实感诉诸文字，我们才在

❖ 黄土蕴情——我的精神家园

这本书中听到了人与土地在互诉衷肠，才体会到寸草感念春晖的真情，才看到涌泉是如何来回报滴水之恩的感人场景。

一部开启于20世纪60年代末的知识青年上山下乡的青春活剧，早已落下帷幕，但由这场运动所衍生出的土地与人的血脉亲缘却一直延续到今天。作为这部大剧的主角——当年来延安插队的北京知青，现已年过花甲。在饱尝了人生百味、洞悉了世态的变迁、惯看了秋月春风之后，他们依然将已成既往的插队岁月，将隐藏在陕北大山深处的那个小村庄，将房东大娘给他端来的那碗杂面视为心中的珍藏。这种心结，除了蕴涵着一种深深的感恩之外，更能表达出知青所拥有的健康人格。

有哲人说过这样的话：凡有东西活着的地方，都摊开着时间的账本。在收入本书的文稿中，我们不时地会看到，知青们在回乡探访时，乡亲们指着远处的山坡，用浓浓的乡音说道：那山上的林子和梯田，还不是你们在村上插队时营造的。这就是一部时间的账本。当乡亲们和老知青一起在翻阅这部账本时，时间的河流上回放出的景物，激活了一代人对往昔的记忆。在编著《黄土蕴情》时，我们常常会被书中的这些细节所感动，常常会被知青与乡亲们重逢时的场景所感动；在阅读这些细节、这些场景时，我们在想：这些文稿的作者，若不怀着对这块土地深深的眷恋，若不怀着对陕北父老深深的牵挂，是断然写不出感情如此充沛的文字来。只有读者与作者心境的契然相合，才会产生心理上的共鸣与共感。

令人感到欣喜的是，在征集这部书稿的过程中，延安本土的一些曾与知青在一起生活过的老同志、老同事、老房东，包括知青当年在乡村教书时教过的学生，每当提起知青这个话

❖ 后 记

题，人人都有一种"深情忆往感怀多"的表达意愿。这本书中也收录了他们所写的部分文稿，使书的内容更加丰富，产生了延安父老与知青互诉衷肠的阅读效果。

在一个充满物质欲望和诱惑的时代，《黄土蕴情》的作者以超越功利、只叙人间真情、弘扬真善美的精神姿态来完成每一篇文稿，其精神令人感佩。在此，丛书编委会向每位作者除了表示诚挚的感谢之外，还想表达的一句话是：莫叹韶华成追忆，皇天后土铭高谊。

北京知青与延安丛书编委会

2014 年 5 月 12 日

图书在版编目（CIP）数据

黄土蕴情：我的精神家园／北京知青与延安丛书编委会主编.
—北京：中央编译出版社，2014.7
（北京知青与延安丛书）
ISBN 978－7－5117－2245－4

Ⅰ.①黄…　Ⅱ.①北…　Ⅲ.①纪实文学－中国－当代　Ⅳ.①I25

中国版本图书馆 CIP 数据核字（2014）第 152925 号

黄土蕴情：我的精神家园

出 版 人	：刘明清
责任编辑	**：苗永姝**
责任印制	**：尹　珺**
出版发行	：中央编译出版社
地　　址	：北京西城区车公庄大街乙 5 号鸿儒大厦 B 座（100044）
电　　话	：（010）52612345（总编室）　（010）52612335（编辑室）
	（010）52612316（发行部）　（010）52612317（网络销售）
	（010）52612346（馆配部）　（010）66509618（读者服务部）
传　　真	：（010）66515838
经　　销	：全国新华书店
印　　刷	：北京时捷印刷有限公司
开　　本	：787 毫米×1092 毫米　1/16
字　　数	：256 千字
印　　张	：23.75
版　　次	：2014 年 7 月第 1 版第 1 次印刷
定　　价	：68.00 元

网　　址	：www.cctphome.com	邮　　箱：cctp@cctphome.com
新浪微博	：@中央编译出版社	微　　信：中央编译出版社（ID：cctphome）
淘宝店铺	：中央编译出版社直销店（http://shop108367160.taobao.com）	

本社常年法律顾问：北京市吴栾赵阎律师事务所律师　　闫军　梁勤
凡有印装质量问题，本社负责调换，电话：（010）66509618